CURAR DO MAL
DE AMOR

CURAR DO MAL DE AMOR

Jean-Claude Rolland

Tradução
CLAUDIA BERLINER

Martins Fontes
São Paulo 1999

Esta obra foi publicada originalmente em francês com o título
GUÉRIR DU MAL D'AIMER por Éditions Gallimard.
Copyright © Éditions Gallimard, 1998.
Copyright © Livraria Martins Fontes Editora Ltda.,
São Paulo, 1999, para a presente edição.

1ª edição
novembro de 1999

Tradução
CLAUDIA BERLINER

Preparação do original
Andrea Stahel M. da Silva
Revisão gráfica
Eliane Rodrigues de Abreu
Célia Regina Camargo
Produção gráfica
Geraldo Alves
Paginação/Fotolitos
Studio 3 Desenvolvimento Editorial (6957-7653)

Dados Internacionais de Catalogação na Publicação (CIP)
(Câmara Brasileira do Livro, SP, Brasil)

Rolland, Jean-Claude
Curar do mal de amor / Jean-Claude Rolland ; tradução Claudia Berliner. – São Paulo : Martins Fontes, 1999. – (Estante de psicanálise)

Título original: Guérir du mal d'aimer.
ISBN 85-336-1147-1

1. Psicanálise I. Título. II. Série.

CDD-618.8917
99-4099   NLM-WM 460

Índices para catálogo sistemático:
1. Psicanálise : Medicina   618.8917

Todos os direitos para o Brasil reservados à
Livraria Martins Fontes Editora Ltda.
*Rua Conselheiro Ramalho, 330/340
01325-000 São Paulo SP Brasil
Tel. (11) 239-3677 Fax (11) 3105-6867
e-mail: info@martinsfontes.com
http://www.martinsfontes.com*

Índice

Parte I – Paixões

A invenção do diabo 3
As vozes amigas que emudeceram 15
Desastre da consciência 45

Parte II – Falas

Qual leitura da fala? 69
O aedo e seu herói 89
Dissensão, conversão, interpretação 111
Do sonho ao chiste, a fábrica da língua 129

Parte III – Temporalidades

Compulsão à repetição, compulsão à representação 155
A sessão, unidade de trabalho psíquico 199
O espírito desligado da morte 217

Ai, meu amor, se estás ausente
Certeza alguma posso ter
Senão a de que – por prazer –
Vem me privar Amor prudente
Pra surpreender-me e desarmar
Cura-me pois do mal de amar!

Pernette du Guillet
Rymes, "Chanson III"*

---

* Trad. Mário Laranjeira. *Hélas, ami, en ton absence/ Je ne puis avoir assurance/ Que celle dont – pour son plaisir –/ Amour caut me vient dessaisir/ Pour me surprendre, et désarmer:/ Guéris-moi donc du mal d'aimer!*

PARTE I
PAIXÕES

A INVENÇÃO DO DIABO

> FAUSTO:
> *Com vossa espécie a gente pode ler*
> *Já pelo nome o ilustre ser,*
> *Que se revela sem favor*
> *Com a marca de mendaz, blasfemo, destruidor.*
> *Pois bem, quem és então?*
> MEFISTÓFELES:
> *Sou parte da Energia*
> *Que sempre o Mal pretende e que o Bem sempre cria.*
> FAUSTO:
> *Com tal enigma, que se alega?**
>
> Goethe, *Fausto* I

O melancólico é aquele que conquistou aqui na terra a vida eterna; afastou-se dos vivos mas persevera sem outras referências temporais na procura de seus amores. Sob sua queixa e sua dor, sob sua imobilidade cadavérica, jaz uma vida intensa de representações, Éden onde os objetos queridos riem e dançam, pescam e costuram, caçam e lêem, sorriem e acariciam. Assim, nos mastabas egípcios, o defunto é pintado no meio de vastos afrescos em que estão representadas as faces felizes da vida, as festas, os banquetes, as peregrinações de barco pelo Nilo. Uma vaca sendo ordenhada oferece ao morto o leite de que ele tem sede, felás pisoam a vindima e uma criada lhe prepara um banho. Sua mulher e seu filho o contemplam com ternura. O que, para um olhar profano e pagão, não passa de simulacro sem profundidade é, para aquele que vibra com a magia amorosa da melancolia, o sésamo de um devaneio infinito em que as representações se animarão, as imagens se porão em

---

* Tradução de Lenny Klabin Segall, Ed. Itatiaia, Belo Horizonte, 1997, p. 71.

movimento e as cores se metamorfosearão num murmúrio rumorejante de amor.

Mas a melancolia permanece mais fechada que a tumba mais secreta que não resiste à cobiça do ladrão, à obstinação do egiptólogo ou à ânsia de isolamento do eremita. Os primeiros padres do deserto reconquistaram as tumbas egípcias para nelas se retirar do mundo. Os afrescos que revestem as paredes pareceram-lhes ainda marcados demais pelo século e pela vida profana para não constituírem uma fonte de tentações, às quais Santo Antônio resistiu corajosamente enquanto outros escolheram secar a fonte mais radicalmente cobrindo essas imagens com taipa. A melancolia desses primeiros cristãos aumentou a austeridade iconoclasta obrigando os objetos a sobreviverem mais secretamente ainda, até aquém de sua representação: apenas com as palavras da prece o orante reencontraria o Deus da Jerusalém celeste.

Primeiro os vivos tiveram de atribuir aos mortos uma continuidade da vida no além para poderem em seguida atribuir a si mesmos, em vida, seu favor. A melancolia é a transferência dessa representação primitiva, narcísica, da morte para a própria vida: o melancólico rompe com a vida que lhe quer impor lutos, segue o objeto ameaçado de se perder em seu aniquilamento e se inuma com ele numa construção psíquica que tende a se manifestar como doença, mas que as grandes instituições sepulcrais inventadas pela humanidade refletem bem melhor: a tumba egípcia, a célula monástica ou o hábito religioso.

Morrer em vida, sepultar em si os mortos, sepultar-se neles para depois proceder, por meio da identificação, a uma ressurreição conjunta, é este o objetivo melancólico, esse projeto pateticamente humano que algum dia tentou cada um de nós, ao qual alguns, mais infelizes, sucumbem: projeto sutil, raramente manifesto por ser rico de uma variedade de procedimentos que, ora revelam seu objetivo, ora, ao contrário, o disfarçam, que ora realizam sua intenção, ora a ela tentam se opor. Mas há uma universalidade da melancolia e é essa idéia que gostaria de defender para começar. A relação que o homem mantém com sua morte é feita de cumplicidade e de desejo; no âmago mesmo da experiência humana da vida a morte tem uma função que lhe dá qualidade de recurso e de remédio; e é justamente por isso que a morte nos parece tão inquietante, menos como o que se impõe de fora e introduz a finitude à qual muito devemos – em primeiro lugar a temporalidade –, do que como objeto submetido demais de um desejo familiar demais. A universalidade da melancolia vai ao encontro da universalidade de um desejo de morrer que exige ser inibido para que a vida vingue. A morte nos assusta a partir do momento em que a inibição que amordaça esse desejo de morrer, essa fantasia de uma paz eterna, corre o risco de ser eliminada. E para tanto não faltam oportunidades: cada vez que a Ananké nos impõe a perda de um ser amado, objeto ou pessoa, a tentação de segui-lo na sua perda surge com a solução melancólica que ri da morte como da vida, apagando suas diferenças, suprimindo sua oposição, instalando entre elas o *continuum* da representação que, como no afresco funerário, sobrevive ao tempo humano, e em que, como no reflexo do espelho ou o retrato no medalhão, o ausente reaparece em pessoa. A astúcia do espírito melancólico consiste em manter o signo na magia de seu estado primitivo quando ele ainda é parte da coisa, contrapartida, duplo solidário mas eterno, seu símbolo.

Gostaria de mostrar como a invenção do diabo veio se opor a essa tendência originária da vida psíquica da qual a melancolia é tanto a realização como o vestígio arquetípico. Gostaria de fazer com que os homens se envergonhassem de sua ingratidão diante desse pobre diabo cujo aparecimento coincidiu com o nascimento de uma consciência moderna e lhes forneceu a possibilidade inesperada de saltar os obstáculos que a morte coloca para a vida para devolvê-la a ela pelos caminhos mais curtos. Gostaria por fim de mostrar como essa instituição diabólica foi luciferiana, ou seja, portadora de luz, e que, pela lenda que a acompanhou culturalmente constituindo como que sua projeção, deu mostras de uma sofisticação essencial do aparelho psíquico: num momento dado da história humana, o aparelho psíquico soube dotar-se de uma instância nova que lhe permitia separar definitivamente a representação de seu modelo, o signo de sua coisa, podendo assim proteger-se da tentação melancólica. Essa instância é a consciência, prova de realidade, auto-observação psíquica.

Os gregos, embora tão familiarizados com Psique, tão próximos das tragédias pulsionais das quais ela é o produto, viram-se terrivelmente desarmados diante da sedução exercida pela morte; por isso, fazendo da necessidade virtude, eles a glorificaram: "E por que essa tristeza, que enche tua alma ao escutar a sorte dos heróis dânaos e do povo de Ílion? É obra dos deuses: se eles fiaram a morte para todos esses humanos foi para fornecer cantos aos povos do futuro."[1] É assim que, na *Odisséia*, Homero se exprime para Ulisses, o herói – Homero, o aedo que também aprecia o fato de Aquiles ter sacrificado a longa vida de sábio pela honra de cair jovem em combate. Pois a guerra, em última instância, é alegria para quem teme soçobrar sem socorro nessa semimorte bastarda e dolorosa que faz do melancólico o "anti-herói" por excelência, marcado pelo estupor, pelo embotamento e pela degradação! Assim foi com Empédocles que, resignando-se ao opróbrio popular e ao desprezo dos grandes, foi para o pico do monte Etna imolar-se no fogo de seus deuses, deixando na borda da cratera o lastimável resto de suas sandálias, numa atitude rigorosamente inversa à de Prometeu, esse precursor de Satã, que roubou o fogo dos deuses para com ele iluminar a vida dos homens. E foi justamente porque a figura de Empédocles, tão trágica na sua proximidade depressiva da pulsão de morte, não estava atravessada por nenhuma dialética, nenhum conflito, que Hölderlin, profundo conhecedor de melancolia, lhe dedicou um drama necessariamente inacabado. Por que, no início deste, o poeta alemão invoca as figuras de Antígona e de Sófocles? A primeira porque ela é o paradigma da fidelidade sem concessão

---

1. Homero, *L'Odyssée*, Gallimard, p. 189.

aos ideais arcaicos, o segundo porque ele foi o poeta que elevou o drama pulsional de Édipo à solenidade cultual e cultural da tragédia. Nessa referência a Sófocles vejo o estigma mais surpreendente do arcaísmo hölderliniano, de seu helenismo: não que Hölderlin tenha encontrado além do tempo a própria fonte da inspiração antiga, mas que, por sua constelação psíquica, na sua relação melancólica com o amor, na sua devoção sem limites "aos Eternos", ele não podia conceber, diante da ameaça de perda do objeto, outra saída senão sua própria morte *in effigie* dada pelo desmoronamento psicótico. A fidelidade é sem dúvida alguma a virtude dos Trágicos, fidelidade aos deuses, ao destino, à inexorabilidade do drama amoroso e, como Sófocles, Hölderlin, o divino, o puro, nunca teria consentido com a barganha diabólica à qual, se não em outros tempos históricos, pelo menos numa outra espiral do desenvolvimento humano, o mito faustiano assentirá.

Fausto é alemão. E humanista. Goethe apenas teve de buscar na longa tradição da ciência alquímica, na audácia livre-pensante da Reforma que antecipou e provocou a *Aufklärung*, para encontrar, já pronta, essa figura do homem em revolta contra o obscuro desejo dos deuses, contra a cega cumplicidade da pulsão e do destino; esse homem teve subitamente a genial idéia de operar uma partição da divindade e de se aliar a uma das partes contra a outra: daí irá surgir a idéia do pacto, como procedimento fundador de um novo vínculo com o destino, menos marcado pelo ideal e portanto pelo domínio do que a aliança, e o homem passará a ter uma companhia nova e singular, a do diabo e seus acólitos, íncubos, súcubos, feiticeiras, cuja tropa colorida, assustadora e pitoresca fornecerá ao imaginário humano um exército mercenário tão inquietante quanto protetor na luta doravante por ele empreendida contra a morte, sua atração, seus deuses.

Quando Mefistófeles, sob a figura familiar e derrisória de um cão, surge no gabinete de Fausto, este se encontra num lastimoso estado psicológico: o cientista desesperado com seus estudos, o orador com suas palavras, o homem com a vida, com seus prazeres, suas alegrias, sua finalidade. Ao confrontarmos o relato de Goethe com a célebre gravura de Dürer denominada *Melancolia*, percebemos que essas duas obras se correspondem ponto a ponto: o compasso, a ampulheta, os instrumentos de medicina, as inscrições de fórmulas cabalísticas, que são toda a ciência da época, circundam em Dürer uma mulher de olhos desvairados, cabelos hirtos, dobrada em dois sobre seu tamborete e como que longe do mundo e do tempo num sonho infinito e patético, apaixonado e temível. Em Goethe, um homem, Fausto, em meio a seus rabiscos, seus alambiques, embora mantenha a aparente distinção do cientista de renome, é presa da dúvida, seu discurso está quebrado, sua língua soletra um débil queixume.

Fausto sofre evidentemente de abatimento melancólico. Goethe transcreveu a alegoria de Dürer numa ficção dramática; converteu a figura feminina e muda naquela exatamente contrária de um cientista masculino e prestigioso cheio de eloqüência; mas conservou da intuição do gravador tudo o que denota a fratura entre o sujeito e seu mundo, e que caracteriza a doença melancólica: o mundo está morto para aquele que desespera de suas encarnações e que, renunciando à matéria, à coisa que pesa e se opõe, entrega-se por inteiro ao jogo da meditação interior. E o primeiro gesto do diabo será justa e salutarmente outorgar a Fausto o sono, seguido do sonho, e mais tarde a descoberta benfazeja de uma nova juventa, seguida da revelação de um amor imprevisto, mas isso é uma outra história, não nos apressemos!

Graças ao diabo – com os diabos! – Fausto escapa ao desespero, a essa involução do gosto de viver a que conduzem excesso de saber, excesso de inteligência, excesso de fé, excesso de amor. É de espantar que o preço que terá de pagar por esse pacto nos pareça tão pesado, tão escandaloso: o que é a renúncia a uma promessa de vida eterna contra a garantia de uma existência bem real? Também é de espantar que a personagem de Fausto tenha conhecido um destino maléfico, assustador, cuja imitação será temida. Embora nada no drama de Goethe venha alterar a coerência humana do herói, o leitor não deixa de experimentar a seu respeito desconfiança, repulsa, antipatia. Isso porque, não sem a arte refinada da subversão dramática, Goethe conseguirá desarmar a aversão espontânea inspirada por Fausto em razão de sua aceitação do pacto com o diabo, deslocando-a para a conclusão um tanto forçada que o herói dará à sua barganha: levando a jovem e bela Margarida a pagar em seu lugar a dívida contraída. O horror inspirado pelo pacto com o diabo ficará disfarçado sob o horror mais venial de uma traição amorosa.

Duplamente subornada, primeiro para amar, depois para morrer, a bela apaixonada será a única vítima do sacrifício. Mas o episódio "Margarida" é, em última instância, secundário, acessório: uma história de amor banal e banalmente trágica, como as que aparecem cada vez que a vida e Eros exigem seus direitos, no fundo a mesma história que Goethe já compusera com seu *Werther*, uma história que nada mais faz que devolver os direitos à tragédia amorosa anterior ao pacto – antes morrer por Fausto que viver sem Fausto, deve ter pensado a melancólica Margarida!

Pois, por que não recorreria ela também a Mefistófeles? Decerto é por essa recusa ou essa inocência que a personagem de Margarida, em contraposição à de Fausto, nos parece tão amável, tão comovedora, tão lamentável. Nada querer saber do diabo, de suas obras e de suas pompas, tal é um dos ideais mais poderosos, por ser mais conservador, que a humanidade guarda consigo, como nostalgia de um tempo em que nada podia se opor ao amor, nem mesmo a obrigação de viver! A recusa do diabo é no fundo a recusa de um progresso realizado no caminho que a vida percorre contra a morte; e a renúncia ao diabo que o homem não cessa de querer se impor é apenas o eco dessa primeira recusa; uma vez que o mal está feito, existe, ele não pode mais ser apagado: inércia devota e obscurantista...

Se não gostamos de Fausto é porque ele inventou o diabo, porque levou a humanidade a pensar de maneira diferente a oposição entre a vida e a morte, entre o amor profano e o amor melancólico e porque, assim fazendo, ele semeou um pensamento moderno que para sempre se debaterá dialeticamente entre a fascinação mítica e mortífera de um retorno ao divino e a esperança materialista de um progresso infinito feito de uma seqüência infinita de compromissos, de barganhas e de negociações. Satã negociante! Foi Paul Valéry quem percebeu com mais liberdade essa dimensão de barganha, afinal terrivelmente laica do diabólico. É verdade que ele chegou tarde nessa história e que desfruta do recuo de que não dispunham seus predecessores. O Mefisto de Valéry, que passará a acompanhar Fausto como sua sombra, seu duplo, seu *alter ego* diabólico, é por outro lado uma personagem desgastada cujo anacronismo ele tanto gosta de ridicularizar. E é verdade que a instituição diabólica foi substituída por tantas instâncias culturais novas – a dialética justamente, as ciências humanas, as teologias revolucionárias, a psicanálise – que a figura do diabo perdeu toda modernidade, mas também toda credibilidade, e que não mete mais medo nem nas lactantes nem nas criancinhas... No fundo é uma pena, pois foi uma fantástica invenção, e é bom lembrar que houve um tempo em que essa figura do diabo era dramática aos olhos dos homens por ser portadora da dinâmica trágica por meio da qual a humanidade se libertou em parte do destino mortífero em demasia a que a conduzia sua compleição pulsional amorosa.

Há no entanto um lugar em que a figura do diabo continua atual, viva e patética. Esse lugar é a loucura. Emprego a palavra sem qualquer conotação pejorativa, como o termo genérico que designa o conjunto das experiências humanas em que voltam a se armar, a se atualizar os avatares do desenvolvimento psíquico. Pois no campo psíquico nada cai totalmente em desuso; todas as etapas atravessadas, e até superadas, deixam atrás de si um traço, uma memória graças à qual podem voltar a ser ativas em maior ou menor escala. Nada é mais precário que o desenvolvimento psíquico da humanidade, e não deveria causar escândalo que alguns dentre nós estejam condenados a essas voltas para trás: os loucos são o que fomos e o que poderíamos ter continuado a ser.

De onde vem meu interesse de psicanalista pelo diabo? Do fato de que minha prática me faz estar freqüentemente e com força em sua companhia, e não apenas porque, num número significativo de estados delirantes, alucinatórios ou obsessivos, sua figura reaparece, tão viva e familiar ao doente quanto o era para Mestre Fausto: portanto o diabo não está perdido para todo o mundo! Os estados ditos patológicos, a melancolia sobretudo, encerram tesouros arqueológicos da humanidade primitiva que ainda não terminamos de explorar.

Mas é um outro fator mais profundo e mais potente que força o psicanalista a se interessar pelo diabo, e talvez um pouco mais: a se reconhecer nessa figura insólita. As forças exigidas, em certos casos, para a animação do trabalho psíquico nos tratamentos ou psicoterapias no fundo não são tão estranhas àquelas tradicionalmente envolvidas na instituição diabólica: que outra coisa fazemos nós diante do desespero melancólico dos pacientes senão tentar reconciliá-los com as coerções da vida, inflectir a inclinação espontânea de seu desejo nirvânico pela morte para uma exigência de viver que, de qualquer forma, nunca existe por si mesma e que se apóia nos mais diversos compromissos e na necessária corrupção dos ideais infantis e narcísicos? Para a psique, vida e morte não estão numa oposição simples ou simétrica; a morte provém do desejo e de sua pulsão, a vida por sua vez inscreve-se desde a origem no esforço, na complicação, no trabalho, na dor, no "mal". E para que o sujeito humano se engaje nessa via estreita do vivo é preciso que um tentador suficientemente maligno a isso o incite e convença, é preciso que o interesse ligado ao gozo externo e ao prazer carnal tenha vindo corromper a fidelidade passional aos objetos internos do amor originário. O diabo é a forma extrema, selvagem, dessa figura do tentador que o médico terá de endossar, entre outras, diante do ser que retornou a esse estado primitivo em que a morte parece melhor que a vida, quer se trate da verdadeira melancolia, canônica, que Dürer imortalizou, quer se trate da melancolia que jaz secreta e silenciosamente sob as manifestações ruidosas, às vezes tonitruantes, da psicose. Pois, provavelmente, em toda loucura há sempre um melancólico inumado.

É assim que essa moça, que empreendeu, muito a contragosto, uma análise por causa dos freqüentes estados delirantes que vêm periodicamente fraturar o curso de uma vida por outro lado bastante banal, descobre progressivamente o poderoso desejo de morrer que nela opera. A criança que ela foi se estragara no amor exclusivo por uma mãe secretamente melancólica, enfurnada na recusa do luto de um filho primogênito. E, com a puberdade e os primeiros apelos explicitamente sedutores da vida, a moça tornou-se anoréxica e vomitadora: uma quase moribunda.

Foram precisos vários anos de tratamento para que, tendo finalmente decidido enfrentar a explicitação dessa conduta tão contrária à vida, ela pedisse para consultar o álbum de fotografias familiares, onde se descobre primeiro bebê gordinho, depois menininha bochechuda, depois adolescente emagrecendo cada vez mais até parecer, diz ela, um esqueleto. A palavra, de súbito, deixa eclodir seu sentido: "Um esqueleto, como isso devia ser assustador para a minha família!" É então que, pela primeira vez, a figura de seu pai irrompe na sua análise: lembra-se de que, certo dia, este veio timidamente ao seu encontro na escada da casa onde ela costumava se esconder para vomitar, e lhe disse: "Pára de vomitar, senão você vai morrer e nós, o que será de nós?" Um pouco mais tarde, nessa mesma sessão, tendo aparentemente abandonado o terreno da rememoração da infância, lembrou que o outro médico, que lhe fornece o apoio medicamentoso e psicológico de que ela necessita além de sua análise, respondeu assim ao anúncio que ela lhe fazia de sua intenção de morrer: "Você se suicidar não seria algo correto nem para seu analista nem para mim." Comentei-lhe que no fundo tratava-se de algo da mesma ordem daquilo que seu pai lhe declarara outrora na escada; o que a levou a falar um pouco mais de sua infância, de seu terror diante do olhar zombeteiro, cheio de desprezo de sua mãe quando ela manifestava o desejo de brincar, de ser feliz, de viver, e também de seu pai e do desprezo que ela era obrigada a lhe manifestar por não compartilhar do ideal materno melancólico.

Considero essa interpretação do médico genial. Primeiro ela me surpreendeu, desalojando-me de meu desejo de analista-que-não-deseja-nada-para-seu-paciente. Mas, afinal, apenas um desejo de que ela vivesse podia sustentar um cuidado tão longo e difícil e, afinal também, "manter-se correto com o mundo" é uma razão suficiente para viver.

Por fim, é isso que poderíamos recriminar aos homens: não terem permanecido corretos com o diabo, ter-lhe respondido com zombaria, desprezo e ódio, ter esquecido que o Destruidor, "quando pretende o mal, cria o bem".

AS VOZES AMIGAS QUE EMUDECERAM

Sonho às vezes o sonho estranho e persistente
De não sei que mulher que eu quero, e que me quer,
E que nunca é, de fato, uma única mulher
E nem outra, de fato, e me compreende e sente.

Seu olhar lembra o olhar de alguma estátua antiga,
E sua voz longínqua, e calma, e grave, tem
Certa inflexão de emudecida voz amiga.

Paul Verlaine, *Poèmes saturniens**

A paixão nem sempre é amorosa; no entanto, o costume tende a identificar amor e paixão, ao ponto de confundi-los. A transferência, também, está longe de ser sempre amorosa. Inclusive o é apenas rara e superficialmente; contudo, na percepção mundana da análise, é normal apaixonar-se pelo analista. O que convidaria a assimilar transferência e paixão seriam antes esses traços anexos que caracterizam o comportamento do analisando e impregnam sua mente: a impaciência, a compulsão a se aproximar de seu analista, a controlá-lo, a apropriar-se dele; a tendência a centrar sua vida em torno dele, a entregar-lhe, até mesmo a sacrificar todos os seus centros de interesse. E a análise, pelo inves-

---

* Tradução de Guilherme de Almeida gentilmente localizada por Mário Laranjeira, in *Paralelamente a Paul Verlaine*, São Paulo, 1944, Livraria Martins Editora, pp. 12-5. *Je fais souvent ce rêve étrange et pénétrant/ D'une femme inconnue, et que j'aime, et qui m'aime/ Et qui n'est, chaque fois, ni tout à fait la même/ Ni tout à fait une autre, et m'aime et me comprend./ Son regard est pareil au regard des statues,/ Et, pour sa voix, lointaine, et calme, et grave, elle a/ L'inflexion des voix chères qui se sont tues.*

timento de tempo e de dinheiro que requer, abunda nesse sentido. Freud, quando saía de férias, propunha a alguns pacientes acompanhá-lo. Em contrapartida, é verdade que quem sofre de angústia ou de obsessão consente nessa concentração de sua atividade na análise, sobretudo porque, nesse caso, nada mais faz que substituir uma dominação (a do sintoma) por outra (a da análise).

Portanto, alguns aspectos reúnem esses dois pacientes: o da paixão – já que o apaixonado é em sentido etimológico[1] um paciente – e o do tratamento. Por isso, a extrema dependência e suscetibilidade em relação ao que lhe faz ou não lhe faz, lhe diz ou não lhe diz seu parceiro; os ciúmes – que se desenvolvem segundo as mesmas modalidades em ambas as situações – e a labilidade de humor que daí decorre. De sorte que, a um mero sinal do parceiro, imediatamente interpretado, um desalento pode vir a substituir o júbilo inicial. Um paciente, depois de me ter declarado seu reconhecimento pela aquisição de uma caixa vermelha que enfeita minha mesa e cuja cor aprecia, se enfurecerá logo em seguida porque a estátua, habitualmente virada de frente para ele, hoje lhe volta as costas. Não pode evitar de pensar que essas duas mudanças são sinais necessariamente destinados a ele!

Mas não assimilemos rápido demais paixão e transferência. Essas duas situações são igualmente enigmáticas e não se trata de somar suas obscuridades. Adotemos de preferência o método com freqüência empregado por Freud e ilustrado na sua divertida metáfora das nozes: é mais fácil quebrar duas nozes uma contra a outra, diz ele, do que uma noz sozinha. Aplicada em *Luto e melancolia*, quando ele opõe o enigma do luto ao da melancolia, essa teoria lhe permite lançar luz sobre a verdade de cada uma delas.

Suponhamos que, embora seu desenvolvimento geral os conduza a destinos diferentes, os dois processos – o da paixão e o da transferência – possuam uma raiz e um tronco comuns; nesses termos, apenas o contexto particular em que se produzem per-

---

1. Do latim *passio*: "sofrimento".

mite distingui-los. Para a transferência, esse contexto é definido pelo enquadro da análise, da psicoterapia ou da situação de tratamento. Também é definido pelo método que o explora, tendo em vista um projeto terapêutico claramente delineado, conforme um modelo em que o agente se compromete a desencadear e a suportar uma paixão em proveito de certo trabalho psíquico. Ao contrário, a paixão se desencadeia por iniciativa exclusiva do paciente que, tendo escolhido um objeto, trabalha sem descanso para encontrá-lo, pelo prazer da conquista.

Para embasar essa hipótese de uma identidade entre os processos transferenciais e passionais, voltemo-nos para um texto de Freud: *Delírios e sonhos na "Gradiva" de W. Jensen*. Nessa obra, Freud introduz um paralelo entre as paixões de Norbert pela arqueologia e por Gradiva. Assimila a paixão do jovem pelo baixo-relevo a uma transferência, e escuta nas intervenções de Zoé o eco das interpretações analíticas. Mas esse texto também comporta um paralelo – que reproduz o primeiro e não lhe é indiferente – entre o trabalho de criação literária que conduz à ficção romanesca e o trabalho do sonho cujo modelo Freud fornecera alguns anos antes, e ao qual vincula, aqui, a produção do delírio.

Jung foi o primeiro a chamar a atenção de Freud para o romance de Jensen, devido aos relatos de sonhos que continha. A pequena sociedade vienense propunha-se na época a examinar se os relatos ficcionais de sonhos podiam receber a mesma interpretação que os sonhos verdadeiros. Freud, no seu ensaio, foi evidentemente além desse projeto imediato; considerou o romance a elaboração poético-onírica de um enredo fantasístico que tinha como fonte a memória oculta do autor. O próprio subtítulo "Fantasia pompeana" acrescentado por Jensen convidava para essa interpretação ampliada.

O romance na verdade se impôs ao autor como se impõe um sonho àquele que dorme, e a escrita deixa transparecer o arrebatamento de uma elaboração secundária bem-sucedida. Jensen aliás o confirma numa carta a Freud: "A idéia de minha pequena 'fantasia' brotou do baixo-relevo antigo que produziu em mim uma impressão poética particularmente forte." Mais adiante acrescenta: "Na verdade encontrava-me mergulhado num trabalho de grande envergadura, quando o pus de repente de lado para lançar rapidamente sobre o papel, sem premeditação aparente, o começo da história, que foi levada a termo em poucos dias. Não tive nenhum momento de hesitação, sempre encontrei tudo pronto, mais uma vez sem aparentemente ter de refletir. O conjunto nada tem a ver com uma experiência que vivi no sentido habitual da palavra; é de ponta a ponta, como indica o título, uma fantasia; ela avança sobre uma aresta não mais larga que uma lâmina de faca, de um passo sonambúlico." Mas Jensen resistirá a ir mais adiante na análise de suas motivações, como revela essa outra carta a Freud: "*Não*. Não tive irmã nem, de modo geral, parentes consangüíneos."[2] O poeta não é obrigado, como o são o analisando e o analista, a ir além do encanto do sonho rumo ao desencanto da memória.

O que atrai no romance de Jensen é que somos levados, pela poesia das palavras e das imagens, a desconsiderar por completo a questão de saber se Norbert e Zoé são personagens reais ou imaginárias. O que atrai no estudo de Freud, por sua vez, é que ele propõe como equivalentes, pela força da análise psicológica, o aspecto real e o aspecto imaginário das personagens de Norbert e de Zoé. O que nos atrai em geral na paixão e na transferência antes de evoluírem para o desencanto é o fato de que o objeto amado pode ser indiferentemente real ou imaginário. Só importa a verdade do amor ou do sentimento que as fundamentam.

O fato de Freud ter associado de forma estreita essas três formas de experiência que são a paixão, a transferência e a ficção literária será objeto de nossa atenção. Que a paixão inspire com tanta freqüência – por que não dizer quase exclusivamente? – os

---

2. S. Freud, *Delírios e sonhos na "Gradiva" de W. Jensen* (1907), Edição Standard brasileira, vol. IX, Rio de Janeiro, Imago. (A citação acima foi traduzida a partir do texto francês.) Ver também o prefácio de J.-B. Pontalis à nova tradução francesa, *Connaissance de l'inconscient*, Gallimard, 1986, pp. 255-8.

artistas de todos os horizontes, que ela também nos conduza à espiritualidade – pois a questão da paixão também concerne à religião –, não decorre apenas do fato de que, por sua sensualidade, ela é um dos temas mais excitantes que existem para o espírito. Não será porque, mesmo quando é experimentada da forma mais concreta, vivida da forma mais real, a paixão é o que nos transporta para um universo outro, que não é nem o da realidade nem o do imaginário, mas o da ficção? Seja ela literária, onírica ou delirante, a ficção se definiria como lugar, um lugar onde a memória faz apelo à metáfora para se lembrar das realidades que lhe escapam. Por isso o poeta, o analisando, o apaixonado explorariam uma mesma memória, nela se encontrando em pé de igualdade, embora as vias pelas quais cada um efetua esse trabalho os separem radicalmente.

Entre o familiar e o desconhecido, entre a presença nostálgica dos objetos e a iminência de sua perda, entre o real do acontecimento e o desvio da metáfora, a memória ocupa esse lugar, esse "sítio do estrangeiro" como o denomina Pierre Fédida[3], que também fica entre o encanto dos reencontros e o desencanto da ausência. É nesse lugar que convergem o apaixonado, o sujeito em transferência e o criador, animados pela busca de um objeto de memória doloroso, subtraído e singularmente atraente. O prefácio tão belo e profundo que René Dumesnil dedicou a *Educação sentimental*, e no qual demonstra a fonte autobiográfica do romance, destaca com propriedade o intenso trabalho de memória exigido de Flaubert para a escrita dessa obra: "Na data que escolhera, 1.º de setembro de 1863, Flaubert começa a escrever ou pelo menos a sonhar, pois esse tema tão bem traçado, com um meticuloso plano, não impede que fantasmas tenham de ser ressuscitados e que essa tarefa seja dolorosa." Pode-se avaliá-lo ainda melhor nessas linhas extraídas de uma carta escrita nesse mesmo período e endereçada por Flaubert à sra. Roger des Genettes:

---

3. Pierre Fédida, *Le site de l'étranger*, PUF, 1995, pp. 53-70. [*O sítio do estrangeiro*, São Paulo, Ed. Escuta, 1996.]

"Como me entedio, como estou preguiçoso [...]. As folhas caem, escuto o toque de um sino, o vento é doce, irritante. Tenho vontade de ir embora para o fim do mundo, ou seja, ao seu encontro, descansar minha pobre cabeça dolorida sobre seu coração e ali morrer [...]. Sinto-me esmagado pelas dificuldades de meu livro [...]. O que faço não é cômodo."[4]

Abandonemos por enquanto esse desvio pela psicologia do criador e voltemos à Gradiva, ao seu conteúdo e ao que ela pode nos revelar sobre a paixão. Norbert, o herói, é um amante da arqueologia. Apega-se – a palavra não é forte demais e poderíamos tranqüilamente substituí-la por "apaixona-se por" ou "faz uma transferência para" – a um baixo-relevo antigo que representa uma jovem mulher caminhando, à qual dá o nome de "Gradiva" por analogia com o Deus da guerra caminhando para o combate de um passo decidido, "Mars Gradivus". Fez dele um molde em gesso que mantém permanentemente exposto em seu escritório e que virá a ser o motor de uma atividade imaginativa e representativa intensa e fecunda: depois de lhe ter dado um nome, dá-lhe vida reconstituindo em pensamento sua história. Gradiva morava numa pequena cidade. Oriunda de uma família patrícia, provavelmente de origem grega imigrada para a Itália, ela era a sacerdotisa de um templo ao qual devia estar se dirigindo quando o artista a viu e registrou seu porte altivo na pedra. A idéia de que essa pequena cidade não poderia ser outra senão Pompéia impôs-se-lhe no momento preciso em que decide abruptamente empreender viagem para a Itália. Não sabia, conscientemente, o que motivava esse périplo, e para onde ele o conduziria. E ele o conduziu precisamente... a Pompéia. O jovem ia, por certo, buscar ali outros traços que sustentassem seu desejo de uma ressurreição de sua Gradiva.

Aqui, o texto de Jensen introduz uma idéia forte e agradável: na fantasia onírico-delirante de Norbert, são os próprios traços das pisadas de Gradiva que o jovem pensa reencontrar entre as

---

4. G. Flaubert, *L'éducation sentimentale*, La Pléiade, II, Gallimard, 1952, pp. 27 ss. [*Educação sentimental*, Rio de Janeiro, Ediouro.]

cinzas de Pompéia! Nada mais astuto que essa referência ao peso do andar e à substancialidade do traço para ilustrar a força da convicção de Norbert quanto à realidade do objeto em busca do qual parte. Por isso não ficará muito surpreso quando, nas ruas de Pompéia, ao meio-dia – a hora favorita dos fantasmas na mentalidade antiga –, lhe aparecer Gradiva, que, tendo a aparência de um ser em carne e osso, não se contentará em lhe falar como o faria qualquer pessoa viva e familiar, mas se dirigirá a ele pelo nome.

O desenlace é conhecido: a aparição revela-se como sendo Zoé Bertgang, sua amiga de infância, sua companheira de jogos e, além disso, sua vizinha na pequena cidade alemã onde moravam. A paixão pela arqueologia que consumia Norbert apagara até mesmo a existência de sua amiga; mas, considerando a idéia cara a Freud segundo a qual as vias do recalcamento são também as do retorno do recalcado, é possível supor que, deslocando-se para Gradiva, a paixão de Norbert e o delírio que se seguiu trabalhavam no sentido de fazer voltar à vida a lembrança soterrada de Zoé Bertgang e o amor infantil que o ligara a ela.

A paixão como o delírio são rememorações. Freud insiste nessa verdade; voltará a afirmá-la com extrema determinação em *Construções em análise*: "Ainda não foi suficientemente apreciado esse caráter talvez geral da alucinação de ser o retorno de um acontecimento esquecido dos primeiros anos de vida, de algo que a criança viu ou escutou numa época em que mal sabia falar." E mais adiante: "Não creio que essa concepção do delírio seja totalmente nova [Freud talvez recordasse, de modo *criptomnésico*, seu estudo da Gradiva] mas ela destaca um ponto de vista que geralmente não é colocado em primeiro plano. O que importa é a afirmação de que não só há método na loucura, como já reconheceu o poeta, mas que ela contém também um fragmento de verdade histórica; isso nos leva a admitir que a crença compulsiva que o delírio encontra tira sua força justamente dessa fonte infantil."[5]

---

5. S. Freud, *Construções em análise* (1937), in Edição Standard brasileira, vol. XXIII, Rio de Janeiro, Imago. (A citação acima foi traduzida a partir do texto francês.)

Temos de evocar rapidamente outras riquezas que surgem ao percorrer essas duas obras – a de Jensen e a de Freud –, em particular a questão suscitada pela posição do pé da andarilha no baixo-relevo. Está voltado na vertical para o chão ou, para exprimi-lo em outros termos, aponta para baixo. É esse detalhe que melhor identifica a efígie a seu modelo. Ele despertará o interesse de Norbert e inspirará o essencial de sua rica construção onírica e delirante. O movimento centrífugo da paixão concentra o interesse do apaixonado e o desloca sucessivamente de uma paixão pela arqueologia para uma paixão pelo baixo-relevo, depois para uma paixão pela representação do pé. Como se certo trabalho da paixão conduzisse ao isolamento de um objeto cada vez mais circunscrito, cada vez mais preciso, cada vez mais único. Isso também nos leva a reajustar nossas concepções sobre o método com o qual procedem, geralmente, os mecanismos psíquicos. Pois, se a paixão leva Norbert, num momento preciso, a se portar como um fetichista e um *voyeur*, não deveríamos concluir que, em todos os casos, o fetichismo e o voyeurismo são subterfúgios por meio dos quais, contra o recalcamento, o apaixonado mantém vivo seu objeto nos recessos de sua memória?

Há também a angústia, as dúvidas, o desespero que tingem a busca de Norbert por Gradiva, que o poeta compensa com um desenlace por certo feliz, mas antes de mais nada fantástico e que nos deixa incrédulos. Uma paixão geralmente não termina bem, exceto se se decide voluntariamente acabar com ela. Trata-se aqui da mesma decisão invocada por Freud para pôr fim – isto é, superar – à sua fobia dos trens: seu desejo de viajar, ir a Roma e a... Pompéia, era grande demais para não abandonar sua fobia antes que ela lhe ensinasse tudo sobre seus objetos e conflitos inconscientes. Temos em parte que dar razão aos moralistas: na paixão, uma determinação compulsiva e inconsciente entra em conflito com outras determinações conscientes e intencionais; elas sempre afetam o apaixonado com uma veleidade superficial. Mas graças a essa determinação consciente, o apaixonado goza de um discernimento e de um poder de autocensura sempre que surgem novos benefícios. A conquista amorosa de Zoé foi suficientemente atrativa para permitir a Norbert interromper sua busca passional de Gradiva, busca que no entanto não se esgotara pelo encontro com seu modelo: o enigma da fascinação exercida sobre o jovem pelo pé voltado para baixo ainda não tinha sido desvendado quando a história chega ao fim. Freud percebeu essa incompletude da escrita romanesca: "Nosso autor omitiu fornecer os motivos dos quais decorre o recalcamento da vida amorosa de nosso herói; a atividade científica [a arqueologia] é apenas o meio de que se serve o recalcamento; caberia ao médico vasculhar mais profundamente sem talvez chegar, nesse caso, ao fundo das coisas."[6]

A transferência trabalha pela ressurreição de um objeto perdido sob o efeito do recalcamento por meio de uma atividade de representação – o trabalho da análise –, a partir de indícios transferenciais tão insólitos quanto um baixo-relevo, um perfil de mulher ou a posição particular de um pé. Uma mulher me faz um pedido de psicoterapia mais do que de análise por causa de uma imensa aflição motivada sobretudo por uma paixão amorosa recente, súbita e violenta, que a humilha em vários sentidos: ela a condena moralmente no que tange ao seu cônjuge a quem ama; essa paixão volta-se para um homem de quem tudo a separa: a situação social, a idade – trata-se de um homem muito jovem; enfim, diante das tentativas que ela ousou empreender para entrar em contato com ele, ela recebeu, mais do que indiferença, desprezo.

Nessa primeira entrevista, depois de ter dito seu sofrimento manifesto, ela me comunicará, a título de informação ou por convenção, acontecimentos marcantes de sua história. Entre outros, a morte acidental de uma criança de pouca idade, o primeiro filho, um menino. Ela considera esse acontecimento, por certo

---

6. S. Freud, *Delírios e sonhos na "Gradiva" de W. Jensen*, op. cit. (A citação acima foi traduzida a partir do texto francês.)

trágico mas antigo, arquivado e sem relação com sua história atual. Ela só sonha excepcionalmente e é sempre o mesmo sonho: ela se vê, com uma criança nos braços, em circunstâncias que evocam seu drama. Surpreende-me no entanto o fato de que ela não estabeleça nenhuma relação entre esse sonho recorrente e sua história. Em meu íntimo penso que esse sonho, tal como o da criança que arde relatado por Freud no início do capítulo VII da *Interpretação dos sonhos*, lhe permite fazer reviver seu filho, e lhe traz um consolo ao qual não está disposta a renunciar.

O tratamento começa. A paixão se atualiza na análise. Ela evoca o prazer inaudito que experimenta em poder amar de novo e seu temor de ter de renunciar a essa paixão. Mais tarde, descobre que o que mais a atrai nesse jovem é seu olhar e a fascinação que sente de olhar esse olhar. Ocorre-me então subitamente o sonho evocado no decurso da entrevista preliminar e penso mais uma vez, no meu íntimo, o quanto esse sonho já evocava a fascinação do olhar e seu poder de compensar magicamente o desaparecimento do filho. Penso que o jovem bem poderia ter a idade que teria, hoje, o filho amado; entre essa sessão e a seguinte, ela observa, ao acordar certa manhã e depois de ter olhado a foto da criança pendurada na parede do quarto, que seu olhar se parece estranhamente com o do jovem. Fico aqui com esse exemplo. Nada se resolveu por isso; tudo ainda está por fazer, analiticamente falando. Sua paixão irá no entanto perder parte de sua virulência; ela se aproximará do filho, evocará sua morte com mais emoção; a transferência, na psicoterapia, se intensificará.

Não era essa paixão apenas uma transferência, transferência para esse jovem bem vivo da sombra de um objeto (para retomar a fórmula freudiana de *Luto e melancolia*) que continuava vivo no espaço escondido da psique? A dor vinculada a essa paixão não se originava nas considerações morais invocadas. Essas considerações, como todos sabem, têm um peso muito reduzido na paixão. Ela decorre do próprio conteúdo do que ali era rememorado: uma perda de objeto que o sonho anulava magicamente, que a paixão assume um pouco melhor, e que a transferência, na psicoterapia, deverá sustentar até sua resolução. O sonho, a paixão, a transferência analítica eram, aqui, três graus de um único processo psíquico. Este atualizava o objeto de memória, e substituía o recalcamento que nem esquece nem lembra, por uma rememoração que se lembra para esquecer. Ele garantia a elaboração do afeto amoroso partindo do segredo (do sonho), passando pela clandestinidade (da paixão) até seu reconhecimento pelo juízo consciente (na transferência da psicoterapia).

Quais os benefícios para um paciente de estar em psicoterapia? A longo prazo o objetivo é a supressão dos sintomas. Seu princípio foi enunciado por Freud, apoiando-se na metáfora da secagem do Zuiderzee, pela expressão lapidar e um tanto profética: *"Wo es war soll ich werden"*, onde era isso o eu há de advir; o benefício almejado é uma reorganização psíquica objetiva que escapa ao que dela o sujeito poderá vir a dizer, saber ou até mesmo sentir.

Dois benefícios imediatos são bem conhecidos e habitualmente considerados na explicação do alívio sentido pelo paciente por estar em psicoterapia e da sedação muitas vezes espetacular de seus sintomas: a possibilidade de falar e o fato de se sentir acompanhado e contido por seu terapeuta. A esses benefícios da fala e da continência, soma-se um terceiro que isolo um tanto artificialmente dos precedentes para poder destacar sua originalidade e singularidade: a capacidade de sonhar. Deparamos aqui com um grande obstáculo pois se trata de dizer, num campo que lhe é estranho – o da língua e do sentido –, o que, como atividade, permanece por essência aquém de uma linguagem significante, comunitária; pois o sonho recorre às imagens e ao idioma de seu autor. Para contrabalançar essa dificuldade, proporei provisoriamente duas figuras retóricas capazes de ilustrar essa atualidade do sonho no cerne da situação analítica: o benefício que o paciente extrai do fato de estar em psicoterapia é dispor de um espaço onde pode desenvolver a mesma atividade mental que aquela produzida pelo sonho. E mais: o tipo de atividade mental que a situação psicoterapêutica convoca pode ser assimilado à atividade mental que o sono produz. Pode-se falar, por analogia com a experiência onírica anterior ao relato do sonho, de uma experiência transferencial anterior à fala, ordenada pela corrente libidinal nova que o endereçamento à pessoa do analista organiza.

Nos seus sonhos de repetição a paciente sonha seu filho sobrevivendo ao acidente; seu sonho lhe restitui aquele que a morte lhe arrancou. Na sua paixão, ela também sonha uma criança voltando na idade que teria se o acidente não tivesse ocorrido; também nesse caso, sua paixão lhe devolve um objeto que no entanto ela sabe estar perdido e ao qual ela – não há nenhum motivo para duvidar de sua sinceridade – renunciou. Na verdade, nem o sonho nem a paixão procedem magicamente: eles não ressuscitam a criança morta; apenas abrem uma cena psíquica em que a criança nunca deixou de viver e de ser amada. Essa cena é a do inconsciente. O sonho e a paixão – e, acrescentemos, a transferência – são as formas do retorno desse recalcado. No intervalo em que ela não sonha, em que não está apaixonada, tudo terá desaparecido: a cena, a criança e o amor que ela lhe dedicava. Tudo isso não existirá mais, nada terá alguma vez existido. A paixão, embora engendre nela um sofrimento inquestionável, também lhe traz o júbilo infinitamente precioso de um a mais de existência, de um a mais de emoção, de um a mais de vida; ela me dirá: "O prazer que a gente sente ao amar de novo é inaudito." Fora da paixão e do sonho, todo esse sentimento de existência desaparece sem deixar traço. Sem traço de fato, afora uma falta a ser, aliás imperceptível para a consciência e que recoloca o enigma da inibição. Quando o recalcamento é bem-sucedido, ele é totalmente bem-sucedido; ele suprime o existente e a existência.

Por sorte, o recalcamento nunca é totalmente bem-sucedido; com o sonho e a paixão que o desarmam retornam a criança e o traço de sua existência. Mas esse traço organiza-se de acordo com uma lógica fantasística que lhe é própria e que poderíamos reconstruir da seguinte maneira, na ausência de um sujeito que a enuncie: "Lembrar-me de que ele está morto fazendo-o reviver."

Foi portanto por meio de uma profunda intuição psicológica que Jensen atribuiu ao seu herói o poder de ressurreição de Gradiva, a partir de sua pisada e o traço desta pisada nas cinzas do Vesúvio. O traço inconsciente é uma condensação; ele inscreve o acontecimento e sua negação – *Gradiva rediviva*. É isso o que dá um caráter um tanto fantástico à ficção, ao sonho, à paixão e à experiência transferencial.

Quando Norbert contempla o baixo-relevo no seu escritório, a moça avança pelas ruas de Pompéia, e Jensen anota com cuidado os detalhes de sua visão. Freud soube, na ocasião, estabelecer uma correta analogia entre o silêncio ao qual a torrente de lava reduziu a animação da cidade antiga e o congelamento da vida amorosa ao qual a criança é condenada pelo mecanismo psíquico do recalcamento. Podemos, por nossa vez, ser sensíveis à analogia existente entre o baixo-relevo e seu motivo funerário cuja fatal frieza o apaixonado desarma animando-o de uma graciosa postura e o traço inconsciente que o sonhador ressuscita dotando-o de todos os atributos da vida imediata.

É também dessa maneira que o eu, na situação psicoterapêutica, é convidado a sonhar. A experiência transferencial, assim como o sonho e a paixão, abre para o eu o acesso a essa outra cena, condena o analisando a se familiarizar com ela, a superar o pavor e a repulsa que ela suscita e a assumir sua visão. Por isso essa mulher sorridente e evidentemente feliz de chegar a sua sessão, nem bem se senta, explode em soluços. O acontecimento que lhe serve de pretexto é fútil. Ela apenas retomou um tema que ela elabora semana após semana: a inferioridade humilhante que experimenta quando se compara a um homem de seu meio. É evidente que ela se transportou para uma outra cena, ao sentar-se na minha frente, cena de que sairá com leveza quando se levantar, ostentando para se despedir o mesmo sorriso que exibia ao chegar. Também essa criança em psicoterapia manifesta, com mais verve ainda, essa passagem de uma cena social à cena da psicoterapia: depois de ter ocupado toda a sessão fazendo pequenos personagens brigarem entre si, com o rosto fechado, aborrecido e resmungando, logo que lhe indico o fim da sessão, ela abre sua caixa, deixa cair do alto e desordenadamente todos os objetos que utilizou, fecha-a e reassume em seguida o rosto sorridente de antes da sessão. Fechamento da caixa, fechamento da cena: não conseguiríamos figurar melhor o "re-sepultamento" de uma experiência exumada por um momento.

O paciente espera do analista que ele lhe permita o acesso a essa cena. Evidentemente, ela já está ali, latente e premente. Aliás, a força que a leva a ressurgir é também aquela que leva o paciente a vir ou, inversamente, é a mesma resistência que tenderia a apagá-la que faria, num determinado dia, o paciente faltar à sua sessão. Na verdade, a cena se abre graças à conjunção de dois fatores: certa atitude do analista e certa atitude mental do paciente.

A atitude analítica consiste, afora a presença física concreta, benevolente, do analista, numa ausência manifestada com seu silêncio e suas "recusas" – tudo o que está contido no conceito freudiano tão essencial de *Versagung*. Com isso o analista revela o que se encontra nos fundamentos da constituição do aparelho psíquico e que ele desarma: a morte dos objetos amados – não sua morte real, embora sua ocorrência não seja negligenciável, mas antes o desaparecimento ao qual sucumbem quando, pelas mais diversas razões, o sujeito tem de renunciar a eles. "Não há representação da morte no inconsciente", Freud gosta de repetir, mas essa ausência de representação da morte tem como causa o fato de que todo o inconsciente está organizado em torno de sua negação. E o analista ocupa o lugar do morto, dos mortos, no silêncio de sua escuta. Sua ausência evoca a ausência, as ausências, justamente aquelas cujos traços os enredos fantasísticos mantêm vivos e concretos. Não estamos distantes da paixão: a atitude do analista pode ser definida como uma atitude impassível. Essa conduta não significa que o analista não tenha paixão mas apenas que não a mostra, que não emite qualquer sinal dela. Nada é mais evocativo que essa negatividade para fazer reviver uma paixão extinta. Por isso, a morta antiguidade do baixo-relevo faz reviver uma certa andarilha, a fria indiferença do ser amado faz reviver a fascinação de certo olhar.

A presentificação pelo analista da ausência põe a trabalhar a memória do paciente. As paixões não nascem de outro modo: lembremo-nos de Proust e do trabalho apaixonado de escrita a que o conduziram as ausências despertadas pelo gosto reencontrado das *madeleines*. Na direção do analista e de sua ausência, instaura-se uma corrente psíquica que recolhe e drena os fluxos pulsionais que permaneciam atados às representações inconscientes. O deslocamento dos traços psíquicos na memória – e das lembranças e emoções a eles associadas – para a pessoa do analista: é isso a transferência. Ela é efeito do processo psicoterapêutico, pois sempre é apenas um primeiro remanejamento da neurose; é também sua causa, pois só se pode falar de processo psicoterapêutico a partir do momento em que o analista se tornou o mediador ou o suporte da rememoração.

Considerar a experiência transferencial como um movimento de memória permite apreender melhor o espaço em que ela se desdobra, que justamente não é a relação com o analista. Não se transfere para o analista, como outrora se dizia; ao contrário, é para uma ou várias representações do analista que se opera a transferência das representações de objeto ou de si do sujeito. A transferência desenrola-se, pois, na desrealização das representações, segundo uma lógica que não é diferente da ficção literária e poética e que é conforme à estrutura da memória inconsciente. Se o paciente entra e sai tão facilmente da situação psicoterapêutica, sejam quais forem a intensidade ou a particularidade de sua transferência, é porque – e acredito que esta seja uma regra absolutamente geral – ele nunca confunde o analista real e a representação de analista à qual ele faz suportar sua transferência. Também para o apaixonado, o objeto só vale pelo que representa, não pelo que é: na estranha queda com que termina *Educação sentimental*, quando a sra. Arnoux, tão intensamente desejada, por tanto tempo inacessível, oferece-se de súbito a Frederico, este foge, assustado e sem desejo.

O analista, portanto, nunca se auto-representa nas figuras da transferência que o paciente constrói dele. É assim que abre as portas do sonho para a compulsão presente no paciente de fazer reviver seus objetos perdidos. Mas a atividade onírica conjura e confirma essa perda a um só tempo: cabe apenas ao sonhador decidir se irá conotar as imagens de seu sonho com um sinal positivo ou negativo. Poder-se-ia de fato dizer do sonho o que Jensen diz de sua fantasia, que ela avança sobre uma aresta não mais larga que uma lâmina de faca; o sonho segue sempre uma aresta entre, por um lado, o princípio de prazer, a satisfação do desejo pela visualização do objeto perdido e, por outro, além do princípio de prazer, onde o traumatismo da perda se manifesta pela compulsão do sonho a repetir a desdita originária. A imagem no sonho insere-se entre o acontecimento psíquico e sua negação, entre a ausência do objeto e sua presença, e o trabalho onírico necessita de muita astúcia para não cair no pesadelo. É por isso que a análise do sonho é tão assustadora para o sonhador e sua interpretação tão problemática para o analista; pois a positividade da imagem no sonho apenas serve para mascarar a negatividade do objeto. A representação é sempre negação de uma ausência.

Mais uma vez encontramos a paixão e sua insistência em evocar o visual, a imagem e as representações. O objeto na paixão é o que se contempla, se admira de longe, mas não se atinge, e muito menos se abraça. A leitura de *Educação sentimental* é convincente nesse sentido; a paixão de Frederico pela sra. Arnoux fica presa, acorrentada numa fascinação do olhar, num erotismo da visão cujos indícios Flaubert multiplica:

> As mulheres mundanas que encontrava à luz do gás, as cantoras gorjeando, as amazonas no galope dos cavalos, as burguesas a pé, as moças faceiras na janela, todas as mulheres enfim lhe lembravam a mesma, por semelhanças ou contrastes profundos. Examinava nas vitrines as casemiras, as rendas e os brincos de pedras preciosas, supondo tudo isso a vesti-la, a cingir-lhe as ancas, rutilando nos seus cabelos pretos [...]; no mostruário dos sapateiros as pequeninas chinelas de cetim bordado pareciam esperar pelo pé

dela [...]; Paris era ela, e a enorme cidade com todos os seus sons ruidava em torno dela como uma imensa orquestra.[7]

É um sonho! O gênio de Flaubert obriga a língua a nada mais ser que uma fonte inesgotável de imagens. Mas, em contrapartida, esse romance – como o de Jensen, aliás – deixa o leitor insaciado. Assim como Jensen a propósito do pé da Gradiva voltado para baixo, Flaubert decepciona o desejo que suscitou em nós: qual é o objeto, inacessível, evanescente que se esconde por trás da sra. Arnoux e que Frederico, com sua pretensa timidez, com sua inibição, mantém em estado de efígie, de pura representação? De que objeto ele se aproxima e se afasta alternadamente quando brinca com ela, aproximando-se quando ela se afasta e afastando-se quando ela se aproxima? A sinceridade do apaixonado não é crível, como tampouco a do sonhador. No entanto é preciso crer na inquietude que os atormenta e no desespero que os corrói. E se há disfarce na paixão, como no sonho e na transferência, é menos no que concerne à figura do objeto que obviamente representa um outro, do que no que concerne à sua impassibilidade que, ela, é testemunha cruel de sua perda.

O que é sonhado na experiência transferencial, o que é visualizado segundo um procedimento análogo ao do sonho são portanto as representações inconscientes de objeto, os restos psíquicos dos objetos de amor aos quais o sujeito foi obrigado a renunciar. Em *Luto e melancolia*, Freud utiliza uma expressão que seria fácil de banalizar, mas cuja estranheza e profundidade vale destacar: "A prova de realidade mostrou que o objeto já não existe [...] e, enquanto isso, a existência do objeto perdido continua no psíquico."[8] O que é enunciado aqui é a própria essência do incons-

---

7. G. Flaubert, *Educação sentimental*, trad. Araújo Alves, Rio de Janeiro, Ediouro, p. 45.
8. S. Freud, *Luto e melancolia* (1917), in Edição Standard brasileira, vol. XIV, Rio de Janeiro, Imago. (A citação acima foi traduzida a partir do texto francês.)

ciente e que nos leva ao ponto de ruptura entre uma lógica analítica e outras formas de pensamento fenomenológicas ou psicológicas, lógica segundo a qual um objeto é suscetível de uma existência puramente interior ao sujeito, puramente subjetiva, sem dispor no mundo externo de uma referência atual. Acrescentemos a isso, para enfatizar essa perspectiva, que a estrutura do inconsciente reduz esse objeto a uma pura insistência, imperceptível para a consciência, embora produza os efeitos que deve gerar enquanto objeto. Os antigos tratados de moral isolavam, no estudo da paixão, as paixões sem objeto, geralmente consideradas vícios: a cólera, a tristeza, a alegria; para a lógica analítica, uma paixão sem objeto só é concebível desde que tenha havido um recalcamento que tenha conseguido dissimulá-lo perfeitamente. No que concerne ao recalcamento, o objeto é, no movimento passional, o que há de mais sensível e mais frágil. Na clínica, a depressão endógena fornece, *a contrario*, um exemplo impressionante disso: ela convida o psicoterapeuta a descobrir o objeto oculto que a mantém, sendo o processo transferencial a via régia para essa descoberta.

Uma mulher inicia uma psicoterapia em condições difíceis dados sua idade e os princípios morais extremamente rígidos que conservou de sua educação; omitirei a verdadeira razão que a conduziu a esse tratamento, como aliás ela mesma a escondeu durante muito tempo. Ela é musicista e mantém com a música uma paixão conflituosa e absoluta. Relato um momento transferencial de seu tratamento que um sonho reproduz e esclarece.

Nessa sessão, ela fala de seus sonhos da semana, como ela em geral gosta de fazer, e demora-se mais num do que nos outros: ela está dando uma aula de piano a uma menininha; por causa de sua baixa estatura, ela sentou a criança sobre uma pilha de partituras colocadas sobre o tamborete. De súbito um casal irrompe na sala, encara com severidade a aluna e diz "Essa criança não dará para nada". A sonhadora sofre pela criança mas, no próprio sonho, ela não contesta esse julgamento. A menininha é, diz ela, uma aluna nova a quem é muito prazeroso ensinar; o casal é composto de um cunhado e uma cunhada que ela teme; são substitutos parentais, mas ela não sabe disso. Portanto, poucas associações diretas. Em seguida ela se põe a falar da feliz evolução de sua história de amor com a música, o que é comprovado pelo fato de ela ter entrado recentemente numa peça de Ravel que durante muito tempo lhe foi inacessível e tê-la tocado com toda a sensualidade que ela requer. Essa agradável evocação cessa de repente e, depois de me dirigir um longo olhar interrogante um tanto assustado, ela diz: "Na minha idade e com a estrutura que tenho, será que algum dia poderei mudar?" Cala-se em seguida, abatida. Dir-lhe-ei, um pouco depois, que essa é apenas outra versão do pensamento do sonho: "Essa paciente não dará para nada."

O que é interessante nesse exemplo é, em primeiro lugar, a luz que lança sobre a natureza da paixão, e que se fundamenta num trabalho associativo que se desenvolverá no transcurso de várias sessões posteriores. Sua paixão confessa pela música, longe de ser autônoma, na verdade destina-se a seus pais. Sua dinâmica está sustentada pela figura de Schumann, de quem fala nessa sessão, para dizer o quanto se identificou com ele, com seus fracassos e com sua loucura, e de quem dirá mais tarde que era admirado por seu pai, o que se revela ser a verdadeira determinação de sua identificação com esse músico. Ser o Schumann de seu pai, talvez seja este um dos fundamentos de sua paixão – e de sua inibição para a música. A paixão muitas vezes tem um fundo falso, objetal em seu projeto manifesto, narcísico em seu projeto latente: o amor *pela* música e o amor de seus pais *através da* música que a engrandece e eleva aos olhos deles, como o sonho alude espirituosamente com a pilha de partituras sobre o tamborete do piano.

Mas esse exemplo também nos esclarece a respeito da experiência transferencial: com efeito, como compreender esse retorno de um pensamento do sonho em pensamento de transferência? A mesma atividade psíquica está em funcionamento no sonho e na transferência; é uma atividade de memória por meio da qual uma cena infantil real ou fantasiada é reatualizada: uma cena de desejo bastante clássica, masoquista em sua essência e que poderíamos formular assim na língua inconsciente proposta por Freud: "criança ser olhada com severidade por pais". Na sua inversão, essa cena é na verdade uma cena de amor que nunca ocorreu a não ser na fantasia, mas também uma cena de reencontro da realidade certa e perdida dos objetos parentais da infância. As imagens e afetos que sustentam o sonho estão marcados com um índice de realidade incontestável que garante uma experiência de satisfação que continuará até o esquecimento do sonho, pois só memorizamos nossos sonhos para continuar a sonhá-los. A imagem alcança aqui algo mais que uma representação: a imagem é os próprios pais, erige-se enquanto objeto completo de um desejo que ela satisfaz segundo uma lógica alucinatória, o que o sonho compartilha com outras atividades psíquicas, o delírio por exemplo. O benefício é evidente: ganho de prazer, ganho de memória, ganho de ser. O sonho autoriza, de modo fugidio, a sonhadora a entrar novamente no amor que ela tem por seus pais.

O último interesse desse exemplo concerne às diferenças que separam a experiência onírica da experiência transferencial, quanto a seus respectivos procedimentos e problemas. A experiência transferencial faz apelo ao visual, como o indica a troca de olhares instaurada por essa paciente entre nós – um visual que provém mais de uma percepção do que de um investimento alucinatório de traço mnêmico. Ela utiliza como procedimento a analogia perceptiva que, por deslocamento metonímico, me instala no lugar dos pais de sua infância. O mesmo deslocamento metonímico modifica esse pedido de amor que se torna: "Essa paciente não dará para nada!" O desejo infantil realiza-se pela via perceptiva ancorado num objeto exterior ao qual se acomoda logo que a analogia o identifica ao objeto originário. O procedimento difere portanto radicalmente do sonho, para chegar, no entanto, a um resultado idêntico: durante toda essa experiência, mais ou menos longa, ela é a menininha amorosa olhada pelos pais; está totalmente entregue à sua paixão. Há portanto ganho de prazer e de ser que faz parte dos benefícios esperados e encontrados pelos pacientes na psicoterapia e que os mantém ali. Mas com o procedimento perceptivo e objetal soma-se um ganho de representação: o sujeito não se contenta mais em *ser* a criança, ele *diz* ser a criança e *se dá a ver* ser a criança, por um olhar exterior, o do analista – de quem não se espera que goze do que vê, mas apenas que o perceba. A experiência transferencial está virtualmente engajada num processo de fala e num endereçamento a um outro. Por isso, o problema econômico é sensivelmente diferente daquele que ocorre no sonho: não é mais uma pura busca de prazer na identidade da repetição que é esperada; a busca de prazer continua, mas se vê derivada para um trabalho de figuração, de construção que visa a tornar esse prazer acessível à fala e à consciência.

Falar de uma "função sonho" da experiência transferencial parece portanto inapropriado no que tange às diferenças entre sonho e transferência. Todavia, antes de abandonar definitivamente essa hipótese, não esqueçamos o que isso nos permitiu descobrir: o sonho é o que nos revela; ele é a via que nos transporta para nossas *terrae incognitae*. O que subentendemos quando dizemos de um objeto estético que ele nos faz sonhar, senão que sua presença permite que nos aproximemos de certos pensamentos de outra forma inacessíveis? É também à compreensão do sonho, de seus procedimentos, de seu trabalho tal como estão expostos na *Interpretação dos sonhos* que devemos uma melhor representação do processo transferencial e do que nele está em jogo.

O laço entre transferência e paixão se justifica pelo fato de que ambas organizam campos de devaneio onde se despertam, se revivem e se representam relações de objeto antigas perdidas para a consciência. Não era a educação recebida que explicava a rigidez dessa mulher, mas sim a presença de contra-investimentos que se exerciam sobre sua ternura infantil e suas emoções sexuais edípicas. Levanto agora o véu que cobria esse caso: ela procurou análise devido a uma grave inadaptação de sua função materna; ou ela se ocupava dos filhos de maneira fria e mecânica, o que lhe causava sofrimento, ou, para reencontrar um pouco de ternura e de espontaneidade no trato com eles, inventava estratégias tão fantásticas quanto prejudiciais. A paixão materna lhe faltava, em resposta à extinção de sua própria paixão amorosa infantil sob a violência do recalcamento. Na experiência transferencial da psicoterapia essa paixão originária despertou, talvez provisoriamente, talvez de modo duradouro.

Quanto à paixão em si mesma, à conduta passional *stricto sensu*, seria um paradoxo pensar que uma paixão mais originária nela estaria representada ou enterrada? Seria interpretativo demais supor que uma paixão secreta, inacessível, impossível de ser figurada se escondesse por trás da paixão manifesta do apaixonado apesar de nele sempre predominar o princípio de exclusividade: exclusividade do objeto que nenhum outro pode substituir e exclusividade dos afetos que se organizam numa corrente cada vez mais única? Em nenhum outro caso a coincidência do objeto e do afeto parece mais estreita que na paixão. É por isso provavelmente que a paixão é tão exaltante, tão desejada. Também é por isso que o apaixonado perde toda capacidade de julgar o valor de seu objeto que aos olhos de um observador exterior à sua lógica parece tão derrisório e inadequado. Coincidência entre o objeto e o afeto? Voltemos uma última vez ao romance de Flaubert. Em *Educação sentimental* desenha-se um ausente de peso: o pai do herói que, depois de ter arruinado sua família e deixado o filho entregue a um vínculo materno exclusivo e possessivo, morre em condições misteriosas e um tanto desonrosas. O romance faz alusão a isso em poucas linhas, relativamente frias, e não volta a tocar no tema. Frederico se sentirá violenta e subitamente atraído pela sra. Arnoux e lhe sacrificará sua juventude, sua fortuna, sua mãe e suas ambições. Da troca de seus olhares no vapor de Rouen, surgirá um formidável apelo amoroso que nunca mais questionará seu objeto. A partir desse acontecimento, o romance desenvolverá, na exaltação das palavras e de suas imagens, a epopéia furiosa de uma alma apaixonada. No entanto, as primeiras páginas do livro evocam um outro encontro, anterior ao da sra. Arnoux. Trata-se de um homem que Frederico vai observar e admirar longamente, seduzido por sua desenvoltura e vitalidade. Esse homem é o sr. Arnoux. No momento em que se apaixona por sua mulher, Frederico não reconhece esse vínculo. Flaubert pressentiu portanto a imperiosa exigência da paixão que substitui metonimicamente o objeto por outro e, mais fiel à memória que ao acontecimento, reconstruiu a história sentimental segundo uma lógica própria ao desejo. Limito-me a observar essa estranheza etiológica do relato. No entanto, uma outra série de fatos abunda nesse sentido: a presença particularmente insistente, particularmente viva de "sor Arnoux" na intriga amorosa. Há também outra estranheza no fim do relato: quando a sra. Arnoux se dispõe por fim, depois de muitos anos, a se oferecer ao seu amante, este a indaga inopinadamente sobre o estado de seu marido. Ela responde que ele agora é um ancião, quase um morto. Será devido a essa resposta que ele não quer mais saber dela? A presença do homem através dessa mulher terá se tornado tão aflitiva que Frederico renega de súbito o amor que lhe votava? Não responderemos a essas questões. A força que, em todo homem, anima esse desejo da paixão talvez nada mais seja que certa reivindicação de acreditar na harmonia do afeto e do objeto, de idealizar a pureza de um amor absolutamente sem segundas intenções, sem segundo objeto.

Isso nos leva a romper definitivamente o encanto proporcionado pela assimilação da paixão e da transferência; pois, embora devamos conceder à paixão o direito de não se interrogar sobre a coincidência entre o objeto e o afeto, o mesmo não se dá na experiência psicoterapêutica. Não que seu projeto seja a renúncia a essa coincidência, seja esse desencanto – o que a situaria do lado de uma normalidade que ela não almeja –, mas ele se imporá necessariamente, sob o efeito das forças que animam a transferência e sua interpretação. Essas forças trabalham no sentido de desligar o afeto dos objetos e, ademais, levam o paciente a se libertar do encanto dos amores passados e a se encantar como os novos encontros.

A paixão, hipoteticamente, a transferência, com certeza, revelam que um objeto atual escolhido, singular, aparentemente único, não passa de substituto, de equivalente, no mundo externo, do traço psíquico de um outro objeto, este, perdido. Conceber a relação de objeto como determinada por uma relação intrapsíquica com um traço inconsciente é algo escandaloso para o pensamento, mesmo para o pensamento analítico, e devemos lembrar que Lacan, no seu tempo, denunciou a deriva do pensamento analítico para uma concepção excessivamente altruísta da relação de objeto. Ademais, não nos esqueçamos da famosa fórmula freudiana: "O objeto não é encontrado, mas reencontrado."

Em toda relação desejante, em que às vezes o ódio toma o lugar do amor, é preciso que se estabeleça uma relação entre o objeto exterior e o traço inconsciente. O desejo, que se mantém preso ao traço, irradia-se deste para o novo objeto, contamina-o com uma equivalência ao objeto antigo; a relação inconsciente com esse traço é a passagem necessária pela qual deve transitar e se moldar toda nova relação de objeto. Essas relações desejantes, no entanto, distinguem-se umas das outras pelo tipo de trabalho a que dão lugar e pela forma particular de ligação que cada uma elabora.

Na relação amorosa, o traço é desinvestido em proveito do objeto que adquire assim, de dentro, um atrativo que se soma ao seu atrativo próprio. Mas essa transferência de investimento permanece inacabada. Entre o traço e seu fiador continua existindo um afeto comum e indiferenciado que constitui como que um cordão umbilical entre o objeto antigo e o objeto novo. De tal forma que, embora o objeto de amor num amor estável e profundo substitua de forma duradoura o traço dos amores antigos, ainda assim ele permanece aberto à memória deles. Daí o poder, que tanto nos encanta no ser amado, de nos transportar para outros amores e de nos autorizar a sonhadora e preciosa infidelidade que consiste em gozar com ele do que ele não é. Conceder-lhe-emos em troca o direito a uma outra infidelidade, a de não ser absolutamente conforme ao seu modelo, de ser ele na sua singularidade e de nos surpreender pela novidade de sua existência. Assim, Jensen empresta a Zoé ditos de rara clarividência quanto à natureza de seu amor por Norbert, retorno evidente de seu amor por seu pai. Ao falar deste último, ela dirá a Norbert: "Não sou uma peça insubstituível de sua coleção zoológica; se fosse, meu coração talvez não estivesse ligado a você de modo assim tão aberrante! [...] Você só precisa ir passar dois ou três dias em Capri. Lá você apanha com um laço feito de um talo de grama [...] um *lacerta faraglionensis* que você soltaria aqui na natureza para apanhá-lo de novo à vista dele. Depois disso bastaria deixá-lo livre para escolher entre a lagartixa e mim: você tem tanta certeza de que me terá que quase tenho pena de você!"[9]

Na paixão, a relação do objeto com o traço antigo é desprovida do caráter móvel, vivo, quase dialético, presente no estado amoroso. O apaixonado exige de seu objeto uma fidelidade absoluta a certa idealidade; a menor falha o enfurece ou o afasta, motiva inquietudes sem limite, tormentos inomináveis. O terror que o apaixonado manifesta superficialmente de perder seu objeto ou de não alcançá-lo revela-se no fundo ser o terror de que o objeto perca ou não alcance a conformidade que lhe é exigida. Guy Rosolato indica a dimensão narcísica, paranóica, da paixão. O ciumento suspeita, sempre e sem provas, que seu parceiro o engana: ele deseja inconscientemente a infidelidade de seu objeto. O que o ciumento ama efetivamente nele é o traço deslocado de um outro objeto de amor. Por isso, para conceber o tipo de vínculo objeto-traço que opera na paixão, é preciso conceber um trabalho psíquico de ordem totalmente diferente do que no estado amoroso: não mais uma transferência de investimento, um trabalho de ligação-desligamento, mas, ao contrário, uma fixação do objeto ao traço graças à qual este conserva toda sua atualidade.

Essa oposição é no entanto esquemática: a relação amorosa nunca escapa de certa exigência passional com sua propensão mórbida ao ciúme e a paixão nunca é tão conservadora assim. Tentamos inclusive provar o contrário pois, na sua paixão de re-

---

9. S. Freud, *Delírios e sonhos na "Gradiva" de W. Jensen*, op. cit. (A citação acima foi traduzida a partir do texto francês.)

presentar seu objeto – e toda paixão é ao mesmo tempo paixão de representação –, o apaixonado tenta abrir-se libidinalmente aos objetos que escolhe. Mas o fato de ter contraposto estado amoroso e paixão, quanto ao tipo de trabalho psíquico que se efetua entre traço e objeto, permitiu esclarecer um pouco mais o trabalho da transferência. Da transferência, Freud pensava que era o próprio modelo da falsa ligação: uma falsa ligação entre um desejo e um objeto escolhido pela mais extrema das contingências, simplesmente porque ele está imediatamente disponível. De onde vêm essa aproximação, esse *mais ou menos* – que os moralistas não deixariam de denunciar, como o fizeram com a paixão –, essa passividade do sujeito diante de seus desejos, essa debilidade da vontade diante da exigência de governá-los? Elas provêm, por um lado, do fato de que o objeto originário não pode ser descoberto: resistência e pavor demais se opõem a isso, benefícios demais estão comprometidos em seu recalcamento. E, por outro lado, do fato de que, desde esse objeto, age uma compulsão a se representar que é plenamente satisfeita pelo deslocamento transferencial: mais vale ser inadequadamente representado que ficar sem representação.

Por isso o objeto transferencial é contingente, mas não aproximativo: o analista está presente não apenas para garantir a necessária deiscência entre objeto originário e objeto de transferência, mas também para desvendar a estratégia inconsciente que opera por trás desse aparente parentesco. Assim como o ciumento que no íntimo bem sabe a quem se dirige quando acusa o infiel, o sujeito que transfere bem sabe a quem fala quando se dirige ao analista. Este é o primeiro ponto que situa a transferência do lado da paixão e, sem dúvida alguma, do lado de certa lógica narcísica e paranóica. Existe um segundo ponto que poderíamos formular assim: a transformação do objeto em objeto de transferência opera-se no momento preciso em que o objeto ameaça representar-se pelo que efetivamente é, com todo o pavor vinculado a essa revelação. A transferência emerge contra a representação. Na análise, ela não é um processo permanente, definitivamente instalado, mas, ao contrário, é sempre extremamente flutuante. É constantemente relançada pela variedade dos objetos de memória com os quais o sujeito se familiariza pouco a pouco. Mas ela opera sempre na resistência, como resistência ao saber, à representação do objeto, à sua apresentação. Assim como a paixão, ela consiste num contra-investimento do traço inconsciente pelo investimento de um objeto externo. "O apaixonado não quer saber"[10], diz Octave Mannoni. O sujeito que transfere – que não é o todo do analisando – tampouco. Na transferência, esse contra-investimento é decerto provisório; dura apenas o tempo do pavor, ao passo que na paixão é mais violento e duradouro. Mas o princípio é o mesmo, o de um rebatimento do objeto sobre o traço e de certo desvio da função representativa da representação.

Mas o que evita que na transferência se atualizem todas as potencialidades presentes do destino passional é a intervenção do analista. Como definir esta última uma vez que suas modalidades mudam conforme as épocas, conforme as escolas? Alguns analistas são mais silenciosos, outros mais interpretativos. O que haverá em comum entre esses diferentes modos de intervenção que, no entanto, se definem por uma intervenção especificamente analítica? É possível responder a essas questões fazendo referência à própria etimologia da palavra intervir: o ato de vir entre. A intervenção do psicanalista definir-se-ia portanto pelo ato de vir entre os atores de uma cena psíquica, aberta, precisamente, pela situação transferencial. Os atores são constituídos pelo sujeito, que um trabalho de memória põe em situação de desejar, e pelo objeto ao qual se dirige, provisória e cenicamente identificado ao analista.

Desde que lugar pensa e fala o analista quando pensa ou constrói a situação analítica ou quando nela intervém, interpretando alguma coisa? Não é desde o lugar manifesto que lhe é atribuído pela transferência no lugar do objeto que ele representa. O ana-

---

10. O. Mannoni, *Clefs pour l'imaginaire ou L'autre scène*, Le Seuil, 1969.

lista permanece parcialmente alheio à situação, inclusive à sua própria participação no jogo transferencial. Pois a transferência se dirige a um traço dele mesmo que ele ignora. Ele pensa e fala na ausência. Só escuta e entende o que se joga na cena transferencial desde a negatividade dos objetos de sua memória. Sabe que a cena que o paciente revive está bem resolvida e que é para desprender-se um pouco mais dela que ele a reatualiza dessa maneira.

É exatamente isso que Zoé faz quando, surpresa, pergunta a Norbert: "Quer dizer que eu ando de um jeito singular?" Talvez ela o saiba, talvez não; não se trata de coquetismo. Zoé não se identifica com a representação que Norbert faz dela. Ela se desprende. Ela pressente que, na escolha desse estranho traço, Norbert tenta se libertar de certo passado. Sua postura, com efeito – pelo menos no que tem de fascinante para Norbert –, não pertence de fato nem à efígie nem ao modelo, mas antes a certa lembrança da qual Norbert deseja fazer o luto, por intermédio de sua paixão. A pergunta de Zoé o leva aliás a um novo trabalho de rememoração e de desilusão: "Ele o contemplava todos os dias [o baixo-relevo], ocorrera-lhe a idéia de que a imagem devia representar uma jovem pompeana em sua cidade natal caminhando pelas pedras de lava para atravessar a rua, e aquele famoso sonho confirmara sua suposição. Fora isso, inclusive, agora ele o sabia, que o levara a refazer a viagem até aqui, para tentar reencontrar os traços de suas pisadas."[11] A crença na existência real do traço acabará dissipando-se definitivamente. Dizem que a única análise bem-sucedida foi a que Zoé Bertgang empreendeu com Norbert Hanold. Não é de espantar portanto que, no romance de Jensen, Freud tenha ficado tão visivelmente seduzido pela personagem de Zoé. Sua curiosidade, a oportunidade de suas intervenções o encantaram. Reconheceu nela o analista que ele era. Freud teria com efeito podido intervir junto a seus pacientes como Zoé com Norbert.

---

11. S. Freud, *Delírios e sonhos na "Gradiva" de W. Jensen*, *op. cit.* (A citação acima foi traduzida a partir do texto francês.)

A analogia indicada por Freud entre a intuição de Zoé e a prática analítica é profunda: devido à sua função, o analista desfaz a falsa associação, a fixação passional ao objeto que a transferência autoriza, sem denunciá-las, mas atribuindo, por meio da ausência em que se mantém, toda sua força ao poder de desligamento de que está dotado o trabalho de memória na sua busca de uma adequação cada vez mais precisa do objeto ao seu traço. O apaixonado não dispõe dessa oportunidade: seu objeto ou é totalmente inerte como no colecionador, ou totalmente indiferente como na paixão religiosa, ou totalmente cúmplice como quando a sra. Arnoux se identifica passivamente à imagem de que está paramentada.

DESASTRE DA CONSCIÊNCIA

Cada qual pode buscar em suas lembranças a emoção mais pungente, o golpe mais terrível que o destino aplicou sobre a alma; cabe então resolver-se a morrer ou a viver: direi mais adiante por que não escolhi a morte.

Gérard de Nerval, *Aurélia*

A modernidade do pensamento freudiano evidencia-se pelo fato de que nenhuma nova teoria o superou ou tornou caduco até agora. Essa fecundidade sempre atual decorre sem dúvida da polissemia dos principais conceitos em torno dos quais a obra se organiza e que certa leitura é capaz de trazer à tona.

Três vias se oferecem à leitura do texto freudiano: a primeira, a de uma obra científica se não acabada pelo menos definitiva, de um *corpus* teórico que exploraria linearmente a estrutura profunda do aparelho psíquico e as forças em jogo nela. Segunda via: ler Freud ligando a evolução do aparelho conceptual ao desenvolvimento de seu pensamento e de sua práxis. Assim, por exemplo, o conceito de recalcamento foi suficiente para dar conta do conflito psíquico subjacente ao mecanismo da histeria e à produção do sonho; mas o surgimento posterior no campo analítico da questão da psicose e a pressão exercida por Jung levaram Freud a elaborar um conceito novo, a projeção, que vem substituir o recalcamento. Uma terceira leitura deslocaria a atenção da obra para o trabalho de escrita do qual ela seria, em última instância, o pretexto: trabalhar Freud escutando a escrita dizer as vicissitudes da experiência analítica à qual ele nunca deixou de se submeter, todos os dias, durante várias horas... O escritor que Freud foi, à noite e durante suas férias, teria elaborado numa produção textual a coisa analítica com a qual deparava o analista que ele era de dia. Trata-se de uma leitura crepuscular, que escuta a escrita construir as figuras demoníacas do inconsciente e ordená-las em categorias conceptuais acessíveis à racionalidade científica, sem que percam algo de sua pulsionalidade específica. O objetivo é devolver à escrita freudiana o sofrimento de sua formulação, sua obscuridade, seu caráter tateante e esse resto em que se detém, no ato de nomeação, a palavra diante da coisa inconsciente. Poder-se-ia, nesse caso, falar de uma leitura analítica? Ela não simplifica o trabalho do analista. Obriga-o a se aprofundar na problemática psíquica. Confronta-o com seus enigmas, leva-o a avaliar as resistências que ela suscita. Ela o faz apreender o conceito não como algo dado mas como algo a ser conquistado: "Tens de apropriar-te do que herdaste."

É o que acontece com o conceito de projeção. Sob esse termo, Freud designará sucessivamente mecanismos psíquicos muito diferentes sem explicitar essa contradição, e cabe a nós, enquanto herdeiros, desenvolvê-la. A palavra define em primeiro lugar a defesa fóbica do pequeno Hans: uma moção pulsional desprazerosa, o amor pelo pai, ao escapar ao recalcamento, ameaça de angústia o eu; essa angústia é deslocada para um objeto do mundo exterior. Hans passará a ter medo do cavalo e poderá assim manter com seu pai uma relação normal, não contaminada pela figura fantasística da angústia de castração. Mas também pode se proteger facilmente da figura do cavalo que se tornou assustadora evitando encontrá-lo: basta restringir seu campo de ação no mundo exterior.

A projeção fóbica consiste em substituir um fragmento do mundo fantasístico por um elemento perceptivo atual; é uma projeção especular: o cavalo representa o pai segundo uma lógica rigorosa; eles têm em comum "uma coisa preta sobre a boca", o pai um bigode, o cavalo um arreio. A continuidade metonímica ao longo da qual a fobia realizou seu deslocamento é reversível; e será essa a via que o trabalho analítico tomará para resolver de modo brilhante essa neurose infantil. Assim, graças à projeção fóbica, o inconsciente se estende sobre o real, lança para ele um pseudópode; e o eu não se deixa enganar pela operação, ele a tolera e a utiliza: durante o período de sua doença, Hans diz ao pai: "Papai, fica aqui. Não vai embora *nesse trote*."[1]

Se entendemos a escrita teórica como uma elaboração da experiência analítica, podemos ter certeza de que, nessa apresentação da projeção fóbica, Freud pensa metaforicamente na transferência da qual o tratamento decorre. Pois a transferência é o deslocamento, a projeção sobre um detalhe, resto perceptivo da pessoa do analista, de uma representação desprazerosa. É um retorno do recalcado que o eu tolera, que utiliza temporariamente durante o tempo da sessão e da regressão que ela autoriza. Freud explicitará essa idéia com a imagem da arena: "Permitimos o acesso do impulso à transferência, essa espécie de arena onde lhe será permitido manifestar-se com total liberdade [...] A transferência cria assim um campo intermediário entre a doença e a vida real, em virtude do qual se realiza a passagem de uma para a outra."[2]

Ao descrever a fobia de Hans, Freud também pensa metaforicamente no trabalho do sonho. Sua realização requer que, com a cumplicidade do eu adormecido – dorme, é só um sonho –, as formações recalcadas transformem-se em imagens sobre "a outra cena" em que o impulso inconsciente se mistura com os restos perceptivos e neles se reflete. Em *Complemento metapsicológico à teoria do sonho*, Freud, libertando-se dessa metáfora, será explícito: o sonho é uma projeção.

---

1. S. Freud, *Análise de uma fobia em um menino de cinco anos – O pequeno Hans* (1909), in Edição Standard brasileira, vol. X, Rio de Janeiro, Imago. (A citação acima foi traduzida a partir do texto francês.)
2. S. Freud, *Recordar, repetir e elaborar* (1914), in Edição Standard brasileira, vol. XII, Rio de Janeiro, Imago. (A citação acima foi traduzida a partir do texto francês.)

Nessa primeira etapa de sua construção teórica, a formação conceptual denominada "projeção" abarca um mecanismo bastante geral da vida psíquica que dá um certo jogo ao seu funcionamento, pois permite ao eu representar cenicamente o que o recalcamento retira de sua atenção. Longe de colocar em perigo a unidade psíquica e a interioridade do eu, ela tende a reforçá-las. É o fator essencial do processo analítico se o pensarmos como projeção do recalcado sobre a cena transferencial.

O papel – indireto mas essencial – de Jung na história do movimento analítico foi promover uma séria inflexão no curso da investigação freudiana. Em seu nome, os médicos do Burghözli – Bleuler em primeiro lugar – desafiaram Freud, contrapondo à sua doutrina o fato de que ela se revela impotente para explicar e resolver o enigma da psicose. Notemos a propósito que o interesse atual dos analistas pela questão da psicose talvez ainda esteja clandestinamente tingido de uma contestação da doutrina freudiana. A esse desafio, Freud responderá com um profundo remanejamento de sua teoria que tem início com *O caso Schreber*. Nesse texto a formação conceptual "projeção" é retomada numa perspectiva muito diferente, e sua análise nos permitirá avaliar a importância desse remanejamento.

"Não sou *eu* quem ama o homem – *é ela que o ama*"; assim pensa, segundo Freud, o alcoólatra ciumento. "Eu não o *amo*, eu o *odeio* – porque *ele me persegue*"; assim pensaria, ainda segundo Freud, o paranóico. Deixaremos de lado a terceira fórmula canônica: "*Não amo ninguém*, só amo a mim mesmo"[3], pois ela manifesta o retraimento narcísico que é a condição necessária da projeção aqui desconsiderada. Freud efetua um salto epistemológico em relação ao conceito de projeção. O que é deslocado nessa forma de projeção, o que é projetado na acepção balística

---

3. S. Freud, *Nota psicanalítica sobre um relato autobiográfico de um caso de paranóia – O caso Schreber* (1911), in Edição Standard brasileira, vol. XII, Rio de Janeiro, Imago. (A citação acima foi traduzida a partir do texto francês.)

do termo, não é apenas a moção de desejo inconsciente (o famoso desejo homossexual que, segundo Freud nesse momento de sua elaboração teórica, determina especificamente a defesa psicótica), mas também algo do "eu". Ao final da operação projetiva, lá onde "eu" poderia ter expresso sua unidade subjetiva, aparece algo que se enuncia parcialmente como "ele" ou "ela". Essa passagem da fala da primeira para a terceira pessoa marca o exílio parcial do eu, sua nova vocação de estranho a si mesmo. O eu que se enuncia no ciumento quando ele diz "Ela o ama" separou-se do eu que fala; é um "eu" clivado, falado no lugar do outro de onde, eventualmente – é esse o destino da alucinação auditiva –, ele voltará a falar em nome próprio: "Ela me ama."

Essa projeção psicótica é uma projeção do "eu" que supõe que essa instância tenha sofrido uma fragmentação e uma dispersão, embaralhando radicalmente as categorias fundadoras do eu e do não-eu. O descentramento psíquico que assim se realiza é o oposto da unificação psíquica que observamos em funcionamento na projeção fóbica. Esta, como dizíamos, anima o processo analítico, seu trabalho de recentramento psíquico. Aquela anima o processo psicótico e seu trabalho de despersonalização.

Essa transformação de conteúdo a que Freud sujeitou imperceptivelmente o conceito de projeção na escrita de sua obra é encontrada de modo análogo na construção de uma outra formação conceptual: o recalcamento. Na sua primeira formulação, o termo designa a repressão que as moções de desejo sofrem quando sua satisfação é incompatível com as exigências da censura. O "eu", recusando-se tanto a acolhê-las como a reconhecê-las, saldará o custo dessa atitude pagando o tributo do contra-investimento que o mantém topicamente separado das representações inconscientes indesejáveis. Nessa primeira figura, o recalcamento é uma peça central do aparelho psíquico que separa por um lado a instância do eu, organização sistêmica do ser, paradigma de sua subjetividade, e por outro o sistema do inconsciente. Este último encontra-se em conflito com o primeiro mas não em ruptura, estando a continuidade assegurada pelo jogo do contra-investimento que na neurose participa do sintoma e se manifesta no tratamento pela resistência. A interpretação trabalha no sentido de desarmá-la. É sobre este recalcamento que se fundamenta o projeto psicoterapêutico da análise.

A pressão exercida sobre Freud pelo desafio junguiano – habilmente camuflado em preocupação de estender a análise para o campo da psicose – leva-o a modificar o conteúdo da formulação conceptual "recalcamento". Duas questões inter-relacionadas exigem essa transformação: como explicar a alucinação do sonho que, ao término de seu trabalho, dá os desejos por satisfeitos? Em que a alucinação do sonho difere da alucinação psicótica? A vontade de resolver essas questões inspira todos os textos metapsicológicos freudianos, mas é o *Complemento metapsicológico à teoria do sonho* que as responde de forma mais direta: o que torna possível a alucinação é o recalcamento da "prova de realidade", atividade específica de uma instância especializada do eu capaz de discernir a origem da excitação perceptiva. Se, com uma ação muscular, essa excitação pode ser calada, ela será considerada uma percepção verdadeira, proveniente do exterior. Caso contrário, ela é uma excitação endopsíquica da qual a instância egóica garantirá o controle inibindo o desenvolvimento alucinatório.

O recalcamento da prova de realidade é portanto o recalcamento pelo eu de uma de suas próprias instâncias. Isso permite avaliar a ruptura epistemológica que o conceito experimenta em relação à sua primeira acepção que o limitava a um recalcamento da representação inconsciente. Freud não se estenderá muito sobre esse conceito; não aprofundará seus motores, desconsiderará a natureza particular do contra-investimento que o mantém em atividade. Irá substituí-lo logo por outra formação conceptual: *die Verwerfung*, palavra para a qual adoto a tradução literal de "rejeição".

A rejeição aparece na elaboração do pensamento freudiano como o avatar do recalcamento; indica qual a via que Freud toma quando procura fornecer uma representação psicológica da psicose que a diferencie da neurose. Essa via é a do eu – sua natureza, sua estrutura e sua libido –, cuja representação pode ser encontrada no conjunto dos grandes textos metapsicológicos. Ora, se Freud, em *Pulsões e destino das pulsões*, definia o eu como "o que não pode escapar de si mesmo", no *Complemento* ele lhe atribui uma proteção: o eu dispõe também da possibilidade, tão útil e universal, de fugir em face do perigo; ela consiste em se fragmentar e em se dividir por meio da projeção ou da rejeição. O processo psicótico seria para a patologia do eu o que a fobia é para a neurose. E Freud dará continuidade ao estudo do conflito psíquico partindo do intersistêmico, em que se opõem o pré-consciente e o inconsciente dando lugar à neurose, ao sonho e ao discurso associativo do tratamento, para chegar ao intra-sistêmico do eu para cuja exploração nem a experiência do tratamento nem a auto-análise lhe serão de qualquer ajuda. Segundo Freud, eram muito raras as ocasiões de encontrar entre a sua clientela pacientes psicóticos. Acreditava que, pela ausência de transferência, esses pacientes eram inacessíveis ao tratamento analítico. Não foi a título de artifício que ele recorreu às "Memórias de um doente dos nervos", como tampouco é a título de artifício que passará a privilegiar cada vez mais a especulação metapsicológica em detrimento de uma teorização da prática clínica...

A intrusão da psicose no campo da teoria analítica veio, portanto, abalar profundamente seus achados, suas verdades e suas esperanças. Isso se evidencia pela deriva dos conceitos de projeção e de recalcamento, como também estes poderiam evidenciar certo sofrimento da escrita freudiana diante dessa mutação imposta, através de sua amizade com Jung, pela realidade da própria psicose... Os mecanismos abarcados por essas formações conceptuais na sua primeira montagem fundamentam o processo analítico. Os mecanismos psíquicos que o recalcamento-rejeição e projeção "schreberiana" abrangem não têm contrapartida terapêutica: "As características clínicas da paranóia, sua constância, sua gravidade são suficientemente explicadas pela projeção. Se na histeria e na neurose obsessiva subsiste de forma consistente uma constância da realidade, isso se explica pelo fato de o contato com o mundo exterior permanecer intacto, ao passo que o espetáculo é comandado pelos complexos investidos pela libido. Na paranóia, são eles mesmos que se apresentam à pessoa como estrangeiros provenientes do mundo exterior, donde credulidade, imutabilidade, fusão neles."[4]

A inadequação do processo psicótico ao tratamento, sua impossível conversão em processo analítico decorrem, para Freud e para nós, do fato de vários eus habitarem a pessoa do psicótico e lhe serem alheios. Embora Freud renuncie à análise da psicose, não renunciará à exploração científica das condições psicológicas de sua instauração. Estas coincidem com as condições estruturais que tornam concebível uma divisão do eu...

O que se faz urgente, tanto no terreno da psicose como no conjunto do campo analítico, é compreender. A cura virá como conseqüência. Atualmente é difícil convencer-se de que as diversas teorias pós-freudianas, tão brilhantes para alguns, tenham modificado radicalmente as condições de analisabilidade dessa afecção. Embora os partidários desta ou daquela escola afirmem poder analisar psicóticos e forneçam generosamente vinhetas clínicas que descrevem a maneira como procedem, os resultados da análise de psicóticos continuam sendo (o bom senso impõe essa constatação) absolutamente indigentes.

Digamos que algumas dessas teorias têm mais sucesso para os analistas que para os pacientes... Em geral seu poder de convicção decorre sobretudo de fenômenos de grupo ou de escola, por meio dos quais o compartilhar de um ideal ou de uma crença comum isenta cada qual de ter de enfrentar o enigma ainda inabalado do fato psicótico. A saturação teórica a que isso dá lugar

---

4. Carta de S. Freud a C. G. Jung de 3 de março de 1908, in Sigmund Freud, C. G. Jung, *Correspondance 1906-1914*, Connaissance de l'inconscient, Gallimard, 1992, pp. 191-192.

vai de encontro à reserva freudiana, admiravelmente resumida numa carta a Jung: "Meu trabalho é realmente honesto, razão pela qual meu saber é tão fragmentado e me sinto incapaz de conceber relações mais extensas. Eliminei com todo o cuidado possível minha especulação consciente e afastei por completo de mim *a saturação das lacunas na construção do universo.*"[5]

Se até os mais brilhantes dentre nós puderam sucumbir vez por outra à magia do pensamento, à alucinação teórica diante da exigência de construir o universo psicótico, não seremos nós que evitaremos essa armadilha. Podemos apenas reconhecer que a tendência da especulação teórica a considerar suas construções hipotéticas verdades de fato repercute, no pensamento analítico, o eco de uma realidade própria do processo psicótico: a potência de sua magia exerce seu poder; ela convoca a cumplicidade de seu observador. O depoimento abaixo o demonstra.

Costumo ir regularmente a um serviço hospitalar em que a equipe de profissionais, para avaliar e melhorar seu trabalho, me fala de um paciente. Nesse dia, o chefe de serviço expõe o caso de uma paciente bem conhecida que vem sendo hospitalizada em intervalos irregulares nos últimos dez anos. No entanto, as informações são lacunares, elas ficam coladas à realidade: sua vida social, seu comportamento no hospital, suas fugas. O médico reclama da imprecisão de seu próprio relatório; qual será a avaliação nosológica desse caso? "Será ela realmente delirante – pergunta-se ele – ou é apenas uma simuladora?"

Uma coisa chamou minha atenção nesse relato: a aflição quase melancólica que essa mulher deixou transparecer por ocasião de uma nova hospitalização e que o médico, sem se dar conta, percebeu claramente, pois foi levado a recomendar uma "internação", a isolá-la e a prescrever um tratamento neuroléptico intensivo. A melancolia pode, com efeito, não escapar à observação e escapar ao discurso. O relato do seguinte incidente surpreen-

---

[5]. *Ibid.*, carta de 25 de fevereiro de 1908, pp. 187-8.

deu-me ainda mais: a paciente fugiu do hospital para voltar ao seu país de origem; ali, sob pretexto de um enclausuramento arbitrário, jogou-se de um quarto andar. Repatriada, dá novamente entrada no hospital para curar seus ferimentos. Ninguém no serviço colocou em dúvida o motivo declarado dessa defenestração. Houve um recalcamento unânime do que deve ter sido uma tentativa de suicídio. Finalmente, o médico termina sua exposição com a leitura da carta que a doente lhe enviou recentemente, pois, tendo saído do hospital, ela pediu uma consulta. O tom da carta me impressiona: apesar da escrita afetada, incoerente, literalmente esquizofásica, ali se expressa uma dor moral pungente, uma queixa melancólica patética.

Pelo fato de ser estrangeiro ao grupo de profissionais, só eu consigo escutar o *pathos* que berra nesse relato. Por isso, nesse momento preciso, intervenho para dizer que sem dúvida foi a mesma dor depressiva que o médico sentiu quando isolou essa mulher, que a levou a se atirar da janela e que agora se explicita nas pobres palavras de sua carta.

Um outro médico toma a palavra: é verdade que experimenta certa reticência em tratar o delírio dessa mulher, sentindo intuitivamente que ele a protege de uma depressão grave que, espontaneamente, a levaria a se suicidar... Observou, aliás, que ela costuma fugir logo depois de novas prescrições medicamentosas. Em seguida é o psicólogo quem fala: recebe-a regularmente para entrevistas individuais mas não agüenta ficar com ela mais de vinte minutos pela perturbação que sobre ele exerce a atividade delirante que a paciente manifesta; ora afirma estar ali apenas temporariamente, esperando sua transferência para o hospital militar como antigo piloto de caça, ora que ela é uma gigante, coisa de quem ninguém duvida. Por fim, uma enfermeira conclui com essa surpreendente e assustadora revelação: às vezes a paciente acha que é uma hiena; é patético observá-la, então, errando pelo pátio do hospital, tentando arrancar a própria cauda com obstinação...

É útil acrescentar que o nível emocional do grupo que compomos, que até então permanecia no seu nível mais baixo, elevou-se de súbito, permitindo então um reconhecimento comum do delírio aparentemente ignorado, na verdade negado. Comento que a atitude benevolente com a qual uma equipe tolera o delírio como terapêutica espontaneamente proposta pela paciente para escapar da melancolia acarreta, como contrapartida necessária, a cumplicidade da equipe para com o delírio; a relação assim instalada talvez não seja radicalmente diferente de um "delírio a dois". Isso leva um terceiro médico a dizer que de repente compreende por que a equipe, que na verdade se contenta há dez anos em gerenciar a vida material dessa paciente, reagiu às suas quatro gestações aconselhando e conseguindo, todas as vezes e sem maiores reflexões, interrupções voluntárias. O psicólogo se espanta: a paciente lhe fala de seus filhos como de crianças vivas, criadas por famílias de acolhida* – como ela mesma o foi.

O trabalho de fala ao qual se entregou a equipe de profissionais foi de excepcional sinceridade. Mereceria ser transcrito pois nos permite avaliar a perturbação emocional a que estamos sujeitos quando, pela via indireta da reconstrução, chegamos tão perto do "coração" da psicose. O enceguecimento do profissional é proporcional à tragédia existencial à qual o doente está condenado pela fixidez dos afetos e o deslocamento louco das representações; o empobrecimento da vida psíquica que vai de par com a "riqueza" da produção psicótica põe sua vida em perigo.

Não seria o caso, aliás, de reservar o termo psicose para as situações do tipo acima descrito e definido pela presença, na iminência e permanência da morte, de uma atividade libidinal reduzida exclusivamente à atividade delirante ou alucinatória? Era esse o caso do presidente Schreber. Ao ampliarem, talvez de forma abusiva, os limites dessa categoria nosológica, certos analistas pós-freudianos puderam ter a ilusão de analisar a psicose. Terão apagado dessa forma a fronteira entre neurose e psicose e empobrecido o valor heurístico dos mecanismos psíquicos específicos que as fundamentam.

---

* Famílias pagas pelo Estado para criar órfãos ou filhos de pais incapacitados. (N. da T.)

A existência de uma organização melancólica é a condição necessária para a eclosão e o desenvolvimento de um processo psicótico. Quando os profissionais falam de sua paciente, entendemos que eles escutam e recalcam, de modo recorrente, a depressão melancólica em ação sob a gesta alucinatória no seu delírio, nas suas fugas. O silêncio deles, que o trabalho de fala desfaz, representa no seu discurso o desejo de morte que o trabalho da melancolia impõe ao sujeito, pois é sempre como silêncio que a morte se manifesta no discurso.

Que o processo psicótico vem proteger – curar? – o melancólico dos poderosos desejos de morte que nele obram foi uma intuição de Freud e é sua leitura que nos sugeriu essa hipótese. Foi de início uma intuição "clínica": *O caso Schreber* mostra, sem sombra de dúvida, a instalação do delírio no prolongamento de um estado melancólico consecutivo à morte do pai; o mesmo enredo será encontrado na neurose demoníaca do pintor Haitzmann: a morte do pai desencadeia um luto melancólico de que o homem se curará "vendo" o diabo lhe aparecer...

Mas a principal intuição freudiana nesse ponto foi antes de mais nada metapsicológica: *Luto e melancolia* não tem por objeto o que a nosologia psiquiátrica entende por "melancolia". Freud explora nesse texto a natureza da ferida infligida ao eu pela perda do objeto e o jogo de forças que o levam "pela somatória das satisfações narcísicas a permanecer vivo, e a romper sua ligação com o objeto desaparecido"[6]. O conceito de melancolia vem definir metaforicamente uma doença do eu que consiste numa alteração estrutural relacionada com os remanejamentos das identificações que normalmente o constituem. Graças à regressão melancólica que instala o objeto no eu, a perda da relação de objeto será compensada pela identificação narcísica. Mas a especulação é difícil, trabalhosa, e Freud a adiará para retomá-la em *Psicologia de grupo e análise do eu*, para em seguida pos-

---

6. S. Freud, *Luto e melancolia*, op. cit. (A citação acima foi traduzida a partir do texto francês.)

pô-la mais uma vez; irá retomá-la de novo em *O ego e o id* onde será por fim dada a solução da regressão melancólica: a identificação melancólica substitui a relação de objeto e permite ao eu não morrer com seu desaparecimento, porque na origem o eu edificou-se conforme o modelo de seus objetos por identificação e transposição libidinal. O que se descobre com a regressão melancólica é a heterogeneidade nativa do eu, ligada às múltiplas identificações de que é o herdeiro, e, com isso, suas falhas naturais, lugares virtuais de sua fratura e de sua possível fragmentação. A ferida melancólica organiza a divisão do eu a partir da qual o processo psicótico construirá suas formações delirantes e alucinatórias. A partir daí, a identificação melancólica ao objeto terá na teoria valor de paradigma do funcionamento psicótico de maneira análoga à realização do desejo do sonho para o funcionamento neurótico.

A regressão estrutural do eu, sua fratura que o processo melancólico realiza, seria portanto a condição psicológica necessária para a instalação de um processo psicótico. Desse fator etiológico poderiam depender as próprias condições de analisabilidade da psicose. Certifiquemo-nos primeiro de que essa hipótese não é uma das múltiplas crenças que a afecção suscita nos analistas.

Há um primeiro argumento teórico-prático capaz de dirimir essa dúvida. Trata-se da rude complicação que é entrar em contato com esses pacientes – ou seja, estabelecer com eles uma comunicação psíquica verdadeira sobre a base de um reconhecimento específico de seu sofrimento e do desejo que nele se aliena. Na observação que acabamos de expor, a exuberância do delírio e das alucinações autorizava entre a paciente e os profissionais que dela cuidavam apenas uma abertura mínima sob a forma de uma cumplicidade que comparamos com um delírio a dois e que sem dúvida salvou a paciente da morte.

O desejo de morrer e o pavor que o acompanha permanecem aquém da consciência do sujeito; não entram em seu discurso.

São absorvidos em sua produção sintomática, nela se esgotam e perdem significado. A situação paradoxal com que é confrontado o analista nesse caso é entrar em contato com a ferida melancólica da qual o sujeito se descentra precisamente o tempo todo devido à sua atividade psicótica. Trabalho de Sísifo que tem de ser interrompido para que a análise possa se dar. O próximo caso é uma ilustração disso.

A conselho do psiquiatra que o atende faz pouco tempo e o hospitalizou, os pais trazem seu filho adolescente para uma consulta comigo. Nas duas primeiras sessões em que os recebo juntos, fico sabendo do desastre engendrado pela doença do garoto, mas obtenho poucas informações: cada um está desesperado, reticente; as tentativas de psicoterapia precedentes fracassaram; desejam recomeçar, mas sem muita fé... Pela semelhança quase mimética que os une, desenrola-se – eu adivinho – um drama entre o adolescente e sua mãe. Combinamos que o atenderei uma vez por semana, para ver se é possível fazer algo, durante um tempo indeterminado...

Inicialmente nossos encontros o aterrorizam; olha sem cessar para seu relógio e literalmente foge no final das sessões, como se cada vez escapasse de um perigo extremo. Posteriormente explicar-me-á seu temor de que um monstro, um "golgote" escondido sob o divã, aparecesse e o matasse. Vai se acalmando, revela o conteúdo de temática predominantemente homossexual de seus pesadelos e das angústias que estão na origem de suas crises de violência doméstica. Pede, por fim, porque "falar lhe faz bem", uma segunda sessão. "Preciso – respondi-lhe – conversar de novo pelo menos com a sua mãe." Minha resposta me surpreende, embora ela o tenha aliviado visivelmente. Durante essa segunda e última entrevista, a mãe do paciente apresenta-se muito diferente; não está mais tão reticente a meu respeito e em relação a seu filho: observo-a escutando com intensa emoção o relato que ele retoma de seus terrores e de sua infelicidade diante da sua impossibilidade de viver. Peço para estar a sós com ela por um momento e ela me diz: "As angústias dele são as minhas."

Essas palavras modificaram meu contato com o paciente de quem me tornei analista. Ele revelou o conteúdo específico de sua angústia atual: o medo de morrer caso se curasse; depois relacionou-o com aquele que corroera sua infância: o medo de morrer se crescesse; depois relacionou este último com um acontecimento ocorrido antes de seu nascimento e relatado pela mãe, a quem passara, dali em diante, a cravar de perguntas: a morte violenta, em condições misteriosas e suspeitas, do irmão mais velho dessa mãe, adorado por ela.

O fundo melancólico dessa psicose infantil, ao término de um processo complexo de identificação inconsciente à melancolia materna, confirmava-se assim; isso mudou sua relação com a análise. Toda reticência manifesta desapareceu. Mas o curso desta adotou um aspecto singular que merece ser exposto com mais detalhes, caso queiramos levar às últimas conseqüências a hipótese segundo a qual uma atividade melancólica determina o andamento do processo psicótico.

Depois de quatro anos de análise, o paciente desfrutava de um bem-estar indubitável. A violência intrafamiliar, os impulsos exibicionistas, a promiscuidade incestuosa que o fixava à mãe haviam desaparecido. Mas a produção psicótica nem por isso secara: ela apenas se centrou no tratamento e se exprimia com uma atividade onírica intensa, quase compulsiva, pela qual o trabalho do sonho, como que desviado de seu curso normal, teria sido sacrificado à compulsão alucinatória. De cada acontecimento penoso de sua vida cotidiana, "ele faz um sonho", segundo suas próprias palavras. Anuncia-o no começo da sessão e o relata cenicamente, como se o revivesse. O sonho não dá lugar a um relato, não é seguido de associações. O enredo é repetitivamente o mesmo: sou o ator de extravagâncias homossexuais que me valem ser perseguido e morto por ele, metamorfoseado em "golgote", com sua grande espada mágica. Esses sonhos o "excitam", contá-los a mim também. A atividade alucinatória retorna na cena do sonho; ela é aliás ontologicamente originária.

Ao avaliarmos esse tratamento, podemos concluir que embora o processo analítico tenha conseguido conter o processo psicótico, não o modificou realmente em profundidade. O acontecimento da morte do tio e a relação com a mãe decorrente disso nunca mais foram abordados. Há algo portanto que fica fora da corrente da análise e tão bem excluído do discurso que essa rejeição não deixa atrás de si nenhum indício; exceto aquele que permaneceu por muito tempo insignificante: não vem a nenhuma sessão sem antes ter passado na Fnac* para comprar discos. Mas eis que um dia uma greve de ônibus quase não lhe deixou tempo para esse desvio. "Se isso acontecesse – me disse ele – eu não teria vindo aqui; passar pela Fnac me faz crer que vou para a Fnac e não para a análise", e ele lembrou o medo de morrer caso se curasse.

A profunda aversão que o paciente nutre pela análise, aversão muda que nem por isso diminui seu entusiasmo de vir mas trabalha "em silêncio" seu discurso, essa aversão será ela melancólica? Acabamos descobrindo que a questão da analisabilidade da psicose está mal colocada. A questão da analisabilidade concerne à melancolia subjacente à psicose. A melancolia não é acessível ao tratamento analítico.

Luto e melancolia nem mesmo considera essa eventualidade. A fidelidade ao objeto, a submissão ao ideal em nome do qual o melancólico "escolhe" estar doente antes de renunciar a amar, nos leva a questionar a aptidão da identificação narcísica para se converter numa transferência analiticamente manejável. Pois essa escolha de um eu que continua, mesmo inconsciente e ferido, sendo uma instância, compromete sua existência, um "*to be or not to be*" que permite compreender melhor a referência desse texto a Hamlet. Mas como sanar a fratura das cadeias significantes que possibilitaram o engaste do objeto na cripta narcísica? Em que força a análise se apóia contra a saturação libidinal

---

* Grande rede de lojas de livros, discos e equipamentos eletrônicos. (N. da T.)

por meio da qual a identificação garante a melancólica presença do objeto?

Em *O ego e o id*, cuja inspiração se irradia de *Luto e melancolia*, Freud responde a essas questões: "O desenlace [da psicoterapia] talvez também dependa de um outro fator: a pessoa do analista permite ao doente colocá-lo no lugar de seu ideal do eu? A isso está ligada a tentação do médico de desempenhar para o paciente o papel de um profeta, de um salvador de almas, de um messias." As regras da análise, acrescenta ele, opõem-se a esse uso: "A tarefa da análise não é tornar impossíveis as reações mórbidas, mas oferecer ao eu do doente a liberdade de decidir por isto ou por aquilo."[7] O que a solução psicótica oferece ao eu melancólico? Se conseguirmos responder a essa pergunta, se chegarmos a compreender como o processo psicótico alivia a ferida melancólica e previne o desejo de morte que lhe é inerente, poderemos entender melhor, *a contrario*, em que o processo analítico é impotente em face dessa afecção.

Retornemos à análise de nosso jovem paciente: ele vem com prazer, até mesmo com fervor às suas sessões; nossas férias são sempre para ele uma pequena catástrofe. Ele fala muito, apesar de tudo sonha, e de tempos em tempos um sonho autoriza o retorno de uma lembrança infantil recalcada. Sua relação com o real se transforma; não é mais "louco"; seu pai adquiriu um lugar na sua vida. Mas no seu discurso não entra algo de essencial cuja existência os sonhos mostram e que a alucinação ab-reage, dessignifica e afasta de sua fala de sujeito.

O eu que sonha permanece assim estranho ao eu que fala. Cada um deles leva uma existência separada e sem conflito, dividindo entre si a consciência cuja atenção atraem alternadamente. Eles se cindiram, levando cada qual sua parcela da fantasia inconsciente bem como do aparelho perceptivo. Essa clivagem

---

7. S. Freud, *O ego e o id* (1923), in Edição Standard brasileira, vol. XIX, Rio de Janeiro, Imago, nota 2 do cap. V. (A citação acima foi traduzida a partir do texto francês.)

atualiza-se no tratamento com, por um lado, o movimento transferencial – a vinda às sessões, a fala e seu endereçamento, o sonho e sua rememoração – e, por outro, o fora-transferência – a ida à Fnac, a compulsão onírica alucinatória, a falha da língua.

O processo psicótico consistiria pois numa cisão ativa do eu que trabalharia no sentido de dar autonomia a partes em guerra. A estranheza da operação ofusca a mente, se choca com a língua que não dispõe de nenhuma palavra para nomeá-la porque vai de encontro à sua tendência que é de ligar. O processo psicótico desfaz um vínculo considerado inalienável, cria o indiferente, o estranho. Ele repudia. Ele é uma "descriação".

Esse processo desemboca numa extraordinária alteração do "[eu]"*, instância unitária por excelência, que contém tanto o *continuum* do eu quanto a adequação última entre a palavra e a coisa, porquanto com "[eu]" a palavra é a própria coisa. Quem é "[eu]" para o psicótico? O relato da equipe de profissionais nos dá a resposta: "[eu]" diz nessa mulher alternadamente a representação do ser imundo que se defenestra e aquela prestigiosa do piloto de caça. Esses "[eus]" substituem-se uns aos outros, livremente, ao sabor do deslocamento de uma consciência sem gravidade já que não está amarrada a um suporte linguageiro único. O processo psicótico multiplica num mesmo ser os sujeitos. Por isso, seria o oposto exato do processo analítico que, submetido à língua e à regra do "dizer tudo", tende a unificar o ser como sujeito do discurso dirigido ao outro, o analista.

O que, em seus princípios, opõe processo psicótico e processo analítico? Ambos são modos de cura: cura adicional na análise

---

* Em francês, existem dois pronomes pessoais da primeira pessoa (*Moi* e *Je*). *Je* tem a função exclusiva de sujeito, enquanto *Moi* pode ocupar tanto a função de sujeito quanto várias outras funções gramaticais.

Essa particularidade do francês foi explorada por Jacques Lacan para distinguir o sujeito do inconsciente, que ele situa no *Je*, o sujeito por excelência, do sujeito enquanto função imaginária, que ele situa no *Moi*.

Expressaremos esta diferença graficamente: *moi* = eu; *je* = [eu]. (N. da T.)

ao fim de um trabalho de fala longo, penoso e sempre incerto; cura mágica, "miraculosa", "por acaso", para o processo psicótico espontaneamente evolutivo, como ressalta Freud no caso Schreber. O delírio paranóico efetivamente restaura, sobre um fundo de regressão narcísica, uma neo-realidade e uma pseudo-relação de objeto. Para levantar a "barreira" que a psicose opõe ao efeito da análise, uma única via, modesta mas certa, oferece-se a nós: o exame minucioso dos mecanismos psíquicos e de sua estratégia terapêutica.

O processo analítico conta com o fracasso do recalcamento; a pressão exercida pelas irreprimíveis moções pulsionais é neutralizada com essa ação psíquica de natureza econômica que Freud denomina contra-investimento. É dela que a transferência retira sua energia natural; desarmando-o, o *Witz* do discurso associativo e da interpretação trabalha no sentido de garantir a passagem para o pré-consciente das representações que ficaram em suspenso no sistema inconsciente. O recalcamento, com efeito, não rompe a continuidade entre recalcado e recalcante; conserva-lhes uma pertença psíquica comum: se o recalcado é, para o pré-consciente, estranho, é no sentido da palavra alemã *unheimlich* – o que já não é familiar, mas poderia ou poderá voltar a sê-lo. Não é estranho no sentido do que o alemão entende por *Fremd* sem duplo sentido. O recalcamento institui na psique sistemas estruturais diferentes devido a suas organizações representativas e seus investimentos econômicos, mas que o conflito psíquico mantém articulados. Disso resulta na neurose uma tensão psíquica da qual o processo analítico tira sua força, sua razão de ser e sua operatividade.

Uma última referência à clínica analítica é necessária para compreendermos o mecanismo psíquico desencadeante do processo psicótico: esse jovem adulto empreendeu uma análise, sofrendo de uma dependência material e psíquica absoluta de seus pais; apresentava um maneirismo extremo cuja principal expressão era uma tendência compulsiva a se olhar nos espelhos. Depois de alguns anos de tratamento, lembra-se repentinamente do incidente que provocou essa compulsão: tinha treze anos e passava férias com um primo da mesma idade; passeando com ele à beira-mar, descobriu que o olhar das moças com que eles cruzavam nunca se dirigia a ele, mas exclusivamente a esse primo. Sentiu um pavor imenso, proporcional à convicção que, conforme o descobre agora, o animava: "ser de todos os meninos o mais bonito", pois assim imaginava que sua mãe o via.

Correu então para casa, plantou-se diante de um espelho e ali decidiu que a imagem devolvida por seu espelho era aquela anterior ao incidente; tratava-se apenas de um "truque" dirigido contra a prova de realidade pela qual acabara de passar, mas esse "truque" aliviou seu pavor tão completamente que nunca mais deixará de repeti-lo. Qualquer pretexto servirá, como visitar os avós paternos – que não via mais porque sua mãe brigara com eles – e passar intermináveis horas de pé, a lhes dizer coisas cada vez mais incoerentes e grandiloqüentes até descobrirem que, enquanto assim perorava, não fazia outra coisa senão observar sua imagem refletida no grande espelho do salão... Foi quando se deram conta da dimensão de sua loucura.

O destino psicótico dessa negação originária fica mais claro pelo que ele acrescentou em seguida: embora de início estivesse plenamente consciente de que o recurso ao espelho provinha de uma criação ilusória, de uma fraude – o que resumia na palavra "truque" –, pouco a pouco, a consciência disso se perdeu; restou-lhe apenas uma compulsão imotivada, uma fascinação sem razão pelos espelhos que lhe devolviam a imagem de um louco, cada vez mais louco, de um estranho no qual o eu que olhava dissipava-se progressivamente.

Depois do encontro à beira-mar que despedaçou o recalcamento que contra-investia mal a fantasia inconsciente (e incestuosa), "ser de todos os meninos o mais bonito", a experiência do espelho permitiu a conservação dessa fantasia (sem dúvida essencial para seu desejo de viver) pelo viés da rejeição da instância perceptiva do eu. Rejeição lúdica num primeiro tempo, e sem dúvida reversível, que a evolução psicótica transformará em cisão definitiva.

Essa rejeição é um recalcamento (a fantasia inconsciente fica colocada fora da percepção), mas é um recalcamento que promoveu uma clivagem do eu; as instâncias egóicas passam a ser estranhas umas às outras. O espelho foi desviado de sua função refletora da unidade subjetiva do eu para se tornar instrumento da fragmentação e da exclusão. Tausk definiu bem essa operação específica do processo psicótico quando, em *A máquina de influenciar*, propôs o conceito de *Entfremdung*. A palavra des-ser [*désêtre*] poderia equivaler-lhe na medida em que dramatiza o movimento de anulação pelo qual o eu aliena ativamente sua subjetividade... para permanecer vivo. O des-ser protege o psicótico da morte.

PARTE II
FALAS

QUAL LEITURA DA FALA?

A prática da análise convence-me cada vez mais disso: o sucesso ou fracasso do tratamento dependem estreitamente da qualidade da fala que nele se produz. Ela se aparenta a uma leitura em voz alta para um terceiro, o que a metáfora freudiana evoca de modo tão belo: "Comporte-se à maneira de um viajante que, sentado perto da janela de seu compartimento, descrevesse a paisagem tal como ela se desenrola para uma pessoa sentada atrás dele."[1] O paciente, ao falar, leria para um terceiro, como que cego, as linhas sempre fugidias de sua paisagem mental, um espaço que sem a mediação dessa leitura em voz alta lhe seria estranho. Mas essa mediação da fala é primeiro uma mediação da memória. O paciente reencontra, por assim dizer, um passado infantil recalcado, inscrito à maneira de um texto nas linhas da paisagem; ele é reconstruído pela voz do narrador pela via da ficção literária. Descrever entre escrever e ler...

---

1. S. Freud, "Sobre o início do tratamento" (1913), in Edição Standard brasileira, vol. XII, Rio de Janeiro, Imago. (A citação acima foi traduzida a partir do texto francês.)

O fechamento da experiência analítica faz com que não lhe emprestemos seu material mas que o roubemos. O analista não dispõe livremente de sua experiência. Mas às vezes acontece de essa reserva obrigatória ser suspensa. Em momentos mais ou menos distantes de seu surgimento, fragmentos de sessões voltam à sua memória, evocados por leituras, reflexões teóricas, até mesmo por essa meditação auto-analítica que redobra para o analista sua escuta do tratamento. A clareza e precisão deles surpreendem. Seu esquecimento decorre do recalcamento. Também para o analista a memória é uma das mediações essenciais da leitura do inconsciente. É por meio dela que suas construções alcançam a experiência infantil, os traços inconscientes carregados de afeto que tentam abrir caminho na densidade do discurso do analisando. Portanto, os fragmentos de análise utilizados nesse trabalho já não pertencem totalmente à clínica, mas à sua memória de analista – condição ética que acredito necessário exigir para dela poder dispor teoricamente.

A fala convocada na análise se rememora de qualquer modo. Se a liberdade associativa que então lhe é concedida a liberta das limitações da retórica comum, é para, logo em seguida, encadeá-la à decifração do material inconsciente: ela se faz leitora do inconsciente; pois não é nem o analista nem o analisando, enquanto sujeitos, que garantiriam essa leitura mas, como que apesar deles, a própria fala falante que, enunciando uma experiência, lhe atribui uma realidade.

Essa leitura que a fala efetua desdobra-se segundo duas modalidades que me parece essencial diferenciar, considerando-se os efeitos que cada uma delas produz. Uma está do lado da restituição ou da reconstrução histórica; ela lê numa lembrança esquecida que emerge em tal ou qual detalhe de sonho uma informação que introduz um a mais de sentido na história do sujeito. É o *efeito de sentido* que situa a análise na continuidade dos discursos científicos. Ocorre às vezes – é a segunda modalidade – que, ao trabalhar no sentido da rememoração, ou do retorno do recalcado, ou da suspensão da recusa, seja a própria palavra que se veja modificada pelo que enuncia: o conteúdo do enunciado transforma sua estrutura e sua forma. Denominemos essa operação que liga a experiência inconsciente mais do que a lê, que condensa num mesmo movimento um trabalho de nomeação e um trabalho de rememoração, de *efeito de fala*. Ele representa o que se produz de mais precioso no decorrer de uma análise.

No efeito de sentido, a fala se contenta em transportar sem transformá-las, de um espaço psíquico a outro, significações definitivas; o procedimento aparenta-se à leitura, em que são transmitidas, do autor para o leitor, representações que organizarão entre eles uma comunidade de pensamento. Do efeito de fala resulta uma criação verbal que faz advirem significações inauditas, que o colocaria do lado da escrita, mais particularmente da escrita poética. Mas essa distinção ainda é superficial pois a leitura mais profunda e portanto mais fecunda é aquela que encontra sob o texto o trabalho de escrita. Falar em análise entre ler e escrever...

O vivo sofrimento dessa mulher se deve, pensa ela, ao ódio que sempre sentiu por sua mãe: isso se evidencia pela lembrança das recusas obstinadas que ela opunha aos seus cuidados, das horas intermináveis passadas recusando-se a comer, das cóleras que sabia como desencadear na mãe, absorvida pelas mil e uma tarefas de uma família numerosa. Isso se evidencia também pelas intermináveis sessões dedicadas a essa rememoração... até o dia em que compreendi que a criança encontrara nisso o meio de manter junto dela, o máximo de tempo possível, uma mãe amada demais! Seu relato, nesse dia, pelo modo como brincava com as palavras, na malícia subjacente à sua queixa, desenvolvia uma rememoração mais sutil, a da astúcia amorosa, rompendo com a brutalidade dos "esperados" factuais e traindo-a... Ela aceitou que eu o dissesse, descobriu sua fala portadora de memória e de desejo. A evocação dessa figura de "mãe cruel" foi relacionada com suas decepções amorosas, ela gostou de falar dessa paixão e parou de se destruir através de condutas automutilantes e depressivas. A memória se transportara para a linguagem.

Essa outra paciente, no decorrer de uma análise muito longa, recordou certo dia de forma súbita e muito clara, numa abertura fulgurante e mortificante de sua memória, uma experiência perceptiva singular: ela tinha três ou quatro anos e estava numa banheira, nua, com todas as outras crianças de sua cuidadeira*; de repente o mundo se quebrou, tornou-se estranho, hostil, e ela se sentiu tomada de pavor e levada a uma querulência de que nunca mais se livrou. O relato, preciso como uma fotografia, foi retomado literalmente sem que jamais a fala que o portava tenha sido modificada, como se ela se reduzisse a instrumentar a lembrança... O mesmo se deu com a tragédia que marcou seu destino, cujo relato ela fez e refez, sempre nesse mesmo registro de fala. Com isso ela obteve certa inteligência de sua história, pôde interpretar, no acontecimento da banheira, a efração de seu olhar pela percepção da diferença dos sexos, e a isso vincular a violência de seu comportamento posterior. Mas a interpretação jamais é outra coisa que uma fala que permanece exterior ao que diz, que não se compromete. E essa análise que certo dia ela quis terminar, essa análise com a qual se sentia infinitamente melhor, nem por isso foi bem-sucedida; embora tenha possibilitado o retorno de um acontecimento traumático recalcado, sua transformação em lembrança, seu acesso à consciência e à inteligência, algo faltou: a abertura da fala à memória.

Em contraposição a esse efeito de sentido que opera formalmente na superfície do inteligível, o efeito de fala opera na carne da língua, sobre sua sensibilidade às representações inconscientes; modifica a relação do sujeito com sua memória, sem que ele o saiba. Pois a abertura da fala à memória é, no mesmo movimento, abertura da memória ao desejo inconsciente.

Um homem vem pedir uma análise. Numa primeira entrevista, embora evoque o donjuanismo e a inibição de pensamento

---

* Na França, mulheres pagas pelo Estado ou pelos pais para cuidar das crianças na sua própria casa, enquanto os pais trabalham. (N. da T.)

que o incomodam, e seu desejo antigo de fazer esse tratamento, sua demanda não me convence porque sua fala permanece distante tanto de seu conteúdo quanto de seu interlocutor. Proponho uma segunda entrevista; ele evoca sua infância e, de repente, a morte súbita de seu pai no compartimento do trem ao voltarem de uma excursão familiar encantadora. Tem então cinco anos; volta-lhe a visão de um pai desmoronando bruscamente diante dos seus. O relato é sóbrio, sem *pathos*, mas com um caráter evocativo tão intenso que, durante alguns minutos, senti-me transportado para o espaço daquele trem, assim como ele, que parece, nesse momento da entrevista, ter retornado àquele instante de sua infância, aparentemente reduzido a um olhar abolido por aquilo mesmo que olha: um desaparecimento. A visão originária invadiu o espaço do encontro. O paciente interrompeu seu relato, permanece atônito, estupefato; a ruptura inscrita no cerne da lembrança se reatualiza e se manifesta como detenção de sua fala. Digo-lhe quando poderei começar sua análise – mas ela já não começou? Como o sonho – *Traüme sind Erinnerungen*, os sonhos se lembram, diz Freud –, a fala e a escuta analítica recorrem à técnica da figuração para se lembrar.

A língua abre-se para memória do infantil porque dispõe de uma aptidão para a regressão análoga à que autoriza o trabalho do sonho. No lugar do silêncio que se instala nesse analisando pela detenção de sua fala, alucina-se a figura do pai. Figura de um pai sexuado cuja ausência vai deixá-lo isolado, impotente, diante de uma mãe eternamente enlutada, figura de um pai desejado na sua completude sexual contra a dúvida que o assalta e excita seu donjuanismo. Pois, evidentemente, tanto aqui como no sonho, é sob a pressão libidinal de um desejo que a entrevista adquiriu esse caráter visual, quase alucinatório.

"O desejo é o que violenta a linguagem"[2], diz Jean-François Lyotard comentando o capítulo VI da *Interpretação dos sonhos*.

---

2. J.-F. Lyotard, *Discours, Figure*, Klincksieck, 1978, pp. 9-135.

Nesse instante que inaugura a análise, o desejo inconsciente já obra; manifesta-se na súbita falha da linguagem: detenção da fala, palavras que morrem. Um desejo se realiza nesse silêncio que, dirigido a mim, dirige-se primeiro à figura que represento e cuja transferência terei de suportar. Um desejo realizando-se numa fala que se dirige a outro constitui *in fine* a transferência. Portanto, é pela mediação da transferência, que articula a memória e o desejo com a fala, que o processo analítico obtém essa abertura da fala à memória que denomino efeito de fala.

Convertendo-se ela toda num ato de fala, a transferência encontraria sua expressão mais sutil – entre o que se diz e o que se cala – e a mais furtada ao olhar das manifestações exuberantes de seus outros componentes. Essa conversão dá ao projeto analítico sua eficácia: transformar o desejo inconsciente por uma mudança estrutural da fala. Disso depende o fim da análise. Terminar uma análise é parar de falar ao seu analista. Seja porque a fala não necessite mais da mediação da transferência para dialogar com seu desejo, num processo analítico infinito posterior a uma análise bem terminada, seja porque se produza uma ruptura na coalizão do desejo e da linguagem que anima a transferência, porque a linguagem se esquive de falar o desejo, ou porque o desejo se esquive da prova da linguagem, despojando o tratamento de seu motor essencial e provocando um fim que só podemos considerar prematuro em comparação com o ideal opressivo do tratamento padrão.

Assim, depois de alguns anos de análise, esse analisando estima que sua vida não seria completa se não fizesse uma volta ao mundo, o que exigia que ele parasse de trabalhar, o que fez muito rapidamente, mas que também parasse sua análise, coisa de que falou por muito tempo, por muito muito tempo. Ia partir, dizia ele, e depois um dia talvez, quase com certeza, voltaria. Uma conduta que pára a análise não é a mesma coisa que uma fala que fala de parar. A primeira se exclui do processo analítico, a segunda contribui para ele, como toda fala, seja qual for seu tema. E o analista, a meu ver, não tem outra responsabilidade nesse caso além de escutar os efeitos que essa fala busca. Portanto, a análise prosseguindo nessa nova precariedade, o paciente se surpreende ao encontrar uma impressão tenaz de sua infância: a espera de ver seu pai reaparecer. Recordou inúmeras circunstâncias em que brotava a idéia, sempre a mesma, de que seu pai partira, de que voltaria. Observei que o que ele me propunha fazia alguns meses era algo da mesma ordem: partir, voltar.

Partir, voltar: essas palavras eram rememoradas na transferência, uma fantasia de desejo para cuja significação essas mesmas palavras se abriram de súbito semanticamente. E dali em diante ele entendeu que havia forjado essa proteção – essa teoria – contra uma ferida narcísica que agora irá emergir e ser o centro de sua atenção. Um novo movimento de análise disso resultará, recentrado na perlaboração que faz apelo às palavras, sempre, mas sobretudo à sua atividade representativa e pára-excitante, atividade trabalhosa e dolorosa para a qual nem todos os pacientes dispõem dos mesmos recursos e pela qual nem todos têm o mesmo interesse.

Pouco tempo depois, ele me anuncia "que no fim do mês partiria para fazer sua volta ao mundo". Portanto, a análise iria se interromper ali. Basta pensar as coisas em termos de fim de análise? Não se trataria da detenção de um outro movimento mais essencial, mais trágico no sentido de que orienta o destino do sujeito numa direção totalmente outra: a detenção de um movimento que compromete o desejo a se deixar trabalhar pela fala. Pois toda a perlaboração na análise levava-o a significar a perda desse pai e não mais apenas sua esquiva, e eis que com essa detenção de fala ele decidia conservá-lo na melancólica presença da identificação, mantê-lo nesse entre-dois, entre desaparecimento e reaparecimento, nesse compromisso que administra a realidade de sua ausência e o poder de sonhar sua presença. Sua decisão de interromper a análise encobria a de prosseguir um sonho, sob o efeito de uma liberdade que escolhe entre linguagem e gesto, e prefere a fascinação do imaginário ao desapossamento da fala.

A fala na análise obra contra o desejo inconsciente. Ela se abre para ele, se faz momentaneamente sua cúmplice para, em seguida, desapossá-lo de seu poder de satisfação alucinatória. É numa nova responsabilidade de fala que o analisando se engaja ao empreender um tratamento, e que tem de assumir, especificamente apoiado pelas recusas de resposta do analista, contra as resistências que o assaltam na sua própria fala. Responsabilidade de uma fala que se abre para que se instaure um debate na língua entre o desejo e suas palavras, e que se deixará, segundo a expressão de Jean-François Lyotard, violentar pelo desejo para se abrir para as representações inconscientes.

Uma mesma responsabilidade engaja a fala do analista e a obriga ao silêncio, à "recusação" [*refusement*]* com que Jean Laplanche traduz *Versagung*: não-resposta que permite o retraimento da fala para a língua daquele que a enuncia; ou, indiferentemente, interpretação, se há algo de exterior que possa entrar nesse debate interno da língua. Por isso para esse paciente de partida nada havia a dizer, nem mesmo que poderia retornar. A interrupção da análise coincide aqui com o fim da analisabilidade. Não se trata de um truísmo, como tampouco o é a fórmula empregada por Freud em *Análise terminável e interminável*: "Na prática [...] a análise termina quando o analista e o paciente não se encontram mais para a hora de trabalho analítico."[3] A analisabilidade define um movimento de fala que submete o desejo à prova da representação e da renúncia. Quando o desejo se furta à linguagem, seja qual for o sofrimento que permanece ligado a esse desejo, a análise não tem mais qualquer solução para propor.

---

* Criamos aqui o neologismo "recusação" na esteira do neologismo criado pela equipe de Jean Laplanche (*refusement*) para *Versagung* na nova tradução das *Obras completas* de Freud em francês, termo este traduzido até então, inclusive no *Vocabulário de psicanálise* de Laplanche e Pontalis, por "frustração". Ver críticas a esta tradução em *Traduire Freud*, Bourguignon et col., Paris, PUF, 1989, e *Dicionário comentado do alemão de Freud*, Hanns, L., Rio de Janeiro, Imago, 1996.

3. S. Freud, *Análise terminável e interminável* (1937), in Edição Standard brasileira, vol. XXIII, Rio de Janeiro, Imago. (A citação acima foi traduzida a partir do texto francês.)

Modos de pensar diferentes daqueles ligados à linguagem são suscetíveis de assumir o desejo e sua economia. Na *Interpretação dos sonhos*, especialmente no capítulo V, Freud assimila em várias oportunidades os mecanismos psíquicos a modos de pensar e esclarecerá essa questão numa nota destinada a Silberer: "Considero os processos psíquicos que organizam o sonho um material de pensamento igual aos outros."[4] A transferência também se organiza a partir de mecanismos psíquicos que pensam, se se pode dizer, independentemente das palavras, aquém das palavras, a relação do sujeito com os objetos de seu desejo reprimido. A identificação, por exemplo, é uma maneira de pensar uma relação amorosa conscientemente abandonada. A tradição analítica privilegia o conceito de transferência na sua acepção global de todos os vínculos inconscientes que ligam o paciente a seu analista, o que não deveria querer dizer que toda transferência é suscetível de um manejo no tratamento. O analista tem de conhecer e estudar esses mecanismos psíquicos, e não pode evitar de fazer sua metapsicologia para compreender o andamento do tratamento.

E no entanto, justamente por estarmos no tratamento, deve também desconhecê-los e ignorá-los até certo ponto, até que tenham sido substituídos por um pensamento verbal, até que entrem na linguagem, da mesma maneira que o analista não pode ser interpelado pelo sonho antes que este entre num certo relato. Essa restrição que o analista se impõe no tratamento previne o perigo a que se exporia, ao passar por cima da linguagem do paciente, de se colocar como psicólogo ou psicopatologista, ou, retomando as palavras de Freud, como profeta e salvador de almas.

Diante de um mesmo objeto, o inconsciente, o dispositivo de leitura difere do analista que conduz a análise, engajado no projeto de uma abertura da fala ao processo inconsciente, ao analista

---

4. S. Freud, *A interpretação dos sonhos* (1900), in Edição Standard brasileira, vol. V, Rio de Janeiro, Imago. (A citação acima foi traduzida a partir do texto francês.)

teórico teorizando uma organização inconsciente, uma estrutura como se ela existisse por si, independentemente de uma fala que dela se liberta ou nela se aliena. Um está ligado a uma certa fala, o outro dela se desliga. O lugar que convém atribuir à linguagem na análise divide a comunidade analítica. No colóquio de Bonneval sobre o inconsciente, Maurice Merleau-Ponty constatava o "mal-estar que sentia ao ver a categoria da linguagem ocupar toda a cena"[5]. Mal-estar, a palavra parece adequada: como situar o lugar da linguagem na análise, entre linguagem de uma ciência ou de uma teoria que constrói seu objeto como todo discurso científico sem contudo se identificar a ele, e linguagem da analisabilidade que, ao contrário, manifesta seu objeto e com ele se confunde, a ponto de não ser exagerado assimilar a consciência à própria fala; pois o analisando só saberá o que é pelo que diz a esse respeito. O mal-estar que a linguagem na análise nos faz experimentar resulta da justaposição de dois discursos ou de duas leituras que visam a um mesmo objeto: discurso da ciência do inconsciente, e discurso que manifesta o inconsciente. Duas leituras cuja distância deve ser mantida: entre sua confusão que transformaria o tratamento numa psicologia e sua distinção que a reduziria a uma intersubjetividade.

A prática analítica não sacia o analista. Ela o deixa à espera de uma obra por realizar que o leva quase compulsivamente de sua poltrona à sua *mesa de escrita*, conforme a bela expressão de Pierre Fédida[6]. A escrita o afasta da poltrona de onde apenas acompanha o analisando que, desde seu lugar, obra de forma bem real com suas palavras. Ela o autoriza a recriar uma fala recalcada no silêncio de sua escuta. Nem todos os analistas escrevem mas todos obram no sentido de representar os traços incons-

---

5. In Collectif (Colóquio de Bonneval) *L'inconscient*, Bibliothèque Neuro-Psychiatrique de Langue Française, Desclée de Brouwer, 1966, p. 143. A intervenção de Merleau-Ponty foi resumida por J.-B. Pontalis.
6. Pierre Fédida, *L'absence*, Gallimard, 1978.

cientes deixados neles pela escuta de seus pacientes. A mesa de escrita designaria um trabalho no só-depois num duplo deslocamento: da passividade da escuta para a atividade de representação, da experiência imediata do tratamento para sua memória. Ao se levantar de sua poltrona, a situação analítica não termina para o analista; resta-lhe dela algo que exige sua própria elaboração. Este resto é primeiro um demais, um demais de figuração indispensável para o analisando para se dizer e se sonhar, mas que constitui um anteparo para aquilo em que o analista deve focalizar sua escuta: o movimento de apropriação subjetiva do desejo inconsciente pelas figuras contingentes da história. Não da história objetiva, mas da história como invenção do ser – aquilo de que o romance familiar nos dá, numa versão fácil de apreender, o modelo. É esse sujeito que é, para o analista, objeto diferido de sua escuta e de sua compreensão metapsicológica. Do excesso de figuras trazidas pelo discurso, o analista deve se abster, não num movimento de rejeição, mas num trabalho de memória que separa da história manifesta a marca organizadora do desejo.

A memória do analista no só-depois do tratamento, no pós-tratamento, opera *per via di levare*, ela se desprende de um demais de percepção. Esse desapossamento abre para uma meta-memória: o conjunto de traços mnêmicos sem representação que o desejo secretamente presente no discurso do paciente inscreveu na sua escuta. É o que Freud tinha em mente quando, em *Nota sobre o "Bloco mágico"*, ele imagina "que uma mão destaca periodicamente do quadro de cera a folha que cobre o bloco mágico enquanto outra escreve sobre a superfície"[7]. A escuta analítica se coloca à disposição, menos do que diz a fala do que daquilo que ela deseja, menos da temática do discurso do que do movimento libidinal que afeta sua sintaxe e suas palavras. Dessa maneira, aliás, ela abre para o paciente, mais que um discurso,

---

7. S. Freud, *Nota sobre o "Bloco mágico"* (1925) in Edição Standard brasileira, vol. XIX, Rio de Janeiro, Imago. (A citação acima foi traduzida a partir do texto francês.)

um campo de fala percorrido em todos os sentidos pelo desejo inconsciente.

Ainda cabe, portanto, ao analista fora da poltrona elaborar essa metamemória, ligar esses traços mnêmicos em representações linguageiras, num trabalho análogo à perlaboração a que está submetido o paciente. Dissociar artificialmente a memória da escuta, quando talvez ela seja apenas sua secundarização, é mostrar que o analista escuta a fala do analisando pela mediação de sua própria fala, que ele escuta menos o que lhe diz o analisando do que o que dela reconstitui uma atividade de seu pensamento pelos desvios de sua memória. A obra que teria de realizar desde o que resta para ele em suspenso no tratamento, seria a representação de algo que anima o movimento de fala do paciente, mas que não tem figura própria. A metamemória que o registra, a metalinguagem que se reapossa dele, é a fala do analista que obra na sua construção e que figura o pulsional latente no discurso do paciente num visível de que ele mesmo está totalmente despojado. A palavra "obra" justifica-se porque a construção não retorna o visível: torna visível. Há nisso desvio da fala: subtraída da função de falar, que é sua condição cultural tradicional, para ser revelada no seu poder incontestavelmente mágico de fazer aparecer, no ser, desejo ali onde ele é invisível, latente, inconsciente.

O analista, com sua construção, especula metapsicologicamente uma organização pulsional e, no mesmo movimento, organiza-a numa estrutura de escuta que é precisamente o que faz, no analisando, falar o desejo na fala. Uma certa significação da fala só emerge graças às construções que fundamentam a escuta; é isso que Freud nos convida a compreender em *Construções em análise*. Mas não acreditamos mais que seja necessário comunicar ao paciente nossa construção: a construção provoca por si mesma seu efeito. Freud não chega a afirmar isso nesse texto, mas insinua-o claramente: "Apenas atribuímos à construção isolada valor de suposição que espera por um exame, confirmação ou rejeição [...]. Não pedimos ao paciente sua concordância imediata."[8] Aliás, nesse texto ele relega a interpretação a um lugar muito acessório. A fala já se encontra legitimada como fala silenciosa cuja função não é dizer mas sustentar, como um andaime, como uma construção, uma outra fala. Não há apenas linguagem na fala do analisando e a escuta faz mais que escutar.

"Não vejo nada na minha frente", diz esse paciente para evocar sua falta de projeto na vida, depois de ter longamente me falado do vazio deixado pelo pai quando este abandonou o domicílio familiar. Imediatamente impõe-se-me uma construção segundo a qual esse "ver nada" diz a fantasia de castração que anima sua homossexualidade e o protege da dor. Perscrutemos essa construção: na minha posição de analista ela me convence, me conforta, aceito-a sem reservas, porque organiza numa expressão uma grande quantidade de traços de que minha memória dispunha sem que eu o soubesse e que aí se revelam. Mas embora saiba, nesse instante, nada mais ser que analista, decido operar aí um salto de pensamento vertiginoso. No entanto, seria eu analista se não ousasse esse avanço metapsicológico e se não o sustentasse contra todas as racionalidades que me dissuadem?

A construção sempre é elaborada numa tensão de pensamento. Às vezes ela produz um efeito de júbilo excitante. "Os delírios dos doentes", diz Freud, ainda em *Construções*, "parecem ser equivalentes das construções que construímos no tratamento psicanalítico."[9] Tomemos ao pé da letra a ambigüidade da formulação. Ela afirma que a força da construção apenas decorre da crença que o analista tem nela. Nesse caso, a construção não retomava diretamente a experiência que era justamente vazia de qualquer representação. Considerando o fato de que ela me veio num certo momento da análise e não em outro, disso posso dedu-

---

8. S. Freud, *Construções em análise* (1937), in Edição Standard brasileira, vol. XXIII, Rio de Janeiro, Imago. (A citação acima foi traduzida a partir do texto francês.)
9. *Ibid.* (A citação acima foi traduzida a partir do texto francês.)

zir que ela exigiu certo desvio entre uma escuta, minha hipótese desses traços mnêmicos e essa fala interior por meio da qual ela se formula: o desvio de um certo processo psíquico cuja natureza me escapa, a menos que a tensão que ela suscita, seu necessário parentesco com a convicção delirante já não indiquem sua pertença a um movimento sexual.

As falas que animam em seu silêncio o analista que escuta pertencem a diversos estados de sua consciência, alguns estão disponíveis, outros lhe escapam, outros circulam entre esses dois estados. Todas essas falas não trabalham num mesmo sentido. As primeiras nomeiam, formulam, na clareza da inteligência, o inteligível do discurso, as segundas obram de modo mais obscuro para ligar a excitação transportada na fala do paciente: elas emergem pontualmente em lapsos, em sonhos – o analista sonha – e de maneira mais organizada em construções. A construção apareceria pois como a figura manifesta de um trabalho de linguagem que transformaria o conteúdo sexual da fala escutada, elaboraria o pulsional.

Dora continua a tossir e se queixa de que seu pai só se interessa pela sra. K. por sua fortuna. Freud, em quem se manifesta uma tensão de pensamento quando denuncia a fastidiosa monotonia dessa queixa, recupera-se aplicando – o que, nas suas palavras, nunca ousara fazer até então – a regra segundo a qual o sintoma é realização de fantasia: a tosse de Dora "representava uma situação de satisfação sexual *per os*"[10]. O duplo sentido da palavra *Vermögen* (fortuna e potência) abriu-lhe a via dessa construção, que ele lhe propõe não sem certo mal-estar revelado na longa dissertação que se segue sobre a responsabilidade de fala do analista. Cria-se aí uma nova tensão de pensamento em Freud pois ele talvez adivinhe que a fantasia não se satisfaz apenas no

---

10. S. Freud, *Fragmento de análise de um caso de histeria* (1905), in Edição Standard brasileira, vol. VII, Rio de Janeiro, Imago. (A citação acima foi traduzida a partir do texto francês.)

sintoma mas também e sobretudo na transferência, de que ele se faz cúmplice ao instalar entre Dora e ele uma promiscuidade indiscutível de palavras, uma troca verbal direta demais, feita de perguntas e de explicações. A interpretação satisfaz Dora, mas ela só abandonará temporariamente seu sintoma, porque a interpretação que lhe é feita não sofreu o suficiente processo de dessexualização que o trabalho de construção requer. A interpretação é não apenas imediata demais, não apenas direta demais, mas ela não desmancha o endereçamento que, na fala do analisando, sempre prevalece sobre o sentido. Caso ele lhe opusesse o silêncio forte dessa construção retida, teriam ocorrido a Dora palavras que revelassem sua fantasia – desde que, é claro, ela pudesse sonhar por bastante tempo na transferência.

Essas soluções impuseram-se a Freud em seu tempo. Nesse texto do qual Freud exclui deliberadamente toda questão de técnica psicanalítica, importa-me destacar esse momento de colocação em tensão do pensamento freudiano: esse mal-estar irá conduzi-lo a uma teorização da transferência. Nesse primeiro momento esboçará sua construção, retomando-a depois em textos posteriores, alguns bem tardios: *Análise terminável e interminável* onde Dora será evocada sem ser nomeada, *Construções em análise* onde separará definitivamente o estatuto da construção do da interpretação. Importa-me observar como se organiza, na continuidade e na contigüidade, a passagem de uma tensão de pensamento que deixa aparecer o desejo inconsciente, mas continua presa num processo de sexualização da fala, a uma construção que organiza a experiência analítica, mas continua presa numa reciprocidade atuante do desejo, a, por fim, uma teoria que organiza o campo do inconsciente e fala o desejo até mesmo numa fala científica. Três estados sucessivos da memória do analista, em que sua fala é posta à prova pelo sexual libertando-se por fim dele depois de nele ter se comprometido; a marca disso perdurará em suas palavras de forma duradoura. Três estados que uma elaboração sempre renovada do pulsional no tratamento torna necessariamente solidários e que o analista tem de voltar a percorrer com cada paciente, eternamente, num trabalho de pensamento e de fala que não deixa de ser simétrico ao processo analítico, quando faz o analisando caminhar do discurso manifesto ao discurso latente, do sintoma à fantasia, da transferência à lembrança infantil.

O deslocamento incessante da atenção no analisando, o movimento de sua fala no tratamento manifestam a pulsão segundo uma lei de associação livre que rege o discurso do desejo onde quer que apareça, tanto no tratamento como no sonho ou nos chistes. "Agora deixo ao próprio paciente", diz Freud nas observações preliminares à análise de Dora, "a escolha do tema do trabalho diário e, conseqüentemente, tomo a cada vez como ponto de partida a superfície que seu inconsciente oferece à sua atenção."[11] Embora Freud insista aí na tópica psíquica e sua mobilidade, elude o estatuto da fala entre superfície e atenção. No tratamento, o analisando presta atenção no que diz ou diz aquilo em que presta atenção?

O movimento da fala e o deslocamento da atenção não manifestam apenas a atividade do desejo inconsciente. Eles o traem. Essa fala é simultaneamente desejada e temida (tanto pelo analisando como pelo analista que não escapa de certa resistência da escuta), ao mesmo tempo em que é determinada por um campo de forças psíquicas. A fala e a atenção resistem ao movimento que lhes é imposto pelo horror do que põem a descoberto: a coisa sexual que só se manifesta no impulso que faz a linguagem se deslocar, enquanto a coisa mesma fica eternamente presa na insistência. "Não devemos dissimular que uma espécie de demonologia intervém em grande medida no acima exposto"[12], poderíamos dizer, repetindo Freud quando ele ironiza, em *Sobre os sonhos*, a propósito de sua análise dos processos que concorrem para a formação de uma imagem psicopática no sonho. Mas a fala no trata-

---

11. *Ibid.* (A citação acima foi traduzida a partir do texto francês.)
12. S. Freud, *Sobre os sonhos* (1901), in Edição Standard brasileira, vol. V, Rio de Janeiro, Imago. (A citação acima foi traduzida a partir do texto francês.)

mento, sob o efeito da pulsão, também se organiza como uma formação psicopática, como uma formação do inconsciente.

Presença do sexual na fala. É ela que a análise e a situação analítica convocam, e exploram com vistas a uma mudança psíquica. Mas correr o risco de convocar e de explorar o movimento do sexual na fala impõe contê-lo. Essa *continência*, para retomar essa palavra de Bion, não é somente uma continência de energia, a continência de uma sexualidade que surge em decorrência da situação transferencial, numa neogênese como nos convenceu Jean Laplanche. Se só existisse essa perspectiva energética, o enquadro da análise bastaria para responder a ela, e o analista só teria de se comprometer com a responsabilidade técnica de seu método. Na verdade, é com o encadeamento estrutural complexo de uma coisa sexual num movimento com que esta anima a fala que o analista se compromete no seu aparelho de pensamento e de linguagem, contendo com sua construção, na fala que se diz, o movimento que se libera e a coisa que nela se perfila. A continência é, em última instância, a de uma fala por uma outra fala.

A fala na associação livre é sustentada por um movimento que lhe é exterior, segundo um traçado preexistente, mas só ela é que vai desenhar sua figura, visível porque falada. A fala faz ver no seu movimento a força que a move. A associação livre realiza um espalhamento da fala segundo um percurso sinuoso que lhe escapa e ao qual opõe resistência, seja fixando-se em temas familiares incansavelmente repetidos, seja calando-se. O silêncio seria então a resistência última, patética, à ameaça representada, para o sujeito falante, pela deriva de sua fala para *terrae incognitae*, e, para a fala, por essa dominância do desejo inconsciente. O sexual liberado pela situação da transferência ampara-se da fala, despoja-a das instâncias que a comandam normalmente e a desvia para uma tarefa que não é mais apenas a de dizer. O golpe de Estado, a insurreição de que a fala é o alvo preferido devido à regra da análise leva a pensar que a fala no tratamento nos fala menos por seu conteúdo que pelo movimento de deriva, de deportação que a afeta. O que diferencia a escuta analítica de uma escuta comum é que ela leva em conta não apenas as significações, mas também o movimento.

Se uma analisanda me diz, nessa descontinuidade da associação livre, que "quando se deita não consegue mais falar, como acontece quando está com um homem, e que ela sempre o deixa falar sozinho", e depois "que ela tem vergonha de não conseguir me dizer nada, de não conseguir que nada se mexa", não escuto apenas um discurso, avalio um percurso de fala que se desloca numa cadeia de representações: da boca que fala ou não fala, representação corporal portanto, a uma outra representação corporal, de algo que se mexe ou não se mexe. Como esse encadeamento não é linear mas se irradia, a fala segue simultaneamente outros caminhos. Nesse percurso, ela sem dúvida diz algo que um saber analítico nos autorizaria a escutar, com a ressalva de que todos os analistas não o escutariam da mesma forma, o que deveria nos alertar para uma contingência a que a significação sempre fica presa. Talvez seja mais correto, considerando-se seu estatuto no tratamento, pensar que antes de dizer a fala mexe: ela se desloca num movimento em que as palavras seriam chamadas, investidas, por representações antes de virem nomeá-las ativamente. Certa passividade característica da fala analítica deixa suas palavras derivarem e se deterem ao sabor das representações investidas pela corrente libidinal. Dessa detenção nasce sem dúvida a atenção: atenção da palavra à representação, precedendo a atenção sensorial à palavra na sua nova relação com essa representação, como se o que houvesse para ser escutado nesse movimento da fala fosse precisamente essa atenção que a linguagem dirige para as representações, não o que a linguagem diz mas o que ela escuta. Ao contrário da escuta comum, a escuta analítica é acrescida da atenção que as palavras dirigem para a coisa sexual reinvestida.

Pode-se a partir daí situar a emergência da significação, o efeito de sentido no só-depois desse movimento de linguagem, depois que ele deixasse suas palavras se mexerem e depois que a palavra falasse na representação que a deteve: efeito secundário, quase adicional, e que não aparece sempre. Assim, o "não consigo fazer nada mexer" absolutamente não fala ao falante; poderia igualmente não ter falado ao analista, porquanto o que se opera é um trabalho essencial de ligação, de semantização de uma coisa de memória: um *efeito de fala*.

A pulsão desloca a fala de um grupo de idéias para outro, de um acontecimento real para enredos fantasísticos, de uma cena atual para cenas de memória. Ela a faz circular entre formações fundamentalmente heterogêneas, tanto em termos de sua tópica como em termos de sua estrutura, mas em seu conjunto elas constituem o que se convencionou chamar a psique. Toda a psique do sujeito que se deita no divã já está lá "estendida embora não o saiba", para retomar essa idéia de Freud, e todo o projeto do analista é, no fundo, fazer com que saiba. Pelo menos é nisso que ele se engaja com essa atitude denominada por Freud *Versagung*, atitude metódica que leva a fala do paciente a se estender nessa extensão da psique, explorar e abrir suas falhas, seus planos de clivagem naturais que são justamente a marca de sua organização sexuada: Uma organização que, pouco a pouco e segundo os avatares da história e do desejo, estendeu na memória redes entre determinado investimento corporal, determinada fantasia de desejo, determinado acontecimento traumático, determinada representação do mundo.

Die Versagung: um silêncio que deixa falar, que deixa a fala errar por essas marcas da sexuação psíquica que a pulsão no tratamento reinveste regressivamente, como na origem ela as terá investido progressivamente. Marcas familiares portanto ao desejo portador da linguagem, mas não à linguagem portada pelo desejo. Dessa distância entre o que há de portador e de portado no movimento da linguagem resulta um traço característico da fala no tratamento: é de estar estruturada num conflito que fará dela o representante e o substituto possíveis de toda outra forma de conflito psíquico; graças a isso, o conflito próprio do desejo e de seu recalcamento é suscetível de entrar na linguagem. Mas esse conflito deixará como saldo um resto irredutível: a fala fracassando diante do que tem a dizer, detendo o movimento que a porta. Haverá fim de análise porque haverá detenção da fala.

Nesse trajeto que a fala percorre, nada aparece que já não estivesse ali, nada é descoberto que já não fosse sabido, de um saber ignorado com o qual o paciente joga maliciosamente ao se dirigir ao analista. A fala na análise descobre, *revela*, a palavra é de Lacan em *A ética*. Essa revelação está ligada à força de atração da coisa sexual: *die Sachvorstellung* que, como bem lembrou Jean Laplanche, para conservar toda sua coisidade, deve ser traduzido por "representação-coisa" e não "representação de coisa"; uma representação que pode ser identificada a uma coisa de memória, porque o objetivo do recalcamento é lançá-la na noite do esquecimento cortando-a ativamente de toda articulação à linguagem. Às intenções do recalcamento, que separa representações da linguagem, opõe-se quase simetricamente o processo analítico, que liga ou religa linguagem às representações. A fala na análise religa antes de dizer. Ela organiza, ela estrutura antes de falar um tecido linguageiro que introduz a memória menos na legibilidade da linguagem que na substancialidade de uma trama de linguagem.

O AEDO E SEU HERÓI

Nenhuma análise é igual a outra: esta é animada por um relato incessante de sonhos que descobre, como que a céu aberto, sua mina onírica; naquela, mais contida, alguns sonhos são parcimoniosamente trazidos, associações dentre outras, num discurso pouco afastado do pensamento de vigília. Observa-se a mesma diferença no que concerne à transferência: aqui ela é flamejante, confessada, até mesmo proclamada; ali ela não se diz, o discurso cala o objeto de seu endereçamento. Entre esses dois extremos, situa-se a estranha figura sintática em que esse paciente coloca seu analista: fala dele em terceira pessoa do singular. Ele diz: "ele vai pensar", "ele vai dizer".

O destino dos relatos no tratamento, relatos de sonhos ou outros relatos, está ligado ao processo transferencial: quer se manifestem ou não, eles têm um destinatário. São relatos para alguém antes de ser relatos de algo. Como a súplica, não são relatos comuns: ela se volta apenas para o "benfeitor" e, caso aconteça de se tornar pública, é apenas para convencê-lo melhor. Esses relatos no tratamento são tão endereçados que quando um analista tenta contá-los a seus colegas, estes se sentem convidados a colocar-se no seu lugar, com as conseqüentes reações estereotipadas e até bastante engraçadas que as histórias de caso suscitam nas reuniões analíticas: "Eu, nessa situação, teria pensado isso" ou então "Eu, no seu lugar, teria dito aquilo". Não pode ser de outra forma.

Portanto sabemos para onde vai o relato no tratamento. Mas de onde ele vem? De que lugar obscuro surge a fala que o sustenta? De que depende que um paciente que deita se ponha a falar, ou se cale, mas não se levante, e não deixe, como Dora, de vir... e de falar? A questão é ingênua mas se impõe nem bem renunciamos a essa outra e primeira ingenuidade: acreditar que o analisando fala porque o analista lhe pede para "dizer tudo", por encomenda, portanto desde um impulso exterior a ele.

Duas metáforas, igualmente ingênuas, me fornecerão um primeiro reforço contra o vazio aberto por essas questões: o movimento da fala indica que um processo psíquico inconsciente, emocional e ideativo ocorre; indica-o como a fumaça trai um fogo alimentado às escondidas. Mas a fala é também o veículo que transporta o sujeito para seu passado, sua história, seus sonhos e seus desejos. Levado pela onda – pelo fluxo – do discurso, o analisando deriva, ora lentamente, ora violentamente, para os lugares do exílio interior, como Ulisses deportado para longe de sua terra natal. A análise avança sempre, decerto a passos irregulares, mas ela sempre faz andar e sonhar aquele que a ela se submete. O analisando é o descendente de Ulisses e do *Wanderer* romântico, esse último grande viajante. Essas metáforas, com sua contradição da água e do fogo, vêm repercutir esses dois fatos sensíveis da experiência analítica: a transferência e o ato de fala; pois a paixão ardente ou larvada que é a transferência está destinada a se consumir num discurso.

É possível que os analistas escrevam obrigados pelas mesmas forças que fazem falar os analisandos; escreveriam sob o efeito da paixão de suportar a transferência, quer gostem de a ela se submeter quer sonhem em combatê-la. A escrita encaixa-se perfeitamente nessa economia libidinal: mais secundária que a fala, ela se conforma à defasagem em que o analista se encontra em relação à transferência do analisando; como a análise, o exercício da escrita exige que o objeto a que se destina se furte à sua vista. Compreende-se por que os analistas escrevem muito e de maneiras muito diferentes: alguns abstraem seus pacientes de seus escritos; outros os representam da maneira mais imediata, mais flamejante.

Algumas análises prestam-se melhor que outras ao relato porque o acontecimento nelas introduz a aparência de uma lógica histórica: o encontro com o analista foi uma revelação; ou então o começo da análise coincidiu com um incidente singular da vida do paciente – uma ligação afetiva, um aborto; ou ainda o surgimento de um sintoma – uma depressão, uma angústia – fraturou o *continuum* tranqüilo de uma vida. O analista, mesmo protegido por suas ferramentas teóricas, não evita o encanto da factualidade histórica. Seu consentimento com uma demanda de análise às vezes lhe é arrancado desde uma necessidade interior quando identifica inconscientemente a pessoa do analisando com uma figura de seu passado, ou um momento da história dele com um momento de sua própria história.

Essas análises que se inscrevem desde o começo na continuidade da história costumam desenvolver-se como análises cheias de histórias. Mas a polissemia desse conceito de história se desfaz assim que a confrontamos com a exigência analítica: sob a clara ordenação da história que motiva, no só-depois e bem superficialmente, a diacronia factual, descobre-se a radical heterogeneidade de uma multidão de incidentes fortuitos que estão a serviço – independentemente uns dos outros e às cegas – da compulsão à repetição das pulsões parciais recalcadas. Nesses tratamentos, o paciente enfeita seu discurso com o relato dos acontecimentos que se sucedem sem cessar em sua vida: um conflito conjugal, um novo amor, uma briga com a babá do filho... Tantas coisas são assunto para histórias e para que histórias!

O paciente geralmente suscitou essas histórias que lhe acontecem. Mas cuidado! São necessárias algumas correções para conferir a essa asserção a gravidade que lhe é devida. Ele as suscitou à maneira de um ato falho; é portanto seu autor e sua vítima, mas também, a partir do momento em que faz o relato, a testemunha e o relator. Ao se ordenarem como histórias, esses autênticos atos falhos ganham acesso ao relato; eles são suscitados para ser contados. Sua função é produzir relato, animar a fala. Certos pacientes falam portanto das histórias que lhes acontecem como outros falam de seus sonhos; ora, o sonho também se apresenta como uma história que aconteceu. Parece haver aí uma exigência própria da situação analítica e que não admitiria nenhuma exceção: só pode ser objeto de um relato na análise "o que aconteceu e aconteceu efetivamente". Sejamos mais precisos: seja qual for a cena, da alucinação ou da realidade externa, em que esse real se produz. O relato analítico está a serviço da fantasia. Ele não é ficção e por isso rompe com a tradição do relato romanesco.

As histórias que são efetivamente vividas têm uma força emocional que lhes é própria e que nunca encontramos nas histórias inventadas. A fala está submetida ao que enuncia: o acontecimento, o enredo fantasístico e a excitação pulsional associada. Portanto a mesma excitação que esteve na origem do acontecimento nos levaria em seguida a contá-lo e depois a escutar ou ler seu relato. A fala não constitui um anteparo entre o acontecimento e seu relato. Ela não garante sua mediação. Isso não é muito diferente da notícia da coluna policial, como, por exemplo, aquela lida recentemente num jornal de província: "Ele violentava suas filhas e enterrava no jardim os bebês nascidos deste comércio incestuoso." Esse relato é acontecimento; logo depois de lido ele se dissipa em imagens que fazem aparecer visões de bebês, de meninas, de comércio sexual, de ocultação de cadáveres... Não há lugar para comentários; trata-se, poderíamos dizer, de um relato sem fala.

Defenderei aqui a idéia de que o aparelho da análise trabalha para deslocar o acontecimento de sua materialidade bruta na direção de seu discurso. O relato é apenas a via de entrada do real no discurso. Em um de seus pólos, ele reflete literalmente o acontecimento; cada palavra suscita sua imagem; o paciente parece sonhar de novo o sonho que comunica ou reviver a história que conta; o relato é moldado pelo acontecimento e está submetido à sua visualização. No outro pólo, o do comentário, o discurso ganha tamanha autonomia em relação ao acontecimento que pode chegar a negá-lo ou repudiá-lo sem que sua fala se esgote. A relação entre eles se inverte, o acontecimento é o pretexto do discurso, seu motor, sua fonte; mas doravante é o discurso que lhe dá forma e sentido; ele o desrealiza, libertando assim o sujeito de sua coerção, de seu *pathos*, de sua carga traumática. Defendo também que esse poder de desrealização que o discurso carrega garante ao tratamento seu benefício terapêutico. O relato, a história, com sua organização narrativa e sua estrutura sintática, representam a etapa precoce de uma semantização, de uma perlaboração.

Por isso certos pacientes, através do relato contínuo dos acontecimentos pelos quais passaram ou pelos quais passam, se contam "em histórias", "em imagens"; o discurso deles serve mais de invocação que de evocação; ele reduz o lugar do comentário ao que seriam os balões nas histórias em quadrinhos. Por que esse tipo de relato se impõe com tanta força ao falante, quando o preço disso é um prejuízo narcísico indubitável? Na verdade o falante se apaga sob o falado. Descartaremos de imediato a explicação econômica segundo a qual o acontecimento, por sua concretude, seria mais acessível à voz que diz ou à mão que escreve, ou que contar seria menos custoso que se contar.

Descartarei com menos veemência a outra explicação segundo a qual a atração do relato estaria ligada à sedução que ele exerce sobre seu ouvinte ou sobre seu leitor: o relato atrai a atenção; por seu caráter figurativo, ele é um dos recursos essenciais do conto e do romance. Em *Le Petit Chose* de Alphonse Daudet, o jovem herói, temeroso da bronca que levaria dos pais por ter ficado vagabundeando depois de sair da escola, inventa de anunciar-lhes ao voltar para casa que "o Papa morreu". O subterfúgio dá certo: os pais entregam-se às emoções que essa notícia provoca neles e perdem de vista as travessuras da criança. Esta faz uso das representações – mais graves que uma pequena preocupação de política doméstica – que esses adultos, crentes demais, traziam dentro de si: apostou que a notícia os transportaria para outra cena, suscitaria pensamentos angustiados que, sob o efeito da surpresa, se resumiriam a imagens: o papa, suas pompas; a morte, seus aparatos. Esse presente, oferecido à expectativa ansiosa dos pais, evoca os relatos que o paciente sempre diz em oferenda ao seu analista.

Antigamente – agora, com o declínio geral do figurativo, a moda passou – as manchetes dos jornais faziam grande uso dessa mobilidade mental dos homens que os faz deslocar-se tão facilmente do signo abstrato da língua para suas equivalências visuais. Havia uma sintaxe que lhes era particular: o verbo prevalecia sobre o sujeito. Assim, no caso Dreyfus, *Eu acuso* de Zola transportava o leitor de repente para o pretório, conduzia seu olhar para a manga do procurador, para a mão justiceira que fustigava um réu sem nomeá-lo, como tampouco nomeava o denunciante. Essa sintaxe particular, lapidar, concentrando seus efeitos no movimento do verbo e reorientando o sentido do acontecimento, será encontrada no discurso dos pacientes que contam histórias, como também nos escritos dos analistas que apresentam histórias de casos.

O homem nasceu numa antiga colônia francesa onde viveu até os vinte anos. A uma infância alegre e livre, sucederam uma adolescência assombrada pela revolta indígena e o retorno humilhante para uma mãe pátria estranha e fria. É esse passado – espoliado pela História – que ele fará reviver durante os primeiros meses, dedicando todas suas sessões a reencontrar e contar as histórias que o constituíram: as brincadeiras selvagens nas ruelas coloridas da cidade africana, os inúmeros pequenos dramas que agitavam a truculência de seu bairro cosmopolita e o sentimento deliciosa e confusamente precário de pertencer a uma comunidade diferenciada, privilegiada, presente sem raízes, portanto sem deveres, naquela terra, entre areia, sol e mar. Diante dessas invocações, o homem que no entanto soube, quando foi necessário, defender-se de armas na mão, chora como uma criança... ou como se chora uma criança.

A invocação se fez mais precisa; ela focalizou o lugar que simbolizava todo o encanto daquela terra acolhedora: a fazenda do tio, irmão do pai falecido; ali, ele que tinha de apoiar durante o ano sua mãe enlutada e enfrentava sozinho as tensões da cidade colonial, passava férias bem merecidas; sentia-se protegido pelo tio e pelo primo mais velho, em cuja companhia fundia-se na paisagem familiar, montando os cavalos em pêlo, contemplando, à noite, os homens recolhendo o gado, de dia fugindo do calor abrasador que tostava as choupanas e exacerbava a brancura das casas, sob a figueira gigante cujos enormes galhos envolviam o canal como um delicioso caramanchão.

Esse canal levava à fazenda, desde uma fonte longínqua, uma água límpida, corrente e fresca. As duas crianças brincavam de lançar barcos por elas talhados na casca da árvore, seguiam seu curso aleatório até desaparecerem da vista, voltavam a lançar outros que desapareciam por sua vez, e mais outros, e outros... Para os leitores de Freud, essa descrição evoca de imediato o jogo do carretel relatado em *Além do princípio de prazer*: "O menino tinha um carretel de madeira amarrado com um barbante. Nunca lhe ocorria, por exemplo, a idéia de arrastá-lo pelo chão atrás de si para brincar de carrinho; mas com grande destreza jogava o carretel, preso pelo barbante, por cima da borda de seu berço com mosquiteiro onde ele desaparecia, enquanto pronunciava seu significativo *o-o-o-o*; em seguida, puxando o barbante tirava o carretel do berço saudando seu reaparecimento com um alegre 'aqui está'."[1]

---

1. S. Freud, *Além do princípio de prazer* (1920), in Edição Standard brasileira, vol. XVIII, Rio de Janeiro, Imago. (A citação acima foi traduzida a partir do texto francês.)

O carretel desaparece para reaparecer; os frágeis esquifes sobre o canal aparecem para desaparecer: uma espera mais obscura, mais dolorosa, mais desesperada anima esse jogo; no curso d'água, as crianças agudizam uma dor por vir, pressentem-na, preparam-na, a tornam imagem; poderão dizer a si mesmas, quando certo drama ocorrer "de verdade", que elas o terão provocado.

Esperemos, nós também, para saber em que consiste essa coisa esperada. Pois algo se passou enquanto eu acreditava escutar o relato da cena sob a figueira; de repente, mais do que escutar seu relato eu participava dessa cena: como se tivesse atravessado a tela do relato, encontrava-me, entre meu herói e seu companheiro, sentado sobre a pedra do canal, olhando os barcos partirem. Escutava o rumorejar da água; saboreava a doçura da sombra. Por um instante nada mais parecia separar o repatriado de sua fazenda africana, o adulto de sua infância, o narrador de seu ouvinte, todos reunidos na mesma visão comum.

De onde o verbo tira tal poder de evocação? Da situação analítica e da hipermnesia contida no âmago da transferência? A fala dirigida à pessoa do analista teria repetido aquela dirigida ao pai ausente a quem esses barcos estavam destinados inicialmente? O analista, na fulguração alucinatória de um transbordamento de memória, teria, como num drama, representado para o paciente e para si mesmo esse espectro. A potência figurativa dessa cena também decorreria de certa cumplicidade da escuta: lembrei-me de que, quando criança, nas férias de verão às vezes eu ia até a borda sombreada de um canal sonhar ao ritmo da água lenta.

Mas essa hipótese só é parcialmente verdadeira; ela não explica o fato de que eu possa relatar algo dessa cena ao passo que aquele homem nada mais poderá relatar sobre ela. Talvez ele nem se reconhecesse no relato que dela faço: seu relato consumiu-se durante sua enunciação; suas palavras se dissiparam nas imagens que sustentam o retorno da experiência emocional arcaica; elas abriram a porta da memória, e só. A força de invocação pertence propriamente ao verbo; está ligada à inscrição originária da palavra no visual da imagem a que o conduziu a regressão da fala.

A defasagem que se instaura entre o analista e seu paciente quanto à restituição do acontecimento analítico é comparável àquela que existe entre o sonhador que adere totalmente ao seu sonho e o "eu" de quem dorme. "Podemos resumir nossa atitude psíquica predominante durante o sonho na forma de uma advertência que o pré-consciente faz à consciência quando o sonho tende a ir longe demais: não se preocupe e durma, é só um sonho."[2] É esse eu que talvez, mais tarde, seja o autor do relato do sonho e essa faculdade se deve apenas a uma semiparticipação, mais consentida que desejada, no acontecimento onírico. Portanto, eu, o analista, estaria no lugar de quem dorme, lugar que me autoriza ou me leva a contar aquilo de que fui testemunha – e vítima. A retomada da narração introduz por sua vez uma nova testemunha, uma nova vítima. A narração desloca o pavor vinculado à identificação do narrador aos atores da fantasia; ela o liberta; é essa, em todo caso, sua função econômica.

O relato protege da identificação pois percorre em sentido inverso, da imagem à palavra, o caminho seguido da palavra à imagem pelo trabalho da alucinação onírica ou transferencial. O relato e a fala em geral são animados sobretudo pelos esforços que o sujeito faz para se deslocar do acontecimento traumático para a sua representação. Assim que é transformado em relato, antes mesmo de se submeter ao trabalho associativo, pode-se considerar que o sonho está engajado na via da análise, da *Auflösung**, do desligamento. Um mesmo movimento de *Auflösung* anima o relato da história de caso.

Dizer não é repetir. Se um analisando não consegue repetir a um terceiro o que aconteceu na sua análise, é porque sua fala, sob

---

   2. S. Freud, *A interpretação dos sonhos*, op. cit. (A citação acima foi traduzida a partir do texto francês.)

   * No capítulo II de *Interpretação dos sonhos* Freud emprega este termo no sentido de resolução, decomposição. (N. da T.)

o efeito da potente regressão transferencial, tende incessantemente a escapar do relato e retornar a uma "gesta" originária que tende, por sua vez, a atualizar a fantasia e a alucinar o objeto-fonte da satisfação. Suas palavras estão destinadas a se dilapidar em imagens que se erigem em oferenda poética ao analista – como se oferece dinheiro à alcoviteira para que ela consiga um encontro com a amada.

Custa ao paciente falar com o analista; acontece de esse custo ameaçar arruiná-lo, quando, dominado pela força da compulsão à repetição, ele lhe sacrificaria até suas últimas palavras. Seu eu só pode opor-se a isso. A resistência a falar, com o analista, inscreve-se na série das resistências ao processo analítico que inclui a resistência a vir e a resistência a pagar. Pois o "dizer tudo", o deslocamento e o pagamento são o triplo e solidário tributo exigido pelo trabalho da *Auflösung* e ao qual, como que para alicerçá-lo, o analista deve contrapor a tripla "recusação" do silêncio, da imobilidade e da cobrança de dinheiro. Diante desse excesso de conversão da fala em imagens da alucinação, o paciente acabaria calando-se, se o artifício retórico da narração não viesse desfazer essa ameaça: colocando-se em cena numa história, relatando-se, o narrador instala a representação a um custo menor, e fala de si como de um outro. "Aconteceu uma coisa comigo", "tive um sonho no qual eu..." são, entre outras, duas proposições por meio das quais o falante esquiva-se, temporariamente, do desprazer de se identificar ao sujeito de sua fantasia. Diante da frustração da *Auflösung*, o relato contrapõe o desmentido de uma construção.

Conta-se que na aurora da humanidade, antes de sepultar os mortos, costumava-se amarrar seus despojos a troncos de árvores que eram confiados à corrente das ribeiras ou dos rios. O que mais tarde virá a ser um barco foi primitivamente uma sepultura. As crianças seguem com o olhar, até perderem de vista, os frágeis esquifes que talharam na casca da árvore e confiaram ao curso d'água. A cena cuja análise suspendemos há pouco desenrola-se primeiro como um delicioso quadro bucólico, ordena-se progressivamente para um além não figurado, indicado pela fuga do olhar. Sua bela harmonia fratura-se de modo insidioso. O relato converteu-se em visão. Ele dirige o olhar para um horizonte em que a imagem se desvanece misteriosamente, engolida por um vazio desconhecido... A evanescência que atinge a fala, depois a imagem, revela a precariedade delas, mais ainda a vaidade daquilo cuja memória carregam; pensemos no "*to vanish*" inglês que condensa de modo eloqüente todos esses sentidos.

Mas, observemos, apenas uma fala de natureza totalmente outra que o relato é capaz de enunciar esse além: o comentário a que me entrego reconquistou, só-depois, seus direitos, à distância do acontecimento analítico, fora da poltrona e fora do alcance da enfeitiçante nostalgia do relator. A dissolução do discurso que deu, nesse instante preciso do tratamento, toda sua força ao visual, suspendeu a visão para a qual o arrastava a memória, bem como o comentário que sua análise convocava. Pois a colocação em imagens, a figurabilidade, a *Darstellbarkeit*, para represar o traumatismo inerente à irrupção do recalcado, reanima as marcas memoriais da linguagem e suspende o discurso e seu trabalho metódico de reconhecimento.

Pouco tempo depois de essa cena ter sido evocada, o paciente contou, como se acabasse de se lembrar ou como se isso não tivesse ainda ocorrido de fato, o episódio que fez soçobrar o amor que tinha pela fazenda: certa manhã descobriram-se, nas estrebarias e estábulos, os animais degolados; na manhã seguinte, o moinho e as medas se incendiaram. A criança compreendeu que, no coração dos homens, a própria familiaridade com essa terra de asilo e de amor estava sendo imolada. Viu o tio, esse colosso da linhagem dos pastores, daqueles que haviam aberto o canal e plantado a figueira, chorar de dor sobre seus cavalos abatidos. Encarou então a amarga perspectiva do repatriamento. Como o exílio, a morte é fazedora de estranheza.

Anos antes, criança ainda, assistira, perplexo, à morte violenta do pai, vencido por uma hemorragia. O relato fora feito em seu tempo nessa análise, retomado inúmeras vezes em diferentes versões, conforme as múltiplas linhas de força subjacentes ao traumático do acontecimento. Memorizada na escuta do analista, sua lembrança foi imediatamente convocada quando surgiu o novo relato dessa nova violência. Por intermédio de sua alteridade, a memória do analista reorganiza de forma diferente os estratos da lembrança; inscreve-os numa outra lógica temporal; por isso ela desvendou entre esses dois episódios um parentesco mais secreto que aquele, manifesto, da violência ou da perda afetiva: um parentesco de sentido, incrustado na forma narrativa na qual surgiram, e devido à sua natureza de pura factualidade, sem vínculo orgânico com a linguagem que os relata e nos informa.

As lembranças da destruição da fazenda, da morte do pai, brotaram, ambas, por intermédio de uma insurreição da lembrança. O analisando não esperava por isso. Elas se disseram, mais do que ele as disse. Seus traços inscreviam-se no *topos* psíquico, num lugar de memória outro que aquele onde dormia a lembrança da cena sob a figueira. Mantinham-se, na sua factualidade, heterogêneas à substância psíquica do discurso – fragmentos de horror no fluxo das representações, pedaços de realidade crua demais insinuados nas palavras que as relatam.

De um acontecimento ao outro, a repetição é inexorável e infinita: o soçobrar da imago paterna é compulsivamente restituído na textura dos gestos cênicos que os significam através da própria forma do discurso pelo qual se impõem ao falante. À morte do pai, ao desespero do tio, que deixaram a pequena testemunha estarrecida, responde no só-depois um soçobrar da fala que renuncia a qualquer movimento elaborativo e que se reduz a um gesto que transmite o acontecimento, o faz surgir literalmente na esfera da língua. Essa presença da *coisa-em-si* na linguagem é a notícia da coluna policial. As palavras do assassinato são substituídas pelo assassinato das palavras.

Mas também se dirá, e também só-depois, que era a esses acontecimentos que a cena sob a figueira aludia negativamente.

Por representarem os pontos em que a história não conseguiu se inscrever na linguagem, continuam sendo fonte de uma infinita repetição e constituem o escolho em que vem se quebrar o relato, sua fala, bem como o conjunto de imagens que suscitam. O além, onde se desvanecem os barcos, em que se abismavam os olhares, era precisamente esse vazio psíquico onde repousava, como um *derelict* sobre a superfície do mar, o acontecimento indizível que ameaça a fala de um naufrágio de sua capacidade representativa e significante. Um vazio que consideraria o acontecimento como irreal, "não ocorrido".

O relato da cena sob a figueira vem dar bordas a esse vazio, encravá-lo, contra-investi-lo, tecendo em suas fronteiras uma trama fechada de representações que abre para o afeto o escoamento infinito da fala. Relato de uma brincadeira, que consiste para a criança em se preparar para o advento ameaçador de um acontecimento que terá de permanecer de todo modo "não ocorrido". Não são os acontecimentos que comandam o tempo da história; é seu relato que os introduz numa História, mantendo-os ou não, inscrevendo-os numa cronologia que decide, para o eu, de sua temporalidade. Portanto a brincadeira precede aqui a tragédia da fazenda. Ela a prevê, embora nada a anuncie. Mas também precede e prepara a morte do pai, ainda que esta já tenha sobrevindo. O relato dispõe à vontade do tempo e das coisas. Decide sobre o que existe e sobre o que não existe, sobre o que ocorreu e sobre o que ocorrerá.

Somente a inscrição na língua garante que algo tenha efetivamente ocorrido; o que dá lugar a uma sintaxe específica: "Quando brincávamos, com meu primo, na beira do canal..." Quando, ao contrário, a fala transporta, por meio de uma rebelião de memória, um acontecimento ainda não historicizado, ela obedece a outra sintaxe: "Degolaram os cavalos do meu tio...", "algo atirou meu pai ao chão...", uma sintaxe sem sujeito nem ator identificáveis, anônima, uma sintaxe de notícia de coluna policial, no fundo indiferente apesar de sua carga traumática. "*Ein Kind wird geschlagen*", intitula Freud, "Uma criança é espancada", e acrescenta no começo desse artigo: "Nada mais sei sobre isso; estão espancando uma criança."[3]

Portanto não posso concordar com os analistas que afirmam que os pacientes que contam histórias não falam de si. A consubstancialidade do dizer e do ser é tal que toda fala, seja qual for o enunciado que adote, trabalha necessariamente para a representação de si. Mas, conforme os casos, essa representação já foi adquirida ou ainda tem de ser adquirida. Os analistas, quando escrevem histórias de casos, estão submetidos a essa lei universal do discurso. É um exercício perigoso; quer o saibam ou não, obrigam sua fala, que espontaneamente apenas exporia o eu do falante, a fazer emergir a figura do outro: a do paciente na sua radical estranheza, mas também a deles, inconsciente. A história de caso restitui assim o próprio movimento da fala no tratamento: desligar o outro de si.

A partir daí, é mais fácil compreender por que as histórias são sempre interessantes: elas assinalam uma certa estranheza do falante ao seu ser e, consecutivamente, à sua língua; o narrador fala do estranho que ele é para ele mesmo numa língua estrangeira: a língua do relato, a língua dos Aedos.

Quando, após quarenta dias de naufrágio, Ulisses abordou ao país dos feaces, Atena lhe prescreveu não desvendar de imediato sua identidade. Apesar disso foi recebido na corte, honrado como estrangeiro e convidado para o banquete. Escutemos o relato que a epopéia homérica dá do acontecimento que então se produziu: "Apenas saciados a sede e o apetite, o aedo, que a Musa inspirava, levantou-se. Escolheu, dentre a gesta humana, um episódio cuja fama já chegara aos céus: a disputa entre Ulisses e o filho de Pelida. [...] A Musa amorosa lhe havia dado um bem e um mal, pois, privado da visão, recebera dela o canto melodio-

---

3. S. Freud, "Uma criança é espancada" (1919), in Edição Standard brasileira, vol. XVII, Rio de Janeiro, Imago. (A citação acima foi traduzida a partir do texto francês.)

so." Nosso herói fica transtornado: "Com o grande manto ele cobriu suas belas feições [...], pois teria enrubescido com as lágrimas que enchiam suas pálpebras..."[4] A complexidade do procedimento narrativo merece ser desmontada: o relato coloca em cena um recitante, esse aedo privado da visão que não é outro senão Homero, e um herói na posição de escutar da boca de um outro sua própria história. Talvez os quarenta dias no "mar de peixes" tivessem deixado Ulisses fora de si, pois nada justificava que calasse seu nome, exceto a provação imposta por Poseidon, que o fez morrer para depois renascer. O canto homérico tira proveito aqui do poder de criação do relato que ele revela com esse desdobramento – ele é relato de relato – e que lhe fornece sua matéria "pathica": o herói, desconcertado, se chora e se reencontra porque encontra sua fama na fala do cego visionário.

Acontece de alguns pacientes, porque não passam de estrangeiros a eles mesmos, levarem a arte do relato ao ponto em que sua fala dá a impressão de um maneirismo: parecem se escutar falando. Diante do nada que os ameaça, apenas o relato cria a esperança de um renascimento. São aedos sem heróis, em busca de heróis sem aedos. Por isso o procedimento narrativo que esse canto da *Odisséia* explora é familiar aos analistas; reconhecem nele o recurso que o relato emprega para se apossar do que, no sujeito, lhe é estranho: pela ficção, o narrador figura e reconstrói seus ideais infantis e suas fantasias de desejo que sucumbiram ao recalcamento.

Pois Homero revela aqui que Ulisses é mesmo seu herói. Encontro a confirmação disso alguns cantos mais adiante quando, ainda entre os feaces, durante um segundo banquete, o próprio Ulisses se faz aedo e canta outros episódios de sua odisséia, em primeiro lugar o enceguecimento do Ciclope. O tratamento cultiva com obstinação essa incidência por meio da qual, falando de si, chega-se a dizer o outro. Se Homero tivesse deitado no meu

---

4. Homero, *L'Odyssée, op. cit.*, pp. 172-3.

divã e, depois de descrever a cegueira do aedo, contasse como Ulisses cegara o Ciclope, eu teria certamente dito: "Cego o Ciclope, como o aedo." Pois Ulisses figura Homero da mesma maneira como o herói é o outro do aedo; ele é aquilo que, com a cegueira, foi-lhe proibido ser, e aquilo que, com o canto, ele se autoriza a representar: herói inspirado e astuto, devorado pela curiosidade, conquistador de mulheres, deusas e cidades. Talvez minha interpretação o tivesse levado a revelar as fantasias para as quais ele acreditava dever ser cego.

Porque ela é uma tentativa desesperada de conquistar o que a move, basta deixá-la livre ou que uma interpretação a desencadeie, para que cedo ou tarde a fala não consiga mais ser fiel ao si e ao familiar, e na sua precipitação deixe emergir a figura do outro. É o caso do artigo de Freud "Uma criança é espancada". Sua leitura é extenuante: a fantasia "meu pai me bate porque ele me ama", sobre a qual Freud diz que "ela permanece inconsciente e só pode ser reconstruída na análise"[5], trabalha o texto de ponta a ponta; desorganiza sua argumentação, arruina sua coerência estilística e leva o autor a oscilar da dúvida que o fustiga às afirmações mais audaciosas, como, justamente, essa reconstrução de uma fantasia que o próprio sujeito não reconheceria.

Poderíamos dizer que a leitura desse artigo é... fustigante. A *ratio* se choca com o insistente peso da fantasia que a atividade teórica foi incapaz de dominar. Um relativo fracasso do texto em tornar a leitura "convincente" é o preço pago por um trabalho de escrita que consegue transportar – transpor – a coisa fantasística para a cena da língua, e que faz surgir em suas palavras o pavor pulsional de que a fantasia é portadora; daí essa resistência à leitura, sempre prestes a se interromper, essa má vontade do leitor – pelo menos daquele que sou – em acompanhar o autor ao longo de sua exposição. Os relatos de casos sobre os quais Freud pre-

---

5. S. Freud, "Uma criança é espancada", *op. cit.* (A citação acima foi traduzida a partir do texto francês.)

tende apoiar-se são tão sucintos que pareceriam abortados. Suas perguntas insistentes só arrancam de seus pacientes respostas lacônicas: "É um homem", ou "O sexo é indefinido". Como se, nessa proximidade imediata demais da fantasia, a fala não conseguisse decolar sob a forma de relato.

Teria Freud fracassado ali onde Homero faz maravilhas? "Uma criança é espancada" é no entanto um fantástico texto analítico que lança o leitor no "mundo do silêncio" das fantasias inconscientes e, apesar de tudo, acaba convencendo-o; ele revela uma verdade de que a epopéia homérica nem mesmo suspeita: as personagens que agem nos diversos enredos conscientes são máscaras. Depois da análise desvendar seu caráter de *Ersetzung*, de substituição, os verdadeiros protagonistas da situação escorados pela fantasia inconsciente – o espancador e o espancado – aparecem na sua imutabilidade absoluta: o pai é sempre o espancador e a filha a espancada. Seja qual for o sexo do sujeito que fala, falante e espancado se confundem, assim como se confunde no menino e na menina a posição sexual que traz em si o desejo de ser espancado-amado pelo pai.

Os substantivos constituídos a partir do verbo espancar, *schlagen*, e que são, como é de praxe na língua alemã, precedidos do artigo neutro – *das Schlagende, das Schlagene* –, retornam no texto com uma insistência lancinante traduzindo a imutabilidade histórica, quase anônima, desses protagonistas: um pai, uma filha; não no sentido de "qualquer pai, qualquer filha" – embora seja justamente neste sentido que a fantasia virá a se desenvolver secundariamente em história –, mas no sentido: "o pai, a filha", porque o pai, mais que seu objeto libidinal, é o correspondente da filha, seu *Gegenstand*, e porque a filha é para o pai aquilo para o que tende, ou aquilo a que visa, a violência de sua sedução e de seu poder cultural.

Voltemos à *Odisséia*, e mais precisamente ao episódio que marca a chegada de Ulisses à terra dos feaces: o herói desembarcou numa terra desconhecida; esgotado, arrastou-se para baixo de uma vegetação cerrada onde adormeceu. Atena, a deusa protetora e intrigante, por meio de um discurso sedutor e falacioso, atraiu para o local Nausícaa, a filha do rei. Escutemos o canto homérico quando faz o relato de um encontro que nada deve ao acaso e tudo ao impenetrável desígnio dos deuses: "E o divino Ulisses emergiu dos arbustos. Sua forte mão quebrou na densa selva um ramo bem frondoso com que pudesse cobrir sua virilidade. Saiu em seguida da floresta [...] Assim em sua nudez, Ulisses avançava na direção dessas moças de cabelos encaracolados [...] Quando o horror daquele corpo todo danificado pelo mar lhes apareceu, foi uma fuga desvairada até a borda dos promontórios. Só a filha de Alcínoo ficou: Atena lhe colocava no coração essa audácia e retirava de seus membros o medo. De pé, ela o encarou..."[6]

Somente Nausícaa, cuja audácia foi inspirada por Atena, "encarou-o". Suas damas de companhia fugiram, desvairadas de horror. O que Nausícaa encara? A visão do estrangeiro, exibindo em meio ao ramo frondoso sua nudez de macho. Ora, sempre que o texto homérico evoca o estrangeiro, ele o conota da qualidade de pai: "Estrangeiro, ó pai." O sentido dessa cena está há muito preparado; alusões longínquas nela vêm se condensar; a figura de Ulisses as cristaliza. Diante de Ulisses, esse estrangeiro, diante desse pai, Nausícaa apavora-se tanto quanto suas companheiras, mas a esse pavor vem se somar uma vontade que a imobiliza e logo a fará perder a fala. Deve a uma graça divina o fato de enfrentar essa visão.

E porque ela enfrenta essa visão, também lhe é concedida a graça de se revelar a si mesma, no seu medo, na sua vulnerabilidade de mulher, na passividade de seu desejo. O confronto com o objeto libidinal designa ao sujeito o lugar, a posição de onde surge seu desejo. Era este o desígnio de Atena; para atrair a virgem para o local do naufrágio de Ulisses, ela recorreu a argumentos eróticos: "Assumira o aspecto de uma amiga de sua idade, a quem amava com ternura [...]. Assim transfigurada, Atena,

---

6. Homero, *L'Odyssée, op. cit.*, p. 152.

a deusa dos olhos azulados, lhe disse: 'Dormes, Nausícaa! [...] Deixas descuidadas tantas vestimentas acetinadas! Aproxima-se teu casamento; tens de estar bela [...] Rápido! Partamos a lavar tão logo desponte a aurora [...] Acredito que não há de durar muito ainda tua donzelice.' "[7] Depois de ter preparado com cuidado essa cena em que se enfrentam um pai, na figura de Ulisses, e uma filha, na de Nausícaa, o poema a capta de forma sublime. Ela reduz o relato a uma épura do visual; as imagens brotam das palavras que as enunciam. O que nos mostra essa cena? Que o objeto é para o sujeito seu *Gegenstand*, o que se opõe a ele, o que se põe contra ele, na adversidade imediata pelo menos, definitiva talvez, mesmo se o amor venha reconciliá-los num segundo momento. O objeto revela ao sujeito a alteridade inesperada, insuspeitada de sua falta, de sua possibilidade de ruptura; ele faz objeção à ilusão de sua integridade narcísica: o objeto é propriamente o que vem objetar o sujeito.

A virilidade de Ulisses, coberta pelo ramo frondoso, descobre para a virgem sua sexualidade e seu destino de cativa, de vencida, de derrotada*... Não o que ela espera – o que suporia uma cumplicidade do eu com seu equipamento pulsional –, mas o que a espera. Homero é explícito: Ulisses "como um leão das montanhas [...] se lança sobre os gamos selvagens". E na teimosia com a qual, entre fuga e submissão, Nausícaa enfrenta seu destino, é preciso ver o reconhecimento desse fato originário: o eu adquire seu estatuto de sujeito contra (*gegen*) o desejo que o anima e o objeto que desperta esse desejo.

Por uma via que já não é, como em Homero, a do *epos*, Freud defende em "Uma criança é espancada" uma conclusão idêntica. O argumento do texto é sobretudo o seguinte: a fantasia de desejo primeira "meu pai me ama" transforma-se, sob a influência do sentimento inconsciente de culpa, numa outra fan-

---

7. *Ibid.*, pp. 148-9.
* No original "battue" (espancada, derrotada) evocando a "criança espancada". (N. da T.)

tasia "ele me espanca". A co-naturalidade do despertar libidinal e da sexuação torna possível essa transformação originária porque ela é a matriz comum a essas duas figuras da fantasia. Ambas surgem de uma única e mesma excitação ligada à apreensão visual – vista ou visão – do sexo do objeto, até mesmo de um objeto-sexo. Tudo se dá como se a experiência ligada a uma certa percepção do objeto-pai prescrevesse ao sujeito designar-se pela atitude sexual oposta à sua, seja qual for seu gênero biológico.

Na figura primeira da fantasia "meu pai me ama", uma absoluta passividade erótica define o sujeito: uma paixão, absoluta. *Idem* na sua segunda figura, "ele me espanca". A transformação da fantasia ocorre portanto em torno do pivô constituído pela incurável e imutável passividade do sujeito originário. Assim é mais fácil compreender o desenvolvimento posterior de Freud: de ser amado a ser espancado, o vínculo ao pai permanece inalterado e a segunda fantasia é plenamente apropriada para representar as tendências incestuosas que a primeira trazia em si.

Representar, eis para que serve a transformação da fantasia. Essa transformação seria a forma primeira da atividade psíquica. Com efeito, junto com ela organiza-se toda uma maquinaria representativa que se fará cada vez mais ativa e complexa: não apenas porque o isolamento da fantasia originária "sou amado" será rompido por essa outra representação "sou espancado"; mas também porque, a partir dessa versão, a fantasia tem acesso à representação visual ou linguageira. "Uma criança é espancada" passa para o relato e abre-se para a percepção da consciência. A psique é essa maquinaria que transforma a experiência em representação. A experiência é traumática: é a irrupção pulsional simultânea à confrontação sensível com a imagem paterna; fratura o sujeito desde o exterior, numa ferida que é a própria fantasia. O sujeito fica literalmente imerso nela; em "eu sou espancado", como em "eu sou amado", o "eu" é apenas um dos dados da experiência, é inclusive dado por ela, é sua criatura: o "eu" só existe por ser amado ou espancado.

A representação liberta o sujeito do peso do real, incluindo a experiência numa visualização ou num comentário; deporta-o de seu lugar inicial de criatura para uma posição de auto-observação, como a vítima daria as costas para o acidente do qual acaba de escapar, para logo depois voltar ao local do sinistro, na qualidade de testemunha, ou até mesmo de curioso. A representação visa à negação da experiência que ela representa e tem por conseqüência quebrar definitivamente a continuidade entre o sujeito paciente e o sujeito falante ou vidente. Pois a experiência fundadora, exclusivamente sensível, manifestada na fantasia "sou espancado" é substituída por uma representação lógica, passível de ser exposta e dita, pela qual o sujeito se olha e se conta, mas como se fosse outro, como se se tratasse de outro, numa relação em que o falante tem a respeito do falado a indiferença de um curioso: "estão espancando uma criança... nada mais sei sobre isso". Para Freud, essa indiferença sustenta a inércia, a resistência dos falantes que encontra ao interrogá-los. Por um lado, ela é a inércia que o sujeito experimenta diante da necessidade de abandonar o prazer passivo ligado à experiência traumática originária e de passar para a atividade de fala. Mais fundamentalmente, porém, essa resistência manifesta o quanto a representação está ligada ao recalcamento; ela seria inclusive um de seus instrumentos, porquanto ela é aquilo por meio do que o sujeito se divorcia de seu ser e de sua paixão.

O ser e sua paixão: ao adotar *werden* e não *sein, ein Kind wird geschlagen*, Freud indica a estreita solidariedade entre ambos. *Werden* define a cumplicidade do sujeito com o que ele sofre, uma passividade sustentada por um desejo nascente, um desejo de passividade. Poderíamos traduzi-la por: "Que uma criança seja espancada!" Freud não se afasta de sua descoberta: os pensamentos do sonho devem necessariamente revestir a forma optativa para se transformar em imagens. O optativo é condição da figurabilidade, que é precursora da consciência específica do sonho: "[...] outra característica essencial do sonho [...] é que posso substituir cada um deles por uma frase que exprima um desejo: Oxalá! [...] Mas o sonho dá mais que esses enunciados optativos. Mostra o desejo como já realizado, figura essa realização como real e presente, e o material da figuração onírica compõe-se principalmente de situações e de imagens sensoriais, sobretudo de caráter visual [...] Um pensamento expresso no modo optativo é substituído por uma visão no presente"[8].

Essa maleabilidade da fala é obstinadamente explorada pelo trabalho do tratamento; a associação livre, sob a pressão da transferência, obriga o discurso – ou melhor, os discursos – à sua desconstrução. O analisando conta uma história, primeiro de maneira fria, exterior, depois de repente as palavras parecem lhe escapar, sua atenção parece ser agarrada pela evocação que elas convocam, um sonhador emerge sob o falante, às vezes ele se cala e, no silêncio que se instala, o analista acredita escutar que ele passa a viver o que, há pouco, ele dizia. O paciente se ausentaria de sua fala porque esta o conduziu além das fronteiras da linguagem. Quando volta-lhe a fala, é um outro relato que surge, uma outra construção que talvez sofra o mesmo destino de desconstrução. A evocação suscitada pelo relato "sob a figueira, na beira do canal" foi tão potente que também afetou o analista. Esgotado seu efeito de imagem, ele foi substituído pelo relato da insurreição colonial, relato que se aproximava de uma fantasia ainda mais originária: "Um pai é espancado."

---

8. S. Freud, *Sobre os sonhos*, *op. cit.* (A citação acima foi traduzida a partir do texto francês.)

DISSENSÃO, CONVERSÃO, INTERPRETAÇÃO

Que é a interpretação? Como ela vem ao analista? Vem como uma construção, lenta e ativamente edificada a partir de sua experiência analítica e de sua capacidade de teorizar, antes que ele a sugira com arte ao seu paciente? Ou ela lhe é imposta, através dos automatismos psíquicos que governam a análise, pelo desligamento que, sob o efeito da transferência, trabalha o discurso associativo, e do qual ela seria apenas um efeito dentre outros? Não é uma questão fácil de resolver. Inclino-me pela segunda solução: a interpretação manifesta, do lado do analista, a mesma obra analítica em que está engajado o analisando; o que nessa obra se deslocou retorna-lhe por meio dela como interpolação, voz em *off*.

Se considerarmos o quanto esse exercício da interpretação é íntimo, compreenderemos melhor por que os analistas, devido à sua personalidade, história, formação, têm a esse respeito as práticas mais diversas, encontram tanta dificuldade para pôr em palavras o que poderia ser, mais do que diferenças, uma dissensão. A interpretação provém da intimidade mais radical da situação analítica, é a resposta ou a reação mais imediata ao endereçamento mais secreto e mais exclusivo, e é, como as histórias de caso, impossível de ser repetida. Mas isso não é tudo: a interpretação analítica delimita o ponto extremo em que se encarna a teoria que sustenta a experiência do tratamento, de onde ela se origina e para onde retorna, onde ela se põe à prova e naufraga: porque ela é essa margem onde a subjetividade do analista não poderá jamais se apagar diante da teoria que a institui enquanto tal, onde nada nem ninguém pode lhe exigir prestação de contas: nem instituição, nem causa... nem mesmo o analisando. A fala da interpretação seria portanto uma fala estranha, tão estrangeira àquele que a recebe quanto àquele que a enuncia, e que confundiria todos os topos, do pré-consciente e do inconsciente, portanto da intra-subjetividade, mas também do intersubjetivo – quem fala? para quem?

Mas isso ainda não é tudo; falar da interpretação em análise é necessariamente falar do que é sua referência e também sua visada: o infantil. Ora, esse infantil não pode ser concebido fora do conflito psíquico que ele organiza e apenas através do qual se manifesta. O infantil pode ser definido como o que entra em conflito com... Com o que precisamente? Os dois termos desse conflito psíquico não são nada fáceis de discernir e isso é bom; não é possível nomeá-los de modo apressado pois isso equivaleria a esquecer, como diz Foucault em *As palavras e as coisas* a propósito da pintura e de seu comentário, que "se queremos manter aberta a relação entre a linguagem e o visível, se queremos falar não contra mas a partir de sua incompatibilidade, de modo que permaneça o mais perto tanto de um quanto de outro, cabe então apagar os nomes e manter-se no infinito da tarefa. [...] Talvez por intermédio dessa linguagem cinza, anônima, sempre meticulosa e repetitiva porque ampla demais?"[1]

Definiremos provisoriamente o infantil como o que entra em conflito com o ser em devir, não o adulto que já deveio e constitui um sistema protetor fechado sobre si mesmo contra seu passado

---

1. M. Foucault, *Les mots et les choses*, Gallimard, 1966, p. 25.

e seu futuro, mas o sujeito do que o verbo latino *adolescere* designa como crescer. Por meio dessa linguagem demasiado ampla que quer dar conta da incompatibilidade das partes em conflito, é a noção demasiado familiar de eu que recalco: não só o eu de *O ego e o id*, essa fortaleza erguida contra as pulsões, mas o que Freud tenta figurar sob o termo de *Zusammenhangende Ich*[2], uma arquitetura frágil e movediça suscetível de se fissurar mas também de agregar elementos novos com uma "síntese dos processos do eu" que, rápido demais, "consideramos óbvia"[3].

O conflito psíquico se dá entre algo estático, um estado, o infantil – cuja etimologia nos indica ademais que ele só se define em negativo, por um privativo, "o que é sem fala" –, e um processo do qual se pode inferir que é animado pelo que precisamente faltava a esse estado: a fala. Ao *infans* reduzido à passividade de um estado por uma privação de fala, por essa indigência que talvez seja o desamparo originário, a peça essencial da *Hilflosigkeit*, a esse *infans*, portanto, opõe-se um *adolescens* a caminho de sua realização, sujeito de um movimento psíquico que reorganiza as forças e as estruturas que, no estado de *infans*, permaneciam imobilizadas como que por uma glaciação. Um estado, um processo, mas também uma passividade e uma atividade que só se definem uma contra a outra, pela relação de inversão que as institui mutuamente e de onde retiram a própria força de seu conflito, a própria fonte de sua dissensão.

Eis-me mais uma vez diante do termo "dissensão". Tomo-o de Jean-François Lyotard[4]. Mas por quê introduzir em nosso voca-

---

2. S. Freud, *Além do princípio de prazer*, *op. cit.* GW, XIII, p. 18: *"Wir entgehen der Unklarheit, wenn wir nicht das Bewusste und das Unbewusste, sondern das Zusammenhangende Ich und das Verdrängte in Gegensatz zueinander bringen."* [Eliminamos essa obscuridade colocando em oposição, não a consciência e o inconsciente, mas o eu coerente e o recalcado.]
3. S. Freud, *A divisão do ego no processo de defesa* (1940), in Edição Standard brasileira, vol. XXIII, Rio de Janeiro, Imago. (A citação acima foi traduzida a partir do texto francês.)
4. J.-F. Lyotard, *Le différend*, Éditions de Minuit, 1983.

bulário psicanalítico já tão babélico uma terminologia nova que não passaria de mais um grafito no edifício teórico comum? É que esse conceito poderia vir a nuançar ou colorir, como o desenho que contorna uma figura ou um raio de luz num quadro, a natureza específica e secreta do conflito psíquico por meio do qual o infantil se intrica nas engrenagens do aparelho anímico.

Assim como ele é quem fala no tratamento, o paciente, simplesmente por falar, já está em conflito com o que, nele, é sem fala – o que não significa ser sem língua. Se há para mim na situação analítica uma figura a partir da qual se poderia construir uma semiologia, uma clínica do infantil, esta só pode ser, em oposição a um discurso vivo, uma figura em negativo, um "nada" (que, como se sabe, tem parentesco etimológico com o *res* latino, com a própria "coisa"), uma língua morta que se manifesta contra a fala com silêncio ou mutismo ou com uma alteração do discurso, necessariamente carente de coerência, de significação ou de inteligibilidade.

Assim como uma corrente ascendente e uma corrente descendente se entrechocam e constituem uma barreira que imobiliza o avanço do navegador, nesse lugar preciso e crítico em que uma fala espontânea se choca com uma fala muda, o infantil manifesta a negatividade de sua insistência e acossa o discurso com seus fantasmas e suas figuras fantasísticas. A sombra dessas figuras que cai sobre as palavras desvia-as de seu sentido próprio, chegando até a aboli-lo. Mas esse lugar é também o alvo, deveria ser o alvo, a meu ver, da escuta analítica: a do analista assim como a do analisando, pois também nele há uma escuta do que a fala diz, lê e decifra do acontecimento psíquico. O ato de falar pode num mesmo sujeito se descolar do ato de escutar. Embora provenham do mesmo campo semântico, essas duas atividades servem, em determinadas circunstâncias, a funções com fins diversos; é essa a realidade que a situação analítica nos obriga a admitir e à qual deve sua eficácia.

O analista não deve tomar o lugar desse conflito intra-subjetivo e intersistêmico (entre certo estado inconsciente infantil da língua e o processo discursivo inerente ao desenvolvimento da fala). Quero dizer que ele não deve tomá-lo para si, como Freud fez quando, analisando a neurose do *Homem dos lobos*, fez uma aliança com o jovem russo intelectualmente brilhante para enontrar as cenas originárias com suas moções sexuais, e obrigá-las a exprimir-se em palavras.

Freud despojou esse paciente de seu conflito psíquico; não surpreende que ele tenha se tornado tão indiferente ao tratamento. Ou melhor, pois a crítica a esse texto não põe em questão a força e o valor de sua contribuição teórica, eu poderia dizê-lo nos seguintes termos: com seu modo de intervenção com esse paciente, brutal visto que interessado demais, Freud deslocou o conflito psíquico. Devido à transferência e ao discurso associativo tendia a desenvolver-se espontaneamente um conflito intersistêmico entre um sujeito adulto, ativo porque falante, e um *infans* passivo. Um *infans* duplamente passivo, devido à passividade sexual que o prendia ao solo da homossexualidade e ao masoquismo tão brilhantemente reconhecido pelo analista, e devido à indigência a que criança está condenada por sua carência de fala. Com o tipo de intervenção que adotou, Freud deslocou esse conflito intersistêmico para um conflito intersubjetivo doravante atuante entre um analista ativo e um analisando passivo. Com isso ele *tornou conflituosa* a transferência. Nenhum analista escapa, na condução dos tratamentos, a esse mesmo equívoco: a transferência não é o lugar do conflito psíquico, é seu motor.

O *Homem dos lobos* é um texto teórico, eminentemente teórico. O relato dessa análise, talvez até mesmo a própria análise, obedeceu a uma representação-meta extremamente precisa: estabelecer, por uma observação impecável, a realidade da neurose infantil como fonte e objeto do recalcamento, como o que pereniza no adulto – em todo adulto – a atividade sexual própria da infância, atividade traumática, parcial, polimorfa, e se satisfaz extemporaneamente no *Agieren** fantasístico, como o que dá por-

---

* *Acting-out*, atuação, agir. (N. da T.)

tanto ao inconsciente seu caráter de cenas, de enredos, e garante a natureza psicossexual de sua substância. No lugar da positividade, o realismo da coisa inconsciente, que a teoria freudiana constrói.

Na clínica, contudo, jamais temos acesso à realidade da neurose infantil de modo tão imediato: esta só aparece como aquilo contra o que um outro sistema – o do eu – se desenvolve e se defende, e aquilo a partir do que, com sua perlaboração, ele se nutre e se estende, desde que o recalcamento que isola ambos os sistemas não seja total demais, que rupturas os façam voltar a se confrontar. Essas vias de ruptura não são infinitas; a análise do *Homem dos lobos* as arrola de forma precisa. Em primeiro lugar, os sintomas: a inibição, a angústia, a histeria, a obsessão, o delírio; além disso, o sonho; por fim, a fala, o discurso associativo, específicos da situação analítica e que só aparecem em termos funcionais nessa circunstância. Entre essas três modalidades por meio das quais a dissensão intersistêmica se manifesta, os procedimentos são divergentes, o alcance do poder de resolução da dissensão é muito desigual, mas um ponto comum merece ser ressaltado: o efeito que elas têm de atualizar a atividade vestigial e estática do sistema infantil no interior do sistema do eu, cuja integridade e inclusive existência dependem exclusivamente da dissolução do infantil. Não existe eu sem recalcamento e apagamento do infantil; não existe retorno do recalcado, reatualização do infantil sem apagamento pelo menos parcial do eu.

É esse fluxo e refluxo entre dois sistemas tão solidários quanto incompatíveis que quero destacar, propondo, para colorir o conceito de conflito psíquico, a palavra dissensão. Pois não é apenas uma defasagem temporal, histórica ou genética que regula a relação entre o infantil e o eu; é também, e talvez sobretudo, devido à atemporalidade ou extemporalidade que rege a vida mental – em contraposição à vida biológica –, uma incompatibilidade tópica que preside à dissensão permanente e universal que desunifica esses dois sistemas, o do eu, conceito que escolho por sua especificidade sistêmica, e o do infantil, conceito cujo prefixo privativo marca a natureza a-sistêmica.

Dispomos de tudo isso graças, justamente, ao *Homem dos lobos*, graças aos *Três ensaios* e a outros textos. Para aderir ao conceito de neurose infantil, o analista precisa ter feito a experiência da análise, repete Freud incessantemente no *Homem dos lobos*. Isso não impede que esse texto seja um texto teórico, e o conceito de neurose infantil, tal como Freud o define aqui, chega até nós primeiro como noção teórica. É dessas fontes que extraímos a matriz das construções que organizam, quando estamos com um paciente, os pensamentos, a frase interior com a qual o escutamos. O analista escuta o analisando desde seu discurso, através da sua língua ou – para dizer essas coisas de modo igualmente deselegante mas mais preciso – é a língua do analista, a de suas construções caladas, que escuta a fala do analisando desenvolver sua língua muda. O encontro mais decisivo entre o analista e o paciente promovido pela situação analítica situa-se, para mim, exatamente nesse ponto de confronto de duas línguas.

O *Homem dos lobos* funda a teoria da neurose infantil. É nesse sentido que ele é tão precioso para nós: dependemos dele no sentido mais forte do termo, em relação às construções que vêm alicerçar para o analisando seu desenvolvimento associativo no processo analítico. Mas o que esse texto deixa em suspenso é a resposta à questão que em duas oportunidades Freud formula: existe um procedimento qualquer que torne consciente de modo coerente e convincente os detalhes de uma cena como essa? Será preciso todo o só-depois da modernidade analítica para avaliar o alcance real desta questão. Pois não basta construir ou alicerçar, é preciso ter certeza de que um edifício será erguido ou restaurado, que o arcaico que o sustenta seja sua força e não mais sua fraqueza, e que seu desalojamento promova uma transformação geral da arquitetura psíquica. Como reabsorver essa neurose infantil, na medida em que ela é geradora de todas as neuroses do adulto – bem como, sem dúvida, das psicoses – e como, também, nos casos em que a patologia não é tão exuberante, como devolver ao *adolescens* os recursos de energia e de afetos que o infantil transporta clandestinamente com ele? Como fazer do eu o herdeiro com plenos direitos do infantil?

É a respeito dessa questão que o problema da interpretação ganha toda sua importância. Eu poderia inclusive ter começado por aí, definindo o que se entende por interpretação, o que ela visa e também o que a alimenta. O que a interpretação visa é a mudança psíquica da qual um dos modelos, ou o modelo por excelência, seria a passagem de uma representação inconsciente para o pré-consciente – passagem pela qual o peso do infantil é reabsorvido ao mesmo tempo em que o poder do eu se estende, e cuja natureza a expressão freudiana de *Zusammenhangende Ich* indica bem, a de um conjunto articulado de formações, tendo em comum uma certa relação com a consciência, sem estar, por isso, numa relação de harmonia.

Ao homem dos lobos, Freud propõe suas construções, comprovando dessa forma sua verdade científica, ou então submete-o a um questionamento visando a arrancar dele o segredo da fantasia inconsciente. Segundo essa estratégia interpretativa, analista e paciente caminhariam num mesmo passo, aquilo que se tornasse acessível ao analista também se tornaria para o paciente. Mas as coisas transcorrem de outra maneira. Um trabalho interpretativo, no sentido que só agora temos condições de conceber e teorizar, produz-se espontaneamente. Ele se revela a uma leitura atenta do capítulo VIII, "Material novo oriundo do período primitivo". Os elementos desse trabalho, que foi sendo desenvolvido no decurso de boa parte do tratamento, Freud os reúne posteriormente sem se dar totalmente conta do quanto, através dessa própria reunião, ele apreende, *in statu nascendi*, o trabalho psíquico inerente ao retorno do recalcado. Podem-se identificar cinco etapas, das quais relato agora as quatro primeiras, deixando para revelar a última mais tarde.

> No começo da análise, meu paciente havia-me contado uma lembrança do período no qual sua impertinência costumava transformar-se subitamente em ansiedade. Ele estava tentando apanhar

uma grande e bonita borboleta, com listras amarelas e enormes asas que acabavam em ponta – na verdade, uma "rabo-de-andorinha". De repente, quando a borboleta havia pousado sobre uma flor, ele foi presa de um pavoroso medo da criatura e fugiu aos gritos. Essa lembrança ocorria periodicamente durante a análise [...]
Muitos meses depois, em relação a algo inteiramente diverso, o paciente observou que o abrir e fechar das asas da borboleta, enquanto estava pousada na flor, dera-lhe uma estranha sensação. Parecera-lhe, conforme contou, como uma mulher abrindo as pernas [...]
Certo dia emergiu, tímida e indistintamente, uma espécie de recordação de que, numa idade muito precoce, mesmo antes da época da babá, ele devia ter tido uma ama que gostava muito dele. O nome dela era o mesmo da sua mãe [...]
Então, numa outra oportunidade, ele corrigiu essa recordação. Ela não poderia ter tido o mesmo nome de sua mãe [...] Pensara subitamente numa despensa, na primeira granja, na qual eram guardadas as frutas depois de colhidas, e em determinada espécie de pêra particularmente deliciosa – uma grande pêra com listras amarelas na casca. A palavra que designa pêra, na sua língua, é *Gruscha*, e era este também o nome da ama.[5]

Dessa longa citação apenas eliminei os comentários teóricos que Freud intercala entre cada um desses quatro fragmentos e que são talvez o reflexo, o *analogon* do discurso interior mantido por Freud enquanto escutava o paciente. Esses quatro fragmentos de um discurso analisante pertencem a momentos cronologicamente diferentes do tratamento, mas o texto os reúne numa unidade singular devido ao que entre eles se tece, ora uma identidade de desejo (o batimento das asas – das pernas), ora de percepção (as listras amarelas da borboleta – da pêra), ora de significação (a mãe – a babá). Essa reunião ainda não é uma interpretação, mas é

---

5. S. Freud, *História de uma neurose infantil* (1918), in Edição Standard brasileira, vol. XVII, Rio de Janeiro, Imago. (A citação acima foi traduzida a partir do texto francês.)

o que a antecede, e pretendo mostrar que ela manifesta um processo que tem parentesco com uma conversão: por meio dela instalam-se num fraseado ainda balbuciante, numa sintaxe ainda incerta, formações inconscientes esparsas e desligadas; sobre um fundo discursivo multiforme vão se desenhando, como numa sobreimpressão, os contornos de uma cena ainda indiscernível, como na prova fotográfica aparece o negativo da imagem no banho do revelador. Portanto, uma frase (e tomo essa palavra metaforicamente como se fala de uma frase musical), que articula significantes aos significados desconhecidos, se faz escutar embora continue estranha, quanto à sua inteligibilidade, aos discursos tanto do analisando como do analista. Uma unidade semântica nova, portanto estranha e portanto incongruente, encontra refúgio no interior do próprio discurso, mas ao preço de um certo isolamento, que, em última instância, é apenas uma outra forma, menos violenta, do recalcamento que até então afastava essas lembranças e esses pensamentos do eu.

No familiar da língua adulta emerge um discurso estranho que evoca uma borboleta, peras e suas listras amarelas, e as pernas de mulheres que fazem um V quando se cruzam, como os ponteiros do relógio quando marcam cinco horas; um discurso pueril que se torna infantil ao ser despossuído de sua poesia e privado da lógica amorosa que sustentava suas metáforas. Essa evidente co-presença num discurso de fragmentos discursivos sem denominador comum, que não obedecem aos mesmos princípios, é isso que tendo a qualificar de *dissensão*: uma forma mais torpente do conflito psíquico aí se revela, precária e instável, repousando apenas numa tolerância compulsória, e que seria a etapa necessária, a passagem imposta ao infantil para se converter em discurso. Um entretempo separando, por um lado, um infantil originário confundido com o inconsciente e com o *Agieren* fantasístico, cujas figuras e cujo desejo por enquanto só se poderiam reconstruir intelectualmente, e, por outro, sua metamorfose num eu cuja estrutura ele vem complicar, cuja idealidade vem abalar.

Encontramos o tempo todo, em toda análise, essa dissensão no discurso; às vezes prestamos atenção a ela – é quando a análise progride. Fase transitória por meio da qual a erroneamente denominada "representação inconsciente", na verdade a experiência infantil, vem se atualizar no discurso, representar-sé nele como numa cena, metaforizar-se em palavras escolhidas tanto por sua força de figuração, seu valor de imagem, sua visibilidade imediata, como por seu poder propriamente conceptual de representar a verdade e o real históricos: a borboleta para a criança pertence à categoria do símbolo; com o rabo-de-andorinha, Freud, na sua escuta, puxa a palavra para o lado do conceito. Caberia lembrar aqui o interesse da noção de oscilação metafórico-metonímica descrita por Guy Rosolato, porquanto ela descreve bastante bem as duas correntes opostas contidas nos dois discursos em confronto, o do analista e o do analisando.

Mas nessa fase ainda nada está resolvido: o infantil, que assim se metaforiza em palavras, age com o discurso como o histérico com seu corpo, ou o obsessivo com seus processos de pensamento. O infantil se converte num discurso; ele neurotiza a língua. As coisas podem ficar nisso e a dissensão penosamente adquirida por meio do processo transferencial pode ser novamente substituída pelo velho e sólido recalcamento tão protetor para o infantil e suas satisfações.

Se essa atualização do infantil na língua encontra nesse fragmento de análise uma resolução é graças a um procedimento no qual gostaria de concentrar minha atenção pois ele nos permitirá avançar no tocante ao problema da interpretação; esse procedimento se manifesta por um detalhe ínfimo que necessita, para ser destacado, de uma dissecação do texto, dissecação que alguns julgarão forçada – mas acredito que uma leitura analítica de um texto analítico exige essa fragmentação, essa quebra do texto manifesto, em busca do que a teorização designa ao mesmo tempo em que o afasta da expressão imediata. Portanto, a figura de uma primeira babá emerge, confusa e indistinta – e ademais duplamente pois ela é, quanto ao seu nome, primeiro identificada à mãe. Depois surge uma dúvida quanto a esse nome que evoca um *Einfall** aparentemente incongruente – uma despensa, peras, listras amarelas –, mas um *Einfall* que conduz logo em seguida e de forma brilhante à resolução do enigma a que estava presa essa figura feminina recalcada: *Gruscha*! Essa palavra, que designa em russo a pêra, é também o nome da babá, o nome da fruta e o nome da mãe amada.

Não me estenderei sobre esse procedimento, que é um *Witz***. Estender-me-ei mais sobre a natureza e os efeitos dessa enunciação que introduz, na língua do adulto, uma palavra, um nome que lhe vem de outra língua, morta mais que estrangeira, a língua da infância. Pois aí temos um vocábulo que a criança deve ter pronunciado várias vezes, na paixão ou no desamparo, quando ela chamava, em todos os sentidos do termo, *Gruscha*, e que o recalcamento proibiu, ao mesmo tempo em que a figura que o portava furtava-se à sua vista.

Ínfima, não é mesmo, essa descoberta da análise que se resume à introdução, no vocabulário do falante, de uma palavra perdida, além do mais tão banal? Isso não impede que seu efeito seja considerável porquanto, tão logo o nome foi pronunciado, revelou-se o sincretismo da fantasia de que se nutria a força do *Agieren*, da realização sem freios do desejo, na indiferenciação e contingência dos objetos: todas as mulheres, *Gruschas*; todas as *Gruschas*, mães. Eis, portanto, a fantasia inconsciente inscrita na articulação sintática própria do processo secundário, eis a fala submetida às regras soberanas da língua, eis que o turbilhonamento polissêmico que trabalha as palavras primitivas consegue, pelo menos parcialmente, fixar-se referindo-se a um real que não admite mais amálgama. Não se trata mais de dizer Mamãe e pensar *Gruscha*. *Gruscha* é apenas *Gruscha*.

Também valeria dizer aqui que, nessa inscrição num discurso vivo – um discurso enunciável – de uma palavra decaída por

---
* Ocorrência, idéia súbita. (N. da T.)
** Chiste. (N. da T.)

seu rebaixamento à condição de língua morta do inconsciente, reside o segredo do que Freud procura no *Suplemento metapsicológico à teoria dos sonhos*: o procedimento pelo qual o desenvolvimento alucinatório é inibido, permitindo a entrada em atividade do princípio de realidade.

Penso que o efeito considerável dessa enunciação pode ser avaliado nesse trecho de análise, pelo fato de ser logo em seguida que irá surgir o relato da famosa outra cena originária. Chegou o momento de citar o último fragmento dessa seqüência interpretativa:

> Pouco depois sobreveio a recordação de uma cena, incompleta, mas, na medida em que foi preservada na memória, definida. Gruscha estava ajoelhada no chão e, ao lado dela, estava um balde e uma vassoura curta, feita com um feixe de galhos finos; ele também lá estava e ela fazia-lhe uma reprimenda ou zangava-se com ele.

A respeito desse acontecimento, Freud fala de "recordação [...] preservada na memória". É difícil livrar-se desses conceitos de recordação e de memória que pertencem à velha e eterna psicologia pré-freudiana e que têm o mérito de assentar a temporalidade do aparelho psíquico no terreno familiar da historicidade. Mas trata-se realmente de uma recordação cujos traços um certo trabalho de memória reencontraria? E, aliás, a análise, mesmo por intermédio da construção, da perlaboração e da interpretação, aparenta-se a um exercício de memória?

Para responder a essas questões teríamos de examinar conjuntamente vários problemas teóricos, eles mesmos ainda em grande medida não resolvidos: por exemplo, essa cena reproduz um acontecimento percebido ou é uma fantasia, um enredo construído a partir de representações endógenas sob o efeito das prementes exigências pulsionais? Mas também: essa recordação que a memória conservava encontrava-se "incólume", como seria o caso de um filme fechado dentro de sua caixa e esquecido no porão de uma cinemateca destruída? Ou será o relato que, sob a pressão de um acontecimento psíquico sem outra realidade exceto a de estar numa dissensão com o discurso, e limitado como está pelas formas discursivas de que dispõe, compõe uma figura, uma ficção dotada de um incontestável poder de convicção, até mesmo de fascinação – uma mulher ajoelhada, um balde, uma vassoura feita de um feixe de galhos finos, uma criança. Sem dúvida não é *As meninas*, mas assim mesmo é um quadro, e que não carece de composição.

Essas questões que interrogam o originário e têm a ambição de reconstruir o realismo do inconsciente nos fascinam. Talvez elas estejam formuladas de modo frontal demais para que uma resolução legítima seja possível. Talvez elas também nos desviem de outras questões mais atuais, mais banais por fazerem parte da tarefa cotidiana da análise: o que acontece na superfície da linguagem quando o discurso do analisando põe em palavras o relato de uma cena tão determinante quanto essa – determinante para sua vida amorosa, mas também para a resistência que ela opunha à sua análise?

Não poderíamos considerar que essa colocação em palavras vem testemunhar que o *Agieren* da fantasia, sua capacidade de se realizar alucinatoriamente nas condutas e de se fixar em satisfações, foi de repente inibido, e que o relato que passa a representá-lo dali em diante seria como que sua metamorfose egóica, sua tradução em processo do eu: de "corpo estranho interno", para retomar a expressão de Jean Laplanche, a formação inconsciente transportou-se para uma formação egóica que se associa ao *Zusammenhang* já existente, modificando seu equilíbrio, reforçando suas fundações – formação egóica e portanto discursiva, porquanto o *Ich* freudiano é tanto o "eu" como o "[eu]", ou seja, uma instância psíquica, mas que extrai sua matéria do fato de ser o sujeito de um discurso?

Pode-se dizer que essa recordação da cena com *Gruscha* pertence ao passado na medida em que um homem cresceu e não é mais essa criança que recebia uma reprimenda da mulher ou com quem ela se zangava; mas pode-se igualmente dizer que ela pertence ao presente, a um presente imutável, na medida em que essa criança ainda permanece na atualidade da neurose e da vida onírica. De tal forma que o ato de recordar não é tanto uma transação decorrente da temporalidade – a retomada no transcurso dos acontecimentos psíquicos de uma experiência anacrônica, um ajustamento histórico de um passado e de um presente – mas uma operação de recentramento pela qual formações psíquicas heterogêneas quanto à sua relação com a fonte pulsional e à sua posição na espacialidade psíquica conseguem se articular num conjunto egóico, renovado por essa própria articulação, perturbado ao ponto de se poder dizer que, no momento preciso em que ele se lembra, "[eu]" se torna outro.

Com efeito, não há emergência autenticamente analítica da recordação sem essa transformação concomitante do eu – é isso a mudança psíquica; e é porque ela dá lugar a essa operação complexa que a eliminação da amnésia infantil é a condição necessária e suficiente do progresso analítico. E, aliás, a palavra alemã *Erinnerung*, que traduzimos por recordação, indica em sua etimologia essa operação: numa tradução literal seria o ato de "colocar dentro". Recordar é se reunir.

Em síntese: entre o infantil e o eu haveria um conflito psíquico na forma de dissensão, que a transferência para o analista coloca em tensão, e que uma perlaboração discursiva conjunta das atividades de fala (associativa por parte do analisando, construtiva por parte do analista) e de escuta (comum a ambos os protagonistas embora desde cenas diferentes) tenta resolver ou reduzir. A fantasia inconsciente que só podemos representar legitimamente reduzindo-a à sua exclusiva tendência ao *Agieren*, ou seja, à satisfação alucinatória, tende a se converter em figuras de discurso cuja expressão duplica o discurso manifesto e só é perceptível ao preço de uma escuta ela mesma duplicada, comparável por exemplo à dupla leitura exigida para o reconhecimento de uma imagem hieroglífica, conforme a metáfora que Freud propõe na

Interpretação dos sonhos: visão imediata da imagem, decifração posterior do enigma que nela se introduz. Essa conversão da fantasia na língua é precária: se não for objeto de uma percepção pelas línguas conjuntas do analista e de suas construções, do analisando e de sua escuta, retornará para o lugar donde veio, ou seja, para o estado recalcado. As línguas da escuta, na medida em que se deixam contaminar temporariamente pelo *Agieren* fantasístico, concorrem para esse processo de conversão que inclui o infantil no eu mas não reduz sua dissensão.

O exemplo de *Gruscha* nos indica que a redução dessa dissensão torna-se possível graças a um segundo processo, a reabilitação, o reencontro de uma palavra que outrora pertenceu à língua infantil, língua doravante morta por ter sido apagada pelo recalcamento, apagamento que contribui tanto para a amnésia infantil como para esse fato tão marcante que se inscreve na própria etimologia da palavra que designa o *infans*, ser sem fala. O prefixo com efeito é privativo; deveríamos dizer: o ser que se tornou sem fala. Esse processo que se manifesta no trabalho analítico como enunciação, pela enunciação, inscreve na estrutura semântica do eu uma nova articulação que modifica tanto o eu como instância quanto o [eu] como autopercepção do eu; esse processo é portanto, em essência, uma articulação que transporta a fantasia para a jurisdição do princípio de realidade, inibe sua tendência para o *Agieren* e autoriza sua representação no sistema egóico como relato.

Feita esta síntese, passo à conclusão: esse processo pelo qual uma palavra da língua infantil renasce com a enunciação se transporta para o discurso vivo e transforma o sujeito, é isso que entendo por interpretação. Explico-me: é isso que seria para mim o modelo da interpretação ou sua épura. Definição restritiva, limitada, que implica primeiro o reconhecimento de que as falas trocadas no tratamento têm múltiplas determinações, que são necessariamente fundamentadas e que nem todas elas são interpretações. A fala obedece ao desejo, sempre, como a minha neste momento obedece a um desejo inconsciente que dá para sua representação-meta científica apenas um lugar ínfimo e incerto com o qual temos de nos contentar.

Proponho portanto reservar o termo interpretação a essa operação particular, produtora de mudança psíquica pela qual uma fala cria por si só seu próprio conceito, não a partir de nada, mas desde aquilo que de sua própria língua se nadificou com a separação entre o eu e o infantil: uma operação que restitui vida a uma língua morta. Entendamo-nos: não que ela salve essa língua da morte. Pois com essa categoria do infantil, apesar de tudo, não estamos tão afastados dessa outra categoria trágica da morte; e é este inclusive um dos principais elementos da dissensão: o *infans* para o adulto, para o *adolescens*, é não só o que ele era, é o que ele não é mais, é o que ele não é, o que não será... jamais. Compreende-se por que Freud em *Além do princípio de prazer* emprega um tom tão trágico para descrever esse estado infantil...

A interpretação nunca reanimará a língua morta do infantil. Mas encontrando aqui e acolá alguns de seus traços, ela dá à língua do "[eu]" uma outra base. Pensemos no latim por exemplo. É certamente uma língua morta no sentido de que poucos dentre nós a dominamos e menos ainda nos comunicamos por meio dela. Mas pensemos no quanto do latim continua presente e vivo nas raízes de nossa língua!

DO SONHO AO CHISTE, A FÁBRICA DA LÍNGUA

A analogia define a relação entre dois termos que, tomados isoladamente, não teriam qualquer relação significativa entre si mas que, devido ao contexto em que se encontram reunidos, adquirem certa semelhança. É inevitável que durante o desenvolvimento de um tratamento analítico o discurso do analisando produza espontaneamente tais analogias, e com tamanha constância que a criação de analogias poderia ser considerada tão característica do discurso analítico quanto o foi por muito tempo a rima na escrita poética. O fenômeno é estranho e misterioso; ele exige uma exploração cuidadosa das condições de produção do discurso na situação analítica. A isso se acrescenta o fato de que cada vez que o analista tem a sorte de escutar essa criação de analogia e que, com a interpretação, ele simplesmente aproxima seus termos, surge, como seu terceiro termo inconsciente, uma formação psíquica cujo acesso à fala parecia até aquele momento absolutamente fechado: sonho, lembrança ou pensamento. É essa forma de interpretação que proponho denominar *interpretação analógica*, impressionante por sua eficácia e pela economia de meios que ela possibilita.

Consideremos o início de uma sessão analítica: o analisando fala ao analista e o discurso que assim se tece manifesta a singularidade e a coerência de um sujeito e de seu destino; ele se dirige ao analista e se entrega à sua escuta e a suas interpretações. Esse discurso não é passível de ser repetido, sob pena de lesar sua significação, no fundo inscrita por inteiro no seu caráter confidencial. No entanto, à medida que o analista se instala na atenção flutuante, à medida que sua escuta pode se desprender da coerência superficial introduzida no discurso por certa retórica do relato, outras operações de linguagem tornam-se audíveis para ele. Elas parecem livres das coações da intersubjetividade e até da subjetividade: essas operações não trabalham nem em prol da comunicação nem da significação, mas de uma obscura construção psíquica. Chegamos aí a um nível da língua animado de uma tendência outra que a de nos falar, e habitado por uma lógica outra que a de se contar.

O exemplo a seguir conduzirá precisamente para esse nível: a análise já dura vários anos e há dois anos sofreu o impacto da profunda desgraça que se abateu sobre essa mulher ao perder o filho. Lentamente ela reata com a realidade. Ela começa essa sessão com a evocação de uma visita com o marido a amigos no dia anterior. Estes perguntaram: "Como vão as crianças?"; acudiu-lhe à mente então uma idéia esquisita e que ela guardou para si: "Elas pensam em Paul em nós?" Ela se cala, evoca em seguida outras coisas, várias coisas disparatadas. Depois – e a sessão está quase no fim – ela diz que, embora já tivesse deixado de fazê-lo, subiu de novo para o quarto de Paul (que ficou exatamente no estado em que estava quando ele morreu). Digo: "Era pensando nesse quarto na casa, Paul em nós." Imediatamente lhe ocorre a lembrança de um sonho: ela telefonava para Paul que lhe anunciava que não viria para o Natal; ela sentia uma intensa raiva dele.

A produção de analogias pertence ao discurso do analisando dentro do qual uma mesma figura se repete, primeiro numa versão conceptual, "Paul em nós", depois numa formação metafórico-metonímica, o quarto de Paul na casa. A interpretação da analogia por parte do analista consiste simplesmente em aproximar as duas representações que o discurso mantinha separadas na sua diacronia. Feita de uma extrema estranheza, ela produz o surgimento de um novo fragmento discursivo, um relato de sonho que, sem dúvida, se a analogia não tivesse sido enunciada, teria se mantido subtraído da fala e da consciência da analisanda.

Que forças movem a fala, conduzem-na assim, longe de qualquer volição, a enunciar certos pensamentos e apagar outros? Durante muito tempo os analisandos acreditam "escolher" falar ou calar-se, como se escolheria dizer a verdade ou deformá-la. E os analistas tendem a compartilhar dessa crença. A razão recusa-se a admitir que a fala, como toda operação psíquica, obedece à dominação do poderoso determinismo do princípio de prazer-desprazer. E, no caso desta analisanda, foi justamente um mecanismo de evitação do desprazer que a levou a calar seu sonho, de forma alguma esquecido, simplesmente afastado do curso de sua fala. Foi também justamente uma leve transformação, pela interpretação da analogia, do automatismo que preside a esse princípio que, modificando as condições de desenvolvimento de desprazer, permitiu que o sonho chegasse ao relato, entrasse no discurso e se manifestasse em fala.

Essa outra analisanda, ao contrário, só começou sua análise há pouco tempo. Ela fica, nessa sessão, num longo silêncio, e depois se diz "invadida por preocupações profissionais sem interesse", e acrescenta: "Eu teria de lhe falar do teatro [ao qual dedicou vários anos de sua vida, interrompendo seus estudos e atrasando sua carreira profissional] mas não agora, mais tarde." Cala-se de novo e em seguida diz: "Tive dois sonhos" e fica surpresa de que eles se relacionem com seu trabalho. No primeiro, ela defende um "árabe". No segundo, um tribunal islâmico julga Omar Sharif. Digo: "Uma alusão ao teatro, Omar Sharif." Ela irá, de súbito, evocar essa fase de sua vida longamente, o conflito com os pais que disso decorreu, as trocas de insultos e as rupturas. E ela conclui com a extrema violência desse episódio. Digo: "Uma alusão a essa violência, o tribunal islâmico." O discurso muda novamente de direção: agora as coisas estão bem diferentes, garante ela, seus pais estão orgulhosos de sua profissão, mas de repente ela se dá conta do quanto eles se opõem, sua mãe, uma mediterrânea de explosões teatrais e sem dia seguinte, seu pai, ao contrário, de uma calma tórpida mas sob a qual esconde-se uma violência fria e aterrorizante. A interpretação analógica abriu caminho para pensamentos organizados em torno do que opõe e divide as figuras parentais, problemática central para essa mulher homossexual, assim como, antes, certa censura referente à atividade teatral havia sido eliminada. A analogia e sua interpretação garantiriam, contra o obscuro determinismo que a sujeita, o advento da fala ou sua incursão por vias mentais barradas.

Os movimentos de linguagem aos quais a escuta tem acesso quando rompe com a retórica superficial do discurso aparecem como jogos bastante rudimentares com as palavras e que se reduzem, na analogia, a uma simples repetição: a idéia de teatro se manifesta primeiro numa forma claramente conceptual para retornar depois, via língua do sonho, como metonímia, com Omar Sharif, o ator. A idéia de violência sofre um tratamento idêntico, mas em sentido inverso: ela aparece como metáfora, o tribunal islâmico, e se repete em enunciado conceptual. Da interpretação das analogias pelo analista resulta sempre o surgimento de um fragmento de discurso até então indizível.

Jogos tão rudimentares que poderiam ser considerados impróprios para nutrir uma reflexão teórica e suscitar no leitor a mesma crítica que Fliess fez a Freud depois da leitura da *Interpretação dos sonhos*: "O sonhador parece muitas vezes espirituoso demais."[1] O falante no tratamento será tão espirituoso a ponto de produzir, à sua revelia, correspondências tão pertinentes... e performáticas? O inimigo do pensamento psicanalítico é o senso

---

1. S. Freud, *A interpretação dos sonhos*, op. cit. (A citação acima foi traduzida a partir do texto francês.)

comum, que se recusa a atribuir às palavras espirituosidade, *Witz*. Essa palavra alemã não tem um verdadeiro correspondente na língua francesa. Seu conteúdo é, aliás, inapreensível. Designaria essa capacidade que a fala tem de apreender as correspondências que percorrem secretamente a língua e de revelar, na fulgurância, um sentido novo que "logo encontra por perto sua vestimenta de palavras". A expressão é bela; Freud a desenvolveu em várias ocasiões em *O chiste e sua relação com o inconsciente*: "Um *Witz* que só temos de vestir com palavras" ou, melhor ainda, "E eis que um *Witz* aparece, de repente, ao mesmo tempo que sua vestidura [*seine Einkleidung*] "[2]. J.-B. Pontalis[3] confessa ter hesitado quanto a conservar a palavra na sua língua de origem; na verdade ela é intraduzível em francês.

A interpretação analógica é uma operação que decerto tem parentesco com a do *Witz*. Ela liga formações de fala em que a escuta discerne uma correspondência, embora para o falante sejam insignificantes pois se encontram afastadas em seu discurso manifesto. A analogia só pode ser percebida nesse nível profundo da língua em que o analista vem escutar a fala do analisando. A aproximação que ela autoriza é um *Witz* que se veste das próprias palavras do analisando. O primeiro exemplo é ilustrativo nesse sentido: "Paul em nós" é um neologismo, um "mástique", como Freud qualifica a palavra do sonho "*Maistollmutz*". Ele contém, e no entanto retém, a evocação das múltiplas representações e afetos que trabalham, na intemporalidade de seu luto, a falante: a inumação melancolicamente desfeita, bem como a captura do objeto entre amor e ódio. É essa significação que o sonho virá – de modo quase selvagem – desvendar, quando a interpretação da analogia lhe tiver aberto caminho para a fala. O *Witz* não é

---

2. S. Freud, *O chiste e sua relação com o inconsciente* (1905), in Edição Standard brasileira, vol. VIII, Rio de Janeiro, Imago, cap. VI. (A citação acima foi traduzida a partir do texto francês.)
3. Nota preliminar de J.-B. Pontalis à nova tradução francesa de *Le mot d'esprit et sa relation à l'inconscient*, Connaissance de l'inconscient, Gallimard, 1988, pp. 33-5.

a própria palavra; ele é o algo que vem com a enunciação, como o raio com o trovão, donde a palavra tira um poder infinito de alusão e, portanto, de ligação. Nas condições corriqueiras de linguagem esse poder está inibido, mas a regressão que a situação analítica promove o privilegia. O *Witz* não é a palavra espirituosa, é o espírito da palavra.

Devo a Jean-Luc Donnet essa observação profunda: a técnica freudiana, na obra em questão, consiste em desconstruir o *Witz* até que ele deixe de ser engraçado. A graça é apenas um efeito secundário e contingente do *Witz*, que também pode deixar indiferente ou até ser muito desagradável. O humor que ele determina depende da operação psíquica que ele trata e de suas conseqüências narcísicas. Numa sessão, uma mulher evoca uma viagem recente com amigas de seu passado militante e feminista. O prazer esperado não veio, só houve motivos para irritação. Uma das amigas mencionara os cuidados de depilação que prodigalizava à filha; isso a tirou do sério: como podem as mães se submeter a estereótipos culturais aviltantes, contribuindo assim para sua transmissão? Pouco depois na sessão, lembra-se de outra história contada por uma das amigas: sob o pretexto de ser uma espécie em extinção, haviam hospitalizado um jovem gorila no serviço pediátrico de um hospital universitário. Mais uma vez reagiu com violência e justificando-se também de imediato, longa e febrilmente. Digo: "Era pensando no gorila, a depilação." Fica estupefata com essa aproximação, permanece por muito tempo em silêncio, como que siderada, dizendo-se depois invadida pela representação da pilosidade pubiana. Segue-se uma longa meditação sobre o destino da pilosidade primitiva da qual a mulher só guardou esse ridículo vestígio, naquele lugar e nas axilas, enquanto o homem conservou marcas tão valorizadas... O jogo exercido pelas palavras depilação e gorila poderia, para uma outra pessoa, ser engraçado, até mesmo divertido, mas não o é para a paciente e, embora a idéia que o *Witz* faz aparecer não deixe de ser espirituosa e profunda, para seu autor é antes de mais nada objeto de sofrimento. O *Witz* não tem intencionalidade, só tem efeitos que dependem da representação e do afeto cujo recalcamento ele suprime: se, nessa sessão, essas duas anedotas são apreendidas e reunidas pela fala da analisanda, não é nem porque sejam atuais nem porque, tendo ocorrido numa certa unidade de tempo, causaram uma comoção emocional que foi descarregada de maneira catártica. É porque, dentre todos os "restos" da vida cotidiana, dentre todos os motivos capazes de fornecer material para o discurso, seu relato cria as articulações necessárias para direcionar o curso da fala para o que a chama compulsivamente: a fantasística inconsciente associada à representação da pilosidade pubiana. É total a similitude entre o pensamento inconsciente revelado pela interpretação e a força misteriosa que trabalha a fala e determina as analogias. A ponto de se poder inferir um do outro.

A fala no tratamento está a serviço da busca de representações inconscientes, e a interpretação analógica concorre para essa tarefa levantando os obstáculos que possam se opor a esse movimento. Pois, à revelia do sujeito que a enuncia, e de encontro às tendências racionais que o governam, uma certa corrente profunda da fala segue um caminho regressivo, a montante do curso manifesto do relato: é difícil, tenho de concordar, admitir que por meio do processo analítico a fala venha a se desdobrar, operando ao mesmo tempo na inteligibilidade do relato e numa obscura atividade psíquica de percepção das representações inconscientes. É até mesmo desagradável suspeitar que a língua possua uma duplicidade que poderia arruinar a confiança que a mente deposita nela. Mas essa hipótese nos é imposta pela experiência analítica. Seja qual for a aversão moral que suscite – porquanto pareça uma profanação –, essa hipótese deve ser defendida e fundamentada. Encontramos um importante reforço num filósofo contemporâneo que leu Freud com perspicácia e erudição: Jean-François Lyotard, em *Discurso, figura*, observa que o signo lingüístico é heterogêneo na sua própria natureza; ora depende do *Sinn*, da significação, ora da *Deutung*, da designação. Apliquemos essa análise lingüística ao nosso tema: no discurso manifesto, as palavras estão submetidas à significação, elas remetem sem ambigüidade a significados definidos: a depilação a certa operação, o gorila a certo mamífero. Ao contrário, na profundidade do discurso latente que a experiência transferencial e o sonho tornam legível e onde referência e sintaxe sem dúvida perdem seu valor, essas mesmas palavras são arrancadas de sua função conceptual; reduzem-se a um material verbal cujos fragmentos coisificados designam representações eróticas inconscientes de fato infiguráveis – o pêlo, em pêlo, as meninas, a xoxota, o queixo*. Mas sem dúvida as categorias de significação e de designação não bastam para dar conta da complexidade estrutural da língua, que temos de continuar dissecando se quisermos compreender as vias fecundas que ela oferece ao processo analítico.

Esse processo efetua portanto um tratamento da língua idêntico àquele que o trabalho do sonho opera, com a ressalva de que ele preserva ao mesmo tempo a ordem do pensamento de vigília; ele cria as condições do *Witz* interpretativo que aproxima formações identificáveis por seu parentesco figural ou lingüístico: é essa sua lógica. O caráter arbitrário e quase imotivado que ele aparentemente conserva decorre do fato de que é impossível para o interpretante antecipar o pensamento que ele fará advir. A interpretação impõe-se imperiosamente ao analista, quase à maneira de um automatismo, sob a pressão de uma certa escuta; ela só sabe aproximar; aquilo que fará aparecer, aquele algo apagado do discurso manifesto a supera.

Afirmemos agora o seguinte: um sonho não se interpreta, ele se desfaz. Ao ser relatado no tratamento, as associações que ele suscita seguem, em sentido inverso, o mesmo caminho regressivo que haviam tomado os pensamentos do sonho antes que este se cristalizasse numa imagem onírica. Essas associações traba-

---

* No original: *le poil, à poil, les filles, le con, le menton.* Observe-se que em francês *"con"* é também palavra chula com sentido de idiota, imbecil. (N. da T.)

lham, com maior ou menor êxito, para separar os materiais esparsos e heterogêneos de que o sonho é tecido: restos diurnos perceptivos, investimentos residuais, preocupações da véspera ou do passado distante, lembranças infantis recalcadas. Se um sonho chegasse a ser totalmente desfeito em seus fragmentos originários, ele se interpretaria por si mesmo. É o que nos ensina o capítulo VI da *Interpretação dos sonhos*. Interpretar um sonho é decompô-lo, fragmentá-lo.

A noção de fragmento é tomada do romantismo alemão[4]. Ela figura com precisão a representação que podemos fazer do material psíquico inconsciente, sobretudo quando o contrapomos à estrutura do pré-consciente, bastante bem ilustrada pela articulação sintática. A passagem das representações de uma tópica para outra depende da oportunidade que o fragmento inconsciente tem de encontrar sua articulação específica, por transferência. O fragmento, conduzido por sua carga pulsional, excita, como desejo inconsciente ou compulsão à repetição, o aparelho psíquico: o bastante para induzir na vida de vigília um sintoma, no sono um sonho, e na situação analítica uma fala; não o bastante para produzir, por si só, essas formações psíquicas. Os processos que conduzem à satisfação do desejo do sonho, à realização do sintoma e à enunciação de uma fala exigem que vários desses fragmentos se associem, acumulem sua carga libidinal e ajustem seus fins.

Nesse sentido, o sonho aparece como um vasto empreendimento de unificação que reúne, numa totalidade autárquica bem como efêmera, os fragmentos mais disparatados. Sua motivação imediata decorre de seu papel de guardião do sono; outra motivação está representada pelo benefício que o eu experimenta de ser esclarecido sobre o que espontaneamente lhe escaparia. O sonho instala portanto esses fragmentos numa contigüidade efêmera; restaura e torna dessa forma legíveis relações que o recalcamento e a clivagem haviam apagado. Para figurar essa operação, Freud

---

4. Ver *infra*, pp. 217 ss.

recorre a uma imagem forte, a escola de Atenas: "O sonho é como o pintor que reúne numa escola de Atenas ou num Parnaso todos os filósofos e todos os poetas, embora eles nunca tenham se encontrado juntos nessas condições; para o ato de pensamento [*die denkende Betrachtung*], eles formam uma comunidade."[5] O sintoma faz o mesmo com as diversas moções que ameaçam a quietude do eu. O que o motiva é uma defesa, mas um cuidado de "expressão" também concorre para seu surgimento, mais profundamente. A fala no tratamento, para além da submissão à regra da livre associação e do motivo da demanda, procede da mesma tendência à unificação por justaposição: ela trabalha para reunir todos os pensamentos que emanam de uma mesma representação-meta inconsciente; a partir de um material atual, polimorfo e bastante indiferente na sua mundanidade, ela procede descartando o que não está relacionado, enunciando tudo o que poderia se relacionar e inclusive forçando essa relação: é o que mostra a analogia.

O próximo exemplo entrecruza as problemáticas do sonho, do sintoma e da fala associativa. A paciente é fóbica. Ela começa essa sessão evocando uma reunião de trabalho da véspera, e a admiração que suscitou nela um dos oradores pela maneira como tratou seu tema, "entrando nele mas sabendo ficar fora". Ela associa a isso um sonho da noite; não tem muita vontade de contar porque já chorou muito por causa dele e contá-lo fará com que chore mais: "uma grande casa desconhecida; três homens a perseguem... para violentá-la; ela foge e acaba encontrando uma proteção precária". Esse sonho lhe produz agora uma impressão engraçada: ela se sente ao mesmo tempo fora e dentro. Digo: "A mesma impressão provocada pelo orador de ontem." A analogia é, aí, tão rudimentar e tão próxima da consciência que hesitamos em enunciá-la. No entanto, a aproximação provocou forte como-

---

5. S. Freud, *A interpretação dos sonhos*, op.cit. (A citação acima foi traduzida a partir do texto francês.)

ção na falante. "Você tem razão, diz ela, é justamente este meu problema na vida; ou estou completamente dentro das coisas, ou fico completamente fora, fujo delas." Digo: "O sonho alude justamente à fuga." Ela é imediatamente transportada para suas lembranças de férias, num lugar imutável, comum a várias famílias; quando menina, era muito infeliz nesse lugar; já adolescente desfrutou mais do local. Sua fala percorre essa segunda memória. Era uma casa grande e bonita... como a casa do sonho. Um dia, ocorreu um incidente: uma das moças tentou suicídio. Um dos garotos aplicou os primeiros socorros; ela se lembra com nojo do boca-a-boca, depois dos desejos de morte que sentiu em relação a essa garota metida; em seguida retorna uma outra lembrança extremamente desagradável da qual sente de repente muita vergonha: esse garoto foi seu primeiro namorado; ela tolerou suas investidas, entregou-se a suas carícias para finalmente recusar-se... Retornam também o incômodo experimentado durante as relações sexuais, o sentimento penoso de ficar de fora, o pânico de ser penetrada como se isso fosse... uma violação! Digo: "É a essa violação que o sonho alude."

Até certo ponto, o sonho foi desfeito pela simples fala da analisanda. Esta se abriu para camadas recalcadas do psiquismo sob o efeito das aproximações interpretativas impostas pela produção de analogias dentro de seu discurso, sem que jamais se possa prever seus efeitos. Passemos a decompor o processo analítico que levou a essa fragmentação: "fora-dentro", esse resto sensorial da véspera relacionado com a reunião de trabalho foi conservado e enunciado no discurso do tratamento por sua aptidão para metaforizar uma tendência fóbica, ainda atual. No decurso do processo psíquico que precedeu a sessão – e sem dúvida a antecipou – um trabalho de ligação já ocorreu: o sonho na verdade traduziu "fora-dentro" por "fuga", numa concisão de provocar inveja no pensador desperto; da mesma maneira, o sonho articulou "fuga" com "violação", por uma acuidade perceptiva da qual o falante comum está cruelmente despojado. Ora, essa causalidade sexual de "fuga", a fala, no tratamento, só a reencontrará ao fim de uma longa peregrinação pelas vias abertas pela lembrança, que terão de ser integralmente percorridas para chegar a isso; nada será poupado, nem a travessia inicial das lembranças inocentes (a casa bonita), nem em seguida a das lembranças ambíguas (o boca-a-boca), para chegar por fim a uma cena sexual mais diretamente relacionada com a fantasia inconsciente.

O sonho não adota esses procedimentos, ele opera os curto-circuitos que lhe convêm. Mas o sonho não trabalha no sentido de se lembrar, ele reativa os traços mnêmicos, serve-se de seus afetos; repete a experiência infantil, ao passo que a fala trabalha no sentido da rememoração e do esquecimento. E porque ela não tem, como o sonho, a possibilidade de saltar de um fragmento inconsciente ao outro, ela tem de construir entre eles articulações que são como pontes entre as duas bordas de um precipício, ou vaus entre as duas margens de um rio. Falar, como sabemos, é articular. E falar no tratamento consiste em levantar os recalcamentos que apagaram articulações virtuais ou reais e reduziram as formações recalcadas ao estado de fragmentos inconscientes.

Os conceitos "fora-dentro", "fuga", "violação" emanariam nesse caso de uma nebulosa representativa e fantasística oriunda da curiosidade sexual infantil e da angústia de castração, que eles ligam e representam. É surpreendente como a fala do analisando se serve desses conceitos, enunciando-os em registros múltiplos e heterogêneos: "violação" aparece na língua do sonho, reaparece na fala do tratamento; aqui é tomado numa perspectiva metafórica, acolá em seu sentido literal; provém de um discurso ora narrativo, ora especulativo. Sua carga figural varia do mais abstrato ao mais carnal. São operações adequadas para criar analogias, operações que sempre se resumem a uma repetição: da própria palavra, retomada em estratos discursivos ou acepções diferentes, ou de seu sentido evocado por meio de equivalências mais ou menos alusivas.

Qual é o automatismo psíquico que assim determina o curso da fala? O analisando pensa que o que ele nos diz está em conformidade com sua intenção consciente, ao passo que sua fala, à sua revelia, está animada por outras forças. "Eu realmente não tinha vontade de vir hoje", diz essa paciente; mas com leves variações – "sem vontade de falar", "de trabalhar" –, é sempre assim que ela começa por se dirigir a mim, depois de um tempo ritual de silêncio. Sei que não é verdade que ela não tem vontade de vir; se fosse verdade, ela simplesmente não viria. Mas, se é verdade que ela tem vontade de vir, por que ela o negaria de modo obstinado? Sua fala contradiz sua conduta, no entanto não se trata de uma simples negação.

Aventemos a hipótese de que, para que um enunciado surja no discurso do tratamento, é necessário que a verdade atual de seu conteúdo esteja garantida. Esta seria uma lei que rege o curso da fala analítica. Ela com freqüência deforma mas jamais mente. Estando garantida a verdade atual de seu conteúdo, esse enunciado pode então vestir a forma sintática apropriada para colocá-lo a serviço de uma outra verdade inatual e ainda desconhecida, e para servir-lhe de representante. Depois de dizer que não tinha vontade de vir hoje, ela se mantém em silêncio; esse dia ela acrescenta que recentemente enganaram-se mais uma vez em relação ao seu nome, o que a deixou enfurecida, pois lembrou que eu lhe atribuíra um nome diferente do seu quando lhe escrevera para informá-la do começo de sua análise. Digo: "É por isso, não ter vontade de vir hoje." Essa aproximação que se baseia numa contigüidade rudimentar parece sumamente arbitrária e imotivada. Mas levou-a a pensar e a dizer que, quando criança, ela se recusava a ir para a casa do pai, que isso dava lugar a violentos conflitos com a mãe, que geralmente cedia. "Por que meu pai saiu de casa tão cedo, antes mesmo de eu nascer? Se tivesse ficado, certamente não deixaria minha mãe me dar o nome de minha irmã mais velha", irmã morta ainda bebê, e cuja inscrição no túmulo ela lia com terror nas visitas regulares que era obrigada a fazer ao cemitério. Digo: "Por isso a raiva quando se enganam a respeito do seu nome."

O automatismo que comanda a produção analógica reúne os elementos verbais mais tênues, desde que sejam adequados para fazer advir à consciência, à percepção pelas palavras, uma representação inconsciente portadora da verdade do desejo. As razões que levaram a banir essa verdade pelo que ela contém de doloroso, de inconveniente ou de interdito, provêm do recalcamento, da clivagem e da recusa, que não abordaremos aqui. Observemos contudo que a analogia, produzida pela fala e pelo *Witz* interpretativo, procede de uma rebelião contra esses mecanismos e contra o senso comum e a ordem estabelecida que eles instituem e que falseiam a fala originária. É essa rebelião, esse espírito de revolta que encontramos no fundamento de certos chistes, particularmente aqueles relacionados com histórias de casamenteiras, e que Freud designa como tendenciosos. "Mas os objetos atacados pelo chiste podem também ser instituições, pessoas, desde que sejam representantes dessas mesmas instituições, regras morais ou religiosas, concepções de vida, todas essas coisas que gozam de tanto prestígio que a objeção a elas só pode aparecer sob a máscara de um chiste, e que seja um chiste encoberto por sua fachada."[6] O interesse de Freud pelas histórias de casamenteiras decorre principalmente dessa idéia essencial de que o *Witz* é desencadeado pelo espírito de revolta. O casamenteiro desmistifica a idealização mentirosa da instituição do casamento. E a graça que essas histórias suscitam provém da supressão de uma repressão moral: "O casamenteiro pergunta: 'O que o senhor exige de sua futura noiva?' Resposta: 'Que ela seja bela, que seja rica e também culta.' – 'Bem, diz o casamenteiro, mas com isso eu arrumo três bons partidos.'"[7]

O *Witz* aproxima o que se corresponde de verdade, não sem antes desconstruir a ordem do discurso, ordem exigida pelos ideais culturais e pelo espírito de conquista política ou amorosa que a fala é socialmente convocada a servir. No tratamento ao

---

6. S. Freud, *O chiste e sua relação com o inconsciente*, op. cit. (A citação acima foi traduzida a partir do texto francês.)

7. *Ibid*. (A citação acima foi traduzida a partir do texto francês.)

contrário, para além do endereçamento que seria como que o resto irredutível do social na utopia analítica, esse curso da fala tende a se inverter, como um rio cujas águas correm para a nascente. Ela parte de uma proposição imediata, do enunciado de um pensamento ou de um acontecimento em si mesmo absolutamente fundamentado e indubitável; mas em vez de ir, como o faria uma fala qualquer, daí para sua conclusão ou seu comentário, a fala dirige-se para sua memória, para o que esse pensamento ou esse acontecimento dela atualizam. Ou então ela parte da evocação de um ser amado no presente, e ei-la logo em seguida chamada a figurar a coorte dos seres queridos desaparecidos cujas sombras animam sua "força de atração"[8], para retomar essa imagem de J.-B. Pontalis.

Além disso, lá onde o discurso social, na sua preocupação retórica, exige a máxima economia de meios, a fala que constitui o processo analítico desliga e fragmenta indefinidamente; ela explora todos os recursos de sua língua para devolver à coisa a palavra justa, à representação inconsciente o significante mais adequado. E, por ter de desmanchar o magma compacto dessas representações, por ter de desdobrar a pesada memória das inscrições mnêmicas, por ter de mobilizar a infinita potência de expressão da linguagem, a fala necessita da temporalidade infinita, tão estranha para o senso comum, tão difícil de avaliar pelos próprios analistas, do tempo analítico.

Portanto, é toda a profundidade da língua, todas as etapas de seu desenvolvimento que a fala no tratamento tem de percorrer. Partindo do material atual, imediato, de seus enunciados, ela tem de se dirigir para as representações passadas, inconscientes, infantis; ela deve tentar articulá-las à sua estrutura e à sua ordem. De quando em quando surge a idéia de que se poderia poupar o analisando desse longo caminho de fala, que se poderia suprir

---

8. J.-B. Pontalis, *La force d'attraction*, La librairie du XXe siècle, Le Seuil, 1990.

suas interrupções, seus silêncios, seu mutismo com uma "injeção", por meio de uma fala interpretativa, dos significantes faltantes que a escuta do analista teria reconstruído. É fácil perceber o quanto tal técnica analítica é fascinante para o analista subitamente liberto de uma submissão passiva ao ritmo do discurso de seu paciente. Mas a promessa de uma economia de meios contida nessa técnica não resiste à prova de realidade da mudança psíquica. Pois a mudança psíquica, para ser duradoura, para escapar da precariedade da sugestão, tem de ser estrutural: ela só pode ser conseguida pela inscrição ou reinscrição dos fragmentos inconscientes na cadeia semântica pré-consciente. A mudança psíquica é o efeito indireto – efeito adicional e do só-depois – dessa operação complexa revelada pelo fenômeno da analogia. Procuremos dar a isso um fundamento metapsicológico: essa operação articula primeiro representações inconscientes representativas de uma fantasia ou de uma fixação libidinal a um conceito verbal. Depois insere esse conceito no conjunto da linguagem disponível à enunciação e à consciência; a carga erógena de que o conceito era portador nisso se esgotará. Essa articulação da coisa e da palavra, seguida da inscrição dessa nova unidade articulatória na unidade totalizante da língua, reintroduz a representação recalcada na língua comum do intercâmbio intersubjetivo. Mas esse trabalho, ressaltemos, pertence exclusivamente à fala do analisando. Nenhuma fala alheia pode supri-la, pela razão última de que nesse ponto a fala é ato: ao mesmo tempo em que a enunciação a profere, ela faz a coisa enunciada sofrer uma translação no campo psíquico, uma transposição de um sistema a outro, uma transferência que é uma tradução, uma *Übertragung*.

Esse trabalho da fala é apenas parte do processo analítico, sua parte superficial, porque de superfície. Mas embora não seja o todo do processo, o discurso que a fala produz é no entanto o todo de sua manifestação. O discurso é a única alavanca por meio da qual analisando e analista inflectem esse processo: o analisando explora o gênio de sua língua fazendo-o percorrer as *terrae incognitae* do infantil e articular formações inconscientes em formações representativas próprias para significá-las; o analista arremata esse trabalho servindo-se do *Witz* de que sua escuta dispõe.

Escutemos, uma vez mais, falar o analisando: ele evoca uma situação banal; sem que o analista intervenha, pelo simples fato de este instalar-se numa certa escuta e reabitar a memória intemporal do que foi dito de um para o outro, a última vez, as últimas vezes, pelo simples fato de que ele se proporcionou os meios de suportar a transferência de seu paciente, partindo portanto de uma situação comum, lembranças singulares vêm à fala do analisando; e as palavras que ele emprega, banais como eram, se irrealizam e adquirem uma liberdade que só conhecemos na infância.

Sua fala sofre uma regressão temporal e formal. Freud teorizou essas modalidades da regressão na *Interpretação dos sonhos*. O projeto manifesto da obra é fornecer ao fenômeno psíquico do sonho uma solução psicanalítica. Freud no entanto, mobilizado pela prática psicoterapêutica que ocupava seus dias durante a redação da obra, tentou ao mesmo tempo e implicitamente esclarecer as leis do funcionamento psíquico que governam o desenvolvimento da *talking cure*. Pois uma mesma regressão afeta o trabalho do sonho e o movimento da fala analítica, com a ressalva de que nesta a regressão nunca chega à realização alucinatória do desejo: a livre associação à qual se submete o paciente faz suas palavras jogarem mas não provoca sua conversão em imagens perceptivas; no máximo ela as deixa "fazer" imagem, quando se acoplam às figuras fantasísticas de que se tornam antes a metáfora encantatória do que o índice semântico, ou quando se organizam em trocadilhos geradores de prazer. Mas essa regressão jamais altera a própria significação da palavra e a prova disso é que a qualquer momento o falante poderá interromper essa recriação porque acaba de discernir nela um sentido ou escutar um pensamento que não conhecia e que reconhece imediatamente. A menos que o analista, participando desde seu lugar dessa recriação e por uma interpolação hábil e oportuna (conforme Freud definia a ação dos pensamentos intermediários própria do trabalho do sonho: *Wortbrücke, Verbindungswege, Nebenschliessungen, Knotenpunkte**), contribua para o surgimento desse pensamento ou para o desvendamento dessa significação. Mas aí estamos no segundo tempo do trabalho associativo, que não decorre mais do princípio do sonho, mas daquele do *Witz*.

Do sonho ao *Witz*: Freud confessou ter escrito *O chiste* sob a influência da observação acerba de Fliess, segundo o qual "o sonhador seria espirituoso demais". É duvidoso que esse fator tenha tido a força suficiente para determinar por si só a gigantesca compilação exigida para a redação dessa obra. Na verdade, a exploração da língua que ali se efetua, de seu papel de suporte do material psíquico e condição de sua mobilidade, já era uma preocupação central da *Interpretação dos sonhos*. Ela representaria inclusive a outra corrente de pensamento em ação nesse texto, ao lado da corrente principal, triunfante, que levou à grande descoberta da realização do desejo. Freud é aí claramente menos audacioso: tenta, em algumas passagens "habilmente interpoladas" no capítulo VII da obra, explicitar, por meio do sonho e como que por intermédio de sua metáfora, "a construção das pontes verbais que garantem o andamento do processo psicoterapêutico". Descobre que duas propriedades das palavras lhes dão um valor psíquico essencial: sua aptidão para a transferência das representações entre inconsciente e pré-consciente; e, sobretudo, a heterogeneidade de sua "matéria", porque as palavras originam-se ora de um estado primitivo (*Urwort, Sprachkunstle der Kinder* – a arte de falar das crianças[9]), ora de um estado lógico.

"O sonhador é espirituoso demais." A crítica é uma tirada, à moda de Chamfort, que age como um interdito: ninguém toca na língua, ninguém disseca o verbo. A sacralização da língua e do

---

* Cf. cap. VI da *Interpretação dos sonhos*, *op. cit.*, e parte VI de *O chiste*, *op. cit.* (N. da T.)

9. Tomamos da *Interpretação dos sonhos* essas diferentes observações lingüísticas, espalhadas pelos capítulos VI e VII. Cf. cap. VI da *Interpretação dos sonhos*, *op cit.*, e parte VI de *O chiste*, *op. cit.* (N. da T.)

logos própria do senso comum, de que Fliess se faz na ocasião o mentor, obrigará Freud a um desvio ou a um compromisso: o uso das metáforas do sonho e do *Witz*, em que se desenhará e naufragará parcialmente uma exploração especificamente analítica dos fatos de linguagem. Não é nem o sonhador nem o falante que são espirituosos demais. É a própria língua, desde que se reanimem os processos de desconstrução que a trabalham espontaneamente em certas condições, que a modernidade poética e literária passou a perseguir desde Mallarmé, que Lacan tentou reintroduzir no pensamento psicanalítico.

Quer-se interromper uma fala no seu desvendamento da verdade de sua língua? Interpretemo-la. Quer-se, ao contrário, que se desvendem suas pontes, seus *Witz*, como surgem as faíscas preciosas do sílex sob os dedos hábeis do *homo faber*? Então deixemos a fala seguir seu caminho, deixemo-la chocar-se, fragmentar-se contra as construções silenciosas do analista, deixemo-la, na tensão transferencial, desenvolver a obra à qual o conflito psíquico a compele. Abandonemo-la à profanação pelo "demoníaco", o recalcado, o pulsional que aspiram a submeter, e terminarão apenas por resolver-se, transferir-se, transcender-se. Confiemos no poder civilizador da língua, no qual se apóia, no tratamento e desde sua origem, a regra fundamental do "dizer tudo".

O tratamento, pouco a pouco, procede da instituição da língua: sejamos claros, de toda a instituição da língua. O tratamento não se desenvolve apenas no *logos*, esse sistema transparente de signos que desaparece nem bem faz aparecer seu objeto referencial. O tratamento também recorre, talvez sobretudo, aos estados arcaicos da língua em que o signo conserva ainda uma função própria, independente de qualquer laço com o significado, e onde representaria então a essência última do tecido psíquico: sua imaterialidade. O que o discurso do tratamento faz reaparecer, por meio da regressão que lhe é própria, é, mais que o instituído da língua, seu instituinte: uma aptidão para significar virtualmente infinita, que conduz por exemplo uma palavra a se separar de um significado imediato e representar, provisoriamente e ademais, um significado estranho. Esse instituinte da língua convoca a significar; privilegia, mais que o conteúdo da palavra, seu efeito-signo, e, articulando-o ao efeito-signo de outras palavras, inicia cadeias significantes – *Gedankenketten* – novas, em que a psique consegue estender seu espaço e ligar-se ao desconhecido. É nesse jogo infinito de significância que consistiria, *in fine*, o *Witz* da língua.

É por isso que, se o conteúdo de um enunciado está realmente garantido, então esse enunciado pode se tornar signo para um outro conteúdo ao preço de certa modificação sintática. Pode erigir-se no que Freud denominou um *Knotenpunkt**, conceito também com forte carga de imagem por ter sido tomado do vocabulário ferroviário: nó ferroviário, ponto de junção, agulhas. Outrora, quando se queria ir de Lyon para Paris, era preciso passar por Dijon, embora este não fosse o caminho mais curto, mas eram as únicas vias abertas. Depois, o trem de alta velocidade abriu uma nova via. Para ter acesso, desde o pré-consciente, às representações inconscientes, a fala também precisa encontrar as palavras capazes de servir de agulha para seu percurso; encontrá-las ou criá-las, encontrar/criá-las, diria Winnicott. A busca febril, ou, ao contrário, reticente, segundo a liberdade de fala de que dispõe o analisando, desemboca no fenômeno da analogia.

Para o analista, escutar é renunciar, o máximo possível, a ouvir o conteúdo dos enunciados; é deslocar sua atenção apenas para a função significante desses enunciados. O analista não escuta o que o discurso diz, mas o que ele faz. Uma metapsicologia da escuta analítica, proposta por Daniel Widlöcher[10], deve levar em consideração a regressão formal e tópica com que o analista consente quando rege sua escuta, para além da transparência da língua, por sua matéria significante, pelos jogos de homofonia,

---

* Ponto nodal. (N. da T.)
10. D. Widlöcher, "Pour une métapsychologie de l'écoute psychanalytique", in *Bulletin de la Société psychanalytique de Paris*, n? 26, abril de 1995; e *Métapsychologie du sens*, PUF, 1986.

de inversão, de identidade figural, aos quais as palavras do analisando se entregam. Regressão comum aos dois parceiros da situação, que os solidariza num *co-pensamento*, para retomar a expressão de Daniel Widlöcher, e que podemos definir como um co-pensamento do infantil. Pois o estado regressivo ao qual são conduzidas as palavras no tratamento é exatamente isso, a arte de falar das crianças que, diz Freud, "tratam as palavras como objetos e descobrem uma nova língua e palavras artificiais, e é a fonte comum do sonho e das psiconeuroses".

Se o tratamento levanta a amnésia infantil, é antes de mais nada porque ele reencontra a língua da infância. Mas é também porque a língua pode dizer tudo. A regra do "dizer-tudo", bem antes de ser a regra fundamental da psicanálise, é a própria lei da língua, sistema virtualmente ilimitado de articulação semiológica, e que nesse sentido só se choca com a limitação tímida a ela imposta pelo eu.

A escuta da produção das analogias pelo discurso do analisando pode, como vimos, representar uma via particularmente fecunda de interpretação analítica. Ela a reduz a uma aproximação, a um *Witz*, cuja concisão e economia de meios sempre surpreendem; além disso seus efeitos são impressionantes: a enunciação súbita de um pensamento inconsciente, que decorre da transferência de uma inscrição inconsciente para pensamento pré-consciente, isenta a economia psíquica do preço do contra-investimento, inscreve a lembrança recalcada na cadeia simbólica da linguagem, separa-a da memória sem fala do *infans* e submete-a ao julgamento e ao esquecimento.

Mas algo permanece obscuro nesse fenômeno: como a analogia e sua interpretação podem fazer aparecer, de modo tão súbito e arbitrário, um fragmento inconsciente, sem relação com os termos da analogia? Por qual prodígio o fazem aparecer vestido das próprias palavras do analisando, palavras das quais, no instante anterior ao *Witz* interpretativo, elas não dispunham? O próximo exemplo será esclarecedor; ele se inscreve no transcurso da análise difícil, quase desesperada, de uma mulher cronicamente depressiva, melancólica. Sua queixa, quando consegue formulá-la, é monotemática: "Só penso em causar dano aos que me rodeiam, a mim mesma; não consigo dar nada." É o que ela começa a dizer nessa sessão, mas, de maneira totalmente inabitual, ela acrescenta o seguinte: ela brigou no dia anterior com seu filho pequeno e tirou dele o martelo de geólogo que ele acabara de comprar com sua mesada. Seu marido, que em geral se resigna diante de suas tiranias, zangou-se. Ela mesma, interiormente, se revolta contra esse gesto inadmissível. O silêncio toma novamente conta de uma fala que considero, e é esse meu desespero de analista, sem vitalidade, sem movimento, sem *Witz*. Fico assim, repisando as poucas palavras escutadas quando, de repente, compreendo que "tirar o martelo", que pertence ao relato do acontecimento, é o exato oposto de "não dar nada", que era um dos conteúdos de sua queixa inicial. E digo-lhe isso. Digo: "Tirar o martelo é exatamente o contrário de dar nada." Ocorre-lhe imediatamente a idéia fugidia que a assaltou logo antes de realizar seu gesto: ela imaginou que o menino poderia usar esse martelo como uma arma para matá-la. Ressurgem então suas lembranças de menina, seu pai sempre doente, sempre acamado, sempre triste, e seu desejo de que ele morresse...

A analogia e sua interpretação fizeram aparecer um pensamento atual mas recalcado, devido às suas ligações com reminiscências infantis dolorosas. Esse pensamento tem poucos vínculos com o *Knotenpunkt*, sob forma de inversão ou de união dos contrários "dar-tirar", que justificassem seu acesso à fala. Exceto que ele desvenda uma significação "latente", quase oculta sob a figura inocente do martelo de geólogo, e no entanto espontaneamente inapreensível: o martelo-arma, metonímia do desejo e do assassinato. A interpretação despiu o pensamento que as palavras da analogia tinham adornado com sua sedução para esse casamento do sentido. A interpretação analógica produziu um *Witz*: entre martelo de geólogo e martelo-arma há a infinita distância e a extrema proximidade que a língua pode manter ao mesmo tempo servindo-se de suas palavras.

Nesse momento particular, voltaram-me as esperanças nessa análise. A interpretação analógica também jogou em benefício meu. E senti-me confortado com essa idéia confusa de que a depressão é sem esperança porque é sem palavra; portanto, que o poder psicoterapêutico da fala poderia estar ligado a esse conceito obscuro que os analistas deveriam pôr para trabalhar: a esperança.

PARTE III
TEMPORALIDADES

COMPULSÃO À REPETIÇÃO, COMPULSÃO À REPRESENTAÇÃO

Com a descoberta da psicanálise, e como se fosse a face obscura e ainda dissimulada dessa descoberta, terá havido uma transformação radical da relação que o homem mantém com o tempo, da atenção que ele lhe dedica e do valor que lhe atribui para significar os acontecimentos de sua história ou de seu destino? Por muito tempo, apenas aos deuses os homens atribuíram o dom de intemporalidade, engrandecido pelos qualificativos de imortais ou eternos com os quais os invocavam. Dom ou desobrigação? "Se de qualquer forma temos de morrer e antes perder pela morte aqueles que mais amamos, preferimos nos submeter a uma lei natural inexorável, à grande *Ananké*, a submeter-nos a uma contingência da qual talvez pudéssemos ter escapado. Mas pode ser que essa crença na necessidade interna da morte seja apenas mais uma das ilusões que forjamos para nós mesmos 'a fim de suportar o fardo da existência'." Pois essa crença não existe desde a origem: "A idéia de uma 'morte natural' é estranha aos povos primitivos; eles relacionam cada morte que ocorre entre eles à influência de um inimigo ou de um espírito maligno."

A crença na imortalidade evidencia uma primeira elaboração – religiosa – do pensamento calcada numa realidade que a biologia permite entrever: "O fato de que pelo menos a vida dos animais superiores tem uma duração média determinada fala naturalmente em favor da morte por causas internas; mas tal impressão é dissipada por esse outro dado de que certos grandes animais e certas árvores gigantes atingem uma idade muito avançada, que até agora não foi possível determinar."[1]

Essa imortalidade que, segundo a especulação freudiana, a natureza teria adotado por ocasião da criação de seus primeiros indivíduos animais e vegetais revelou-se economicamente pouco interessante; por isso teria sido abandonada assim que se apresentou a oportunidade, que consistiu num malfadado acidente, um traumatismo violento: uma soma de explosões vulcânicas, que mergulharam o mundo durante vários anos em tamanha escuridão que a fotossíntese foi abolida, as plantas sucumbiram e em seguida os herbívoros e depois os carnívoros predadores destes últimos. Morreram todos exceto alguns espécimes que nos parecem tão monstruosos quanto a idade atribuída pela Bíblia aos primeiros descendentes de Adão...

A mortalidade seria portanto uma aquisição tardia da natureza e um progresso, pelo menos no plano econômico. Essa idéia está presente em *Além do princípio de prazer* (de onde extraí as citações precedentes), e não apenas como uma das inúmeras hipóteses que Freud investiga por meio dessa especulação estranha, audaciosa, mas como, à sombra desse edifício teórico, o cerne de sua reflexão. O movimento, perceptível na construção do mito, devolveria ao pensamento o próprio movimento da natureza: se com efeito o homem, essa cria da natureza, esse obscuro elo destinado simplesmente a garantir a continuidade da espécie – como o primogênito da família não tem outro destino senão o de transmitir o morgado de uma geração a outra –, se esse homem

---

1. S. Freud, *Além do princípio de prazer*, op. cit. (A citação acima foi traduzida a partir do texto francês.)

não fosse virtualmente imortal, por que atribuir-lhe uma pulsão de morte, uma tendência "interna" a morrer? E se a vida humana fosse naturalmente redutível à mortalidade à qual a epopéia homérica – numa alucinante e repetitiva invocação: "ó, mortais" – reduz o destino humano, nesse caso apenas a pulsão sexual bastaria para dar conta da história do indivíduo e dos avatares de seu destino. Por que Freud relança aqui pela última vez e de uma maneira tão estranha o conflito psíquico? Por que inscrevê-lo *in extremis* e de maneira tão manifesta não mais apenas no campo do pulsional mas também no registro da temporalidade, e da temporalidade mais ampla, da vida e da morte?

À primeira vista, contudo, no que se refere ao tempo, essas duas categorias parecem estar numa absoluta indiferença uma em relação à outra: se, com a morte, tudo cai para fora do tempo, exceto o que a fidelidade dos vivos e sua lembrança salva, exceto o que Psique faz sobreviver, a vida, ao contrário, por sua própria finitude, inscreve o ser na duração e o obriga a contar com ela, até mesmo a contar apenas com ela, e portanto a contá-la. Essa contabilização da duração, sua ordenação em lógicas vivas e narcisicamente vitais é o que fundamenta o tempo, o que desemboca no eu e o define, constituindo-o, *in fine*, como o historiador de sua própria subjetividade. Por isso, a temporalidade se impõe como uma problemática central da situação analítica e, se requer uma reflexão própria, não é porque o tempo atravessa a experiência analítica como ele atravessa toda atividade humana. Se fosse apenas isso, os analistas não teriam a esse respeito muito mais a dizer do que aquilo que o comum dos mortais pensa; e diriam muito menos do que aquilo que a meditação de alguns filósofos forneceu ao pensamento universal.

O que Freud e a psicanálise introduziram especificamente na representação tradicional da temporalidade é uma práxis revolucionária, um projeto: transformar a relação entre o sujeito humano e seu tempo subjetivo, inverter a passividade inexorável que o aprisiona numa compulsão de destino, convertendo-a numa atividade mediante a qual esse mesmo sujeito se arranca de certa imemorialidade do passado para substituí-la por um presente, portanto uma história, portanto um futuro. O tratamento abre para o analisando a conquista de um tempo que, espontaneamente, o submete à sua lei cega. Com o advento da análise, utopias por muito tempo acalentadas pela humanidade – como a famosa máquina do tempo – encontraram um começo de realização.

Os analistas têm algo a dizer sobre a temporalidade apenas do ponto de vista do tratamento e sua visada de transformar a marcha do tempo – ou suas paradas – e dessa maneira fazer emergir da atemporalidade do inconsciente, como de um caos, ser ou consciência; veremos como esses dois termos no fundo descrevem apenas uma única e mesma realidade. O objetivo da psicanálise não é nem teorizar o tempo e suas categorias, nem observar como uma subjetividade se organiza em torno desse eixo do mundo que é a temporalidade; ao contrário, seu objetivo é avaliar por quais meios e em que medida o eu, enfrentando o tempo do destino e substituindo-o por um tempo da história, é capaz de ampliar suas fronteiras e seu espaço. É esta a tarefa específica da reflexão analítica. Isso exigiria que especulação e práxis caminhassem juntas, o que não ocorre pois os desenvolvimentos teóricos, em seus avanços ou recuos, estão submetidos a uma temporalidade que lhes é própria, diferente daquela da eficiência prática, sujeita a outros movimentos de progresso ou de resistência.

A situação analítica gera representações heterogêneas da temporalidade: existe a temporalidade que ali se revela e que terá de ser relacionada com o funcionamento das instâncias que organizam, como conflito, o aparelho psíquico; mas existe também a temporalidade que o tratamento, com seu método, institui e que é uma temporalidade alheia a qualquer outra experiência humana; existe por fim o conflito temporal que se dá no pensamento do analista, entre construção interpretativa no tempo do tratamento e trabalho teórico no só-depois. Tentaremos destrinçar o entrecruzamento dessas três correntes de representações. Surge uma primeira dificuldade: embora a temporalidade seja uma das principais questões que brotam da experiência da análise, ela não dispõe de um vocabulário analítico específico. Se os conceitos de sexualidade, de inconsciente, de eu e de supereu emanaram inicialmente apenas do campo da experiência analítica e tornaram-se, para alguns, "schibolets", a evocação da temporalidade nos deixa desarmados e nos obriga a recorrer a um vocabulário emprestado, já existente e altamente carregado de valores filosóficos.

É comovente ler em Freud, quando levanta essa questão, sempre de forma incidente e nunca sem reticências, as inevitáveis referências à autoridade dos filósofos; volta-se para eles quando afirma que a consciência do tempo é atributo de apenas uma parte do aparelho psíquico: o sistema percepção-consciência. Para os outros sistemas psíquicos, a questão do tempo apenas se coloca por contraste e em negativo: a categoria do tempo é alheia ao inconsciente, que é a essência do psiquismo. É essa ausência, aliás, que define o inconsciente. Define também o analista porque ele carece de um vocabulário específico, porque as palavras lhe faltam diante dessa negatividade do tempo; os empréstimos que estaria tentado a fazer à filosofia, tão opulenta nesse terreno, não passariam para ele de moeda falsa: a medida do tempo à qual o analista se refere não é um valor positivo; talvez nem seja um valor. A referência analítica ao tempo é uma negatividade pura: é a atemporalidade.

Por muito tempo, portanto, os homens dotaram seus deuses de um privilégio de imortalidade, ilusão forjada para suportar o fardo da existência. Seus deuses, mas também seus filhos:

> Existe pois uma compulsão a atribuir à criança todas as perfeições (para as quais um observador desapaixonado não encontraria motivo algum) e a esconder e esquecer todos seus defeitos; a recusa da sexualidade infantil relaciona-se com essa atitude. Mas perante a criança existe também uma tendência a suspender todas as aquisições culturais cujo reconhecimento foi preciso extorquir do próprio narcisismo, e a renovar a seu respeito a reivindicação de privilégios há muito abandonados. A criança terá uma vida melhor que a de seus pais, não estará submetida a essas necessidades cujo

domínio sobre a vida foi preciso experimentar. Doença, morte, renúncia de gozo, restrições à vontade própria não valerão para a criança, as leis da natureza bem como as da sociedade cessarão diante dela, e ela será realmente o centro e o núcleo da criação. *His Majesty the Baby* como acreditamos ser outrora. Ela realizará os sonhos de desejo que os pais não executaram. [...] O ponto mais espinhoso do sistema narcísico, essa imortalidade do eu que a realidade derruba, encontrou um porto seguro refugiando-se na criança.[2]

Mais que a imortalidade, o narcisismo é o ponto mais espinhoso da teoria analítica. Freud percebe aqui veladamente essa dificuldade; resolve-a numa conclusão que se apóia em dois recursos que cabe a nós separar: a crença na imortalidade encontra-se em primeiro lugar na base da experiência subjetiva, ela é uma crença imortal na imortalidade com que os pais contaminam desde o nascimento a criança, iniciando-a assim para a vida psíquica e submetendo-a ao mesmo tempo a ideais que se oporão ao movimento civilizatório. Por outro lado, essa crença, longe de ser a salvação que lhe foi atribuída pelo pensamento religioso, é um fardo que os pais depositam na criança, tendendo assim a reduzi-la a seu *Abkömmling*, seu herdeiro, seu duplo narcísico; essa carga inscreverá em cada etapa da cadeia geracional, repetitivamente, uma resistência tenaz às conquistas culturais. O narcisismo é o ponto mais espinhoso da teoria analítica porque designa este umbigo donde brota a subjetividade, contra a morte e contra o progresso do espírito, ou seja, contra a vida.

É a essa conclusão, presente sob inúmeras versões no pensamento freudiano, que a descoberta da psicanálise deve o fato de ter abalado, no mundo atual, a representação do tempo, embora certamente não tenha sido esta sua preocupação manifesta: na

---

2. S. Freud, "Sobre o narcisismo: uma introdução" (1914), in Edição Standard brasileira das *Obras completas*, vol. XIV, Rio de Janeiro, Imago. (A citação acima foi traduzida a partir do texto francês.)

ontogênese e na filogênese a imortalidade seria primeira. Desse húmus teria saído um dia a categoria da temporalidade. Longe de ser uma lei do mundo, uma realidade transcendental que se impõe de fora ao sujeito, o sentimento do tempo aparece como uma aquisição tímida que comprometerá sempre apenas uma parte muito limitada do aparelho psíquico. É também uma aquisição secundária, que se desprende, de forma adicional, do reconhecimento da morte e da sexualidade de que o *infans* está sexualmente enfermo, portanto das feridas narcísicas que essas frustrações libidinais infligem ao ser humano, e das quais a ameaça de castração ou sua angústia são ao mesmo tempo o paradigma e o organizador.

Reconhecimento de uma realidade que não é a do mundo, no sentido como o entendem os filósofos, mas a de um mundo humano submerso na sexualidade infantil, nos ideais narcísicos adultos (que não passam de outra versão dessa mesma sexualidade infantil) e nos interditos que o sistema cultural tenta opor-lhes: um mundo do conflito. A temporalidade é inseparável, em psicanálise, da sexualidade infantil, de suas origens, de seu desenvolvimento e de sua transformação sob o efeito do recalcamento, esse processo central e singular que opera no entrecruzamento dos grandes eixos do real e os discerne: o ser e seu meio, o orgânico e o psíquico, o pulsional e o simbólico. Em análise, o tempo é um conceito fronteiriço; a percepção de que ele é objeto deve ter surgido num instante como teria surgido, pensava Freud, a consciência, como teria surgido também, da matéria inanimada, a vida. O tempo em análise é indissociável da sexualidade infantil e do recalcamento que a eleva à categoria de um real: ele seria aquilo mediante o que se separa e se ordena, por um lado, uma intemporalidade do desejo e, por outro, uma temporalidade do eu.

Esses pressupostos teóricos nos obrigam a amarrar a questão da temporalidade psíquica a moções mais fundamentais, mais originárias também, das quais essa temporalidade seria de certa forma o produto. O sentimento do tempo é uma produção psíquica como qualquer outra, como o é o *Selbstgefühl*, o sentimento de auto-estima, ou a consciência, mas como o é também a alucinação onírica ou o ritual obsessivo. É ele que constitui o tempo comum da experiência humana e a instala numa duração, entre um começo e um fim; ele inscreve a sucessão dos instantes numa continuidade, ou seja, numa articulação lógica, seja qual for a heterogeneidade de seus conteúdos e de sua significação. É um encadeamento, uma concatenação que cria as condições de um escoamento do sentido e dos afetos; oferece à percepção e ao prazer-desprazer as referências necessárias para a organização de uma cronologia – antes, depois, durante, em conseqüência de – que, transbordando com tanta facilidade do leito da temporalidade, vem contaminar o curso da racionalidade: em conseqüência de, portanto, por causa de. Não é só o fio do tempo que compõe a trama psíquica do pré-consciente; desemaranhar esse fio de seus outros elementos talvez seja tarefa do poeta ou do filósofo, não do psicanalista.

Essa temporalidade pré-consciente tão abundante, tão complexa, tão comovente também porque sem dúvida devemos a ela a beleza do mundo e da vida, temos de abandoná-la não sem pena e nos mantermos aquém dela, nesse nível do *archeos* em que as operações próprias da sexualidade infantil e do recalcamento são constitutivas de uma temporalidade primária: pois é nesse nível que o analista centra sua escuta no tratamento.

Como representar a atemporalidade do inconsciente? Trata-se de um "não-tempo" no sentido do *non-sense* inglês do qual Lewis Carroll desenhou uma figura faceciosa com a expressão de um "não-aniversário"[3]? Nessa perspectiva, o tempo seria sempre primeiro, sempre já existente; seria, pelo refluxo para o inconsciente, anulado, abolido. Essa hipótese, que não defenderemos, merece no entanto ser levantada; ela está implicitamente presente em certos conceitos que designam as formações do in-

---

3. L. Carroll, *As aventuras de Alice no país das maravilhas*.

consciente: traço mnêmico, memória inconsciente, amnésia infantil, esquecimento são portadores de imagens certamente fortes e eloqüentes, mas elas não consumam de forma alguma a ruptura que isola o sistema do inconsciente do pré-consciente; ao evocarem um tempo perdido, portanto possivelmente reencontrado, alimentam uma representação "passadista" do inconsciente. Desejo posicionar-me contra a concepção segundo a qual os conteúdos do inconsciente seriam oriundos de um *passado* infantil, de uma *história* de seus traumas, de um *tempo* a que o ato de recalcamento teria posto um fim, por dois motivos: primeiro porque isso suporia que temporalidades contraditórias estariam simultaneamente em operação no aparelho psíquico e que este disporia portanto, por essa referência comum ao tempo, de passagens naturais para uma transação positiva entre as partes em conflito. Ao reduzir deste modo o conflito psíquico a um conflito de temporalidades entre dois sistemas, essa concepção otimista acredita na sua reconciliação. Defendo, ao contrário, que a violência do recalcamento originário tal como se perpetua, intocada, na atualidade do conflito psíquico instala os diferentes sistemas numa incompatibilidade radical: a temporalidade psíquica manifesta essa incompatibilidade. A segunda razão decorre do fato de que representar os conteúdos do inconsciente como decorrentes de acontecimentos passados supõe também conceber esses acontecimentos como tendo sido vividos por um sujeito que por eles se definiria, inscrevendo-os como memória. Isso supõe portanto que se concebam esses acontecimentos como tendo sido objeto de uma experiência, no sentido que o alemão designa *Erlebnis*. Ora, embora uma homologia entre o inconsciente e o infantil se imponha, é porque a experiência infantil é efetivamente uma experiência autêntica, mas sem sujeito e portanto sem vivência. É o que designa *Erfahrung*. Essa intemporalidade do inconsciente não pode ser considerada um passado, pois nada do que aconteceu e de que o inconsciente traz a marca – auto-erotismo das zonas erógenas, excitação pulsional, trauma ligado ao meio – aconteceu com o eu, único ator de uma história e de uma temporalidade subjetiva. Ao contrário, o que aconteceu e que organizou um inconsciente, um isso, e que portanto não aconteceu com o eu, sempre aconteceu indefinidamente, repetitivamente.

A palavra traço, traço mnêmico, é portanto pouco apropriada para designar a coisa a que concerne. Pouco apropriada exceto se pensarmos que é na própria teoria que a palavra faz traço, que vem traçar uma corrente de pensamento indispensável para o método analítico, para sua escuta. Pois a coisa inconsciente assim designada é mais que o traço de uma experiência. Ela é a própria experiência que ali permanece *ad integrum* e, como que para toda a eternidade, ela conserva todas suas virtualidades dentre as quais a de sua revivescência, de sua repetição; apenas o fechamento que o eu lhe opõe priva-a de uma satisfação autêntica, restringe-a a uma realização alucinatória. O recalcamento garante uma duração infinita para a experiência infantil apenas escandida pela repetição tão insatisfatória do desejo, pela pseudo-realização da alucinação, pelo eterno retorno do mesmo, que Freud não hesitará em dramatizar denominando-o: o demoníaco.

Dois textos são verdadeiramente decisivos a esse respeito; resisto a citá-los de forma muito extensa porque em última instância a citação provém da repetição. Eles fundamentam a problemática analítica da temporalidade com tal força que nunca mais será possível retroceder. *Além do princípio de prazer* primeiro, especialmente o capítulo III, em que Freud liga a temporalidade do inconsciente à repetição, a repetição à experiência sexual infantil, a experiência sexual infantil ao traumático, ao desprazer, até mesmo ao trágico, e por fim esse desprazer ao que é o núcleo da experiência do tratamento, a transferência.

> Eis que, na transferência, os neuróticos repetem e reanimam com muita habilidade todas essas circunstâncias indesejadas e todas essas situações afetivas dolorosas [a perda de amor, o fracasso, o desdém]. Eles aspiram a interromper o tratamento ainda incompleto, sabem como proporcionar-se de novo a impressão de serem

desdenhados, forçam o médico a dirigir-lhes palavras duras e tratá-los com frieza, encontram para seus ciúmes os objetos apropriados [...]. Estamos naturalmente diante da ação de pulsões que normalmente deveriam levar à satisfação; mas nenhuma lição foi tirada do fato de que mesmo outrora elas só provocaram desprazer em vez da satisfação esperada. Essa ação das pulsões é repetida apesar disso; uma compulsão constrange a isso.[4]

A atemporalidade do inconsciente não é essa eternidade tórpida, fria e monótona que Homero atribuía ao reino dos mortos e à qual a poesia alude com tanta freqüência e de forma tão estranha com a potente embora banal palavra mallarmeana "tédio". Sua propriedade é a repetição, sem abertura, sem desdobramento, sem esperança, a repetição inexorável do mesmo. Esse "mesmo" a qualifica de forma absoluta, supera em força e em valor o que seria seu conteúdo. "Isso" aconteceu, com efeito, pouco importa o quê; apenas se e quando o eu articular essa experiência à sua substância é que o conteúdo se desdobrará, ganhará sentido e valor. "Isso" aconteceu: uma excitação pura, eterna, da qual a humanidade, na Idade Média ocidental, construiu uma metáfora justa e forte: o inferno.

Mal-estar na civilização é o outro texto que revela um pouco mais o fardo de eternidade de que o aparelho psíquico tem de libertar-se. Levanta a questão da conservação no psiquismo e recorre à necessidade, nos limites das capacidades cognitivas do entendimento humano, de representar o fato de que formações psíquicas que, na evolução, se sucedem e se substituem umas às outras continuariam no entanto a coexistir de modo imutável, justapostas. Para desmontar o absurdo e fazer aparecer sua figura no discurso racional, Freud precisa recorrer a uma fantasia; observemos, a propósito, que a fantasia é a retórica do discurso quando ele diz o inconsciente, sua língua estrangeira.

---

4. S. Freud, *Além do princípio de prazer*, op. cit. (A citação acima foi traduzida a partir do texto francês.)

Na vida psíquica, nada do que uma vez se formou pode se perder, nada desaparece, tudo se conserva de alguma maneira e pode reaparecer em circunstâncias favoráveis, por exemplo, em virtude de uma regressão suficiente [...]. Tomemos como exemplo aproximado o desenvolvimento da Cidade Eterna. Os historiadores nos ensinam que a Roma mais antiga foi a *Roma Quadrata*, uma colônia cercada sobre o Palatino. Seguiu-se a fase dos *Septimontium*, reunião dos povoados das diversas colinas; depois veio a cidade circunscrita pelo muro de Servius Tullius, e mais tarde ainda, após todas as transformações do período republicano e dos primeiros tempos do Império, a cidade que o imperador Aureliano cercou com suas muralhas [...]. Imaginemos agora que ela não seja morada de seres humanos, mas um ser psíquico com um passado tão rico e extenso, em que nada do que uma vez se produziu teria se perdido, e em que todas as fases recentes de seu desenvolvimento subsistissem ainda ao lado das antigas. No que concerne a Roma, isso significaria que sobre o Palatino, os palácios imperiais e o *Septizonium* de Sétimo Severo ainda se elevariam na sua altura original, que o castelo de Santo Ângelo ainda apresentaria em suas ameias as belas estátuas que o adornavam antes da invasão dos godos etc. Mais do que isso: no local onde se encontra o Palazzo Caffarelli, mais uma vez se ergueria, sem que para tanto esse edifício tivesse de ser demolido, o templo de Júpiter Capitolino, e não apenas na sua forma definitiva, aquela que os romanos do Império contemplaram, mas também na sua forma etrusca primitiva ornamentada de antefixas de terracota [...]. E talvez o observador tivesse apenas de mudar a direção de seu olhar ou a sua posição para obter uma ou outra dessas visões.[5]

Todo acontecimento, depois de ter atravessado o espaço desse ser em devir que é o *infans*, seria susceptível de se atualizar indefinidamente. A atualização poderia ser, com a repetição, o que melhor figurasse a atemporalidade do inconsciente. A experiên-

---

5. S. Freud, *Mal-estar na civilização* (1930), in Edição Standard brasileira das *Obras completas*, vol. XXI, Rio de Janeiro, Imago. (A citação acima foi traduzida a partir do texto francês.)

cia, ou bem se cala, "*schweigt*" diz Freud a esse propósito, enterra-se, ou manifesta-se em presença; mas entre a presença e o presente existe toda a distância entre a densidade existencial do ato e o desaprumo da representação. Recordemos a esse respeito a palavra inglesa *actual* que perdeu, em suas acepções, toda referência à temporalidade, ao presente, indicando apenas o opaco real ao qual o ato reduz seus efeitos. O desejo na sua compulsão ao ato, à repetição do ato originário, realiza-se de modo selvagem, aqui e agora, no seu lugar originário, com total desconhecimento do que ali se desenvolveu, como o espectro que retorna ao local de seus tormentos, como Freud que, durante sua viagem a Roma, na sua paixão pela arqueologia, sem dúvida via realmente "no local onde se encontra o Palazzo Caffarelli o templo de Júpiter Capitolino, também na sua forma etrusca primitiva ornamentada de antefixas de terracota".

O conceito de "representação-coisa" é também muito pouco preciso quanto ao conteúdo do que designa; mas figura melhor do que "traço mnêmico" esses restos das experiências sexuais infantis, suprimidas e ao mesmo tempo conservadas, que constituem a matéria do inconsciente. Pois se fazem traço, e com certeza o fazem, é apenas indiretamente e apenas nos pontos em que o sistema do eu as reconhece e as rejeita. Na defesa do eu, nesses custosos contra-investimentos que a organização sistêmica opõe à pressão do recalcado e das pulsões do isso, encontra-se com efeito o traço, o signo que da coisa ameaça irromper. No *lapsus linguae*, por exemplo, uma palavra é alterada ou sucumbe sob o efeito de uma força misteriosa; essa alteração é repetitiva, mas quanto à sua produção ela é pontual, instantânea; na alteração do eu e de seu discurso consiste todo o traço da coisa. A coisa faz primeiro signo; depois, quando o eu se familiarizou com sua estranheza, o suficiente para articulá-lo à sua estrutura, quando a representação revelou seu conteúdo, então torna-se traço, inscrição, remodela o discurso, sua retórica, sua prosódia ou seu vocabulário. No amargo *Mal-estar na civilização*, o surgimento, estilisticamente inopinado, de uma fantasia inscreve no discurso teórico a figura da coisa inconsciente.

No entanto, existem fortes razões para não abandonar o conceito de traço mnêmico. Elas consistem no seu poder de representação, na sua capacidade de figurar para o pensamento o que lhe é, em si, subtraído, o inconsciente, sua estrutura e sua gênese. Consistem na sua carga figural, como diz Jean-François Lyotard. O traço mnêmico é uma representação que antecipa o reconhecimento da coisa que ele designa e que não possui meios próprios de figuração. É da própria natureza do inconsciente introduzir assim uma defasagem entre o momento da experiência, do surgimento dos dados da observação, e o momento em que o entendimento humano adquire os meios para percebê-los e reconhecê-los. O processo da representação seria sua etapa intermediária. A resistência à psicanálise não é só afetiva, é também uma resistência intelectual: o pensamento racional apenas pode opor-se à teorização da realidade inconsciente pois seu advento deve-se à repressão desta realidade. Pensamento racional e realidade inconsciente são antinômicos: a instituição de um equivale à dissolução da outra. Por isso o discurso precisa do entendimento para ultrapassar esse obstáculo, precisa fazer necessariamente uso da representação e dos artifícios retóricos que ela convoca: o recurso à metáfora, o emprego da especulação e da fantasia, o desvio gramatical que dá origem aos conceitos de inconsciente, de atemporalidade, de eu, de isso. Não é porque a língua, forjada por esses procedimentos, tornou-se totalmente familiar para os analistas que o que ela designa perdeu estranheza. Não existe melhor disfarce da estranheza do inconsciente que a familiaridade da língua.

As formações de desejo do inconsciente, as pulsões do isso, os conteúdos negativos do supereu, todas essas moções psíquicas inacessíveis à observação direta, portanto sempre inferidas, estão antes representadas na teoria do que teorizadas. A metapsicologia é seu traço. O *corpus* teórico que Freud nos legou é uma suma científica, mas é também um aparelho que nos serve, no tratamento, de andaimaria para as construções que sustentam a escuta analítica dos analisandos. Pois o uso que fazemos da metapsicologia é prático antes de ser teórico. Por isso a metapsicologia se inscreve fora do tempo, por isso tem algo de imutável, de atemporal, e a menor modificação nela introduzida transforma, de um só golpe, o alcance e o sentido do ato que ela fundamenta. É essa característica que justifica, por parte de Freud, o apelido de "feiticeira" que não deixa de evocar o "demoníaco" que qualifica a compulsão à repetição.

A representação opera por homologia: as figuras do sistema inconsciente se desenham entre as figuras do discurso, sem inicialmente modificar sua estrutura; elas assinalam sua presença suscitando a repulsa ou a angústia, e dessa forma tornam-se objeto de uma eventual percepção. No estado de representação, a coisa inconsciente espreita a teoria, um pouco como o espectro da prostituta habita o eu do agorafóbico. Por isso a representação é, desde que tomemos essa palavra ao pé da letra, uma transfiguração. Ela aparece graças ao suporte discursivo que lhe é oferecido pelo sistema de empréstimo que ela transforma a partir da idéia do representado, ela conserva as propriedades deste último, entre outras sua atemporalidade nativa. Encontramos o modelo dessa transfiguração no sonho: "Você me pergunta quem pode ser essa pessoa no sonho. Minha mãe, não é", e também na formação delirante: essa mãe, no momento de se separar de seus três filhos que partem de férias, tira das gaiolas do laboratório em que trabalha três ratos e, diz ela, "adota-os". "É claro que são meus filhos", responde ela à interpretação que dei desse acontecimento.

A metapsicologia representa as formações do inconsciente por meio de teorias que o analista deve manter firmemente como metáforas. Ninguém lê *Além do princípio de prazer* sem sentir um real desprazer; ninguém lê a *Interpretação dos sonhos* sem sonhar de forma abundante; ninguém lê *O inconsciente* sem ter de lutar contra uma forte tendência ao esquecimento, ou seja, ao recalcamento. Apenas textos clínicos como as *Cinco lições de psicanálise* poupam o leitor da violência inerente à homologia da coisa inconsciente e da representação teórica, porque essa violência pode ser descarregada e se esgotar no relato clínico e nas construções e interpretações às quais dá lugar.

Existe portanto um nível do texto metapsicológico que representa a coisa inconsciente – como ocorre no sonho – com o qual os analistas mantêm uma relação subjetiva e passional, ora de rejeição, ora de integração. Num outro nível, a metapsicologia decerto opera de maneira realmente conceptual, abrindo para os analistas a possibilidade do debate científico. Essa heterogeneidade do texto é preciosa: permite que dois sistemas, constituídos de forma que nunca se encontrem (como o urso branco e a baleia), se exprimam de uma mesma voz, entrem em conflito, escapando assim um à repetição e o outro ao seu esplêndido isolamento.

A construção por parte de Freud do edifício metapsicológico foi uma fundação em muitos sentidos: abriu para a humanidade a possibilidade de um desdobramento subjetivo e portanto temporal do inconsciente, o que cada tratamento reproduz com cada analisando. Ela continua sendo, no desenvolvimento contínuo do movimento analítico, a etapa para a qual Freud conduz cada analista, através do jogo complexo da transmissão da psicanálise, oferecendo-lhe, desde o primeiro encontro com um analisando, desde o primeiro minuto de cada sessão, as representações necessárias para inferir, nas produções manifestas do discurso ou do sonho, a presença obscura do desejo ou da pulsão.

Essa bagagem metapsicológica que cada analista transporta consigo e que sintoniza imediatamente sua escuta no nível do psiquismo em que opera o recalcamento é sem dúvida o motor da contratransferência. Outros fatores decerto contribuem para agudizá-la ou aplacá-la. Mas com sua adesão metapsicológica à doutrina freudiana, o analista abre a possibilidade para a transferência e para sua dissolução. Esse fator, por originar-se apenas da transmissão pela teoria, transcende o indivíduo, sua história e sua subjetividade. Nesse ponto onde a teoria se encarna literalmente na práxis, nesse plano da doutrina, não há nada a fazer, permanecemos amarrados à atemporalidade de certo pensamento freudiano apenas cadenciado pelos desenlaces do ato analítico – começo e fim dos tratamentos, começo e fim das sessões –, e pela morte dos analistas; o que ela impõe enquanto transmissão só se cadencia, como a permanência do morgado, de geração em geração, pela morte do primogênito da família e sua transmissão a um outro titular.

O traço mnêmico, a tensão de que é portador, sua tendência à satisfação imediata, portanto à descarga de sua excitação, impunha a Freud a construção de um modelo de um aparelho psíquico orientado para as necessidades desse escoamento energético. Esse modelo, em seu tempo, lançou uma intensa luz sobre o sentido do sintoma histérico e autorizou a interpretação do sonho. Ele é contemporâneo do nascimento da psicanálise. Mas é pouco conforme à complexidade da experiência humana: destinado a explicar a tendência do aparelho psíquico a reduzir ao mais perto do grau zero o desenvolvimento de excitação, não explica a temporalidade, exceto a da imediatez; não explica a vida, exceto a do prazer; não explica a consciência. Ele é a épura da tendência ao prazer, do *Lust*; indica a consubstancialidade da sexualidade infantil e da excitação na origem do funcionamento psíquico primitivo. Mesmo em seus desenvolvimentos mais avançados, Psique continuará na sua dependência.

A esse modelo originário, Freud oporá mais tarde o modelo do princípio de realidade com o qual representa a maneira como o indivíduo integra as exigências da vida e da morte a que o submete sua natureza, a frustração, sempre libidinal, as múltiplas prescrições exigidas pela adaptação, pelo crescimento e pela integração à civilização. Esse modelo do eu-realidade, do *Realität-Ich*, nos é imediatamente familiar, o pensamento encontra-se no mesmo nível; é seu produto. O modelo originário do eu-prazer, do *Lust-Ich*, por furtar-se a cada uma das categorias com as quais percebemos e concebemos o mundo, nos lança na ofensa e na dor, como algo de essencialmente estranho; é a esse preço que ele é operante no tratamento, e não é desejável que a teoria "de palavras aladas" venha rápido demais vesti-lo de luz.

Pois seu alcance, no plano metodológico, é capital: diante da conversão neurótica à qual a transferência submete as produções psíquicas do analisando, é esse modelo do *Lust-Ich* que nos permite construir, portanto entender, o movimento de regressão operado pelo aparelho; ele nos permite entender o retorno de seu funcionamento para esse estágio acessível teoricamente apenas à construção, em que, na substituição de uma palavra por outra, exprime-se um desejo inconsciente, no esquecimento de vir a uma sessão se manifesta uma compulsão à repetição, e num silêncio súbito obra a excitação pulsional. A presença, no cerne de nossa escuta, do pensamento metapsicológico faz de nós *Seher*, visionários; a fantasia romana do *Mal-estar* tem para nós um sentido imediato, porque metaforiza o funcionamento psíquico do analista que, como Freud, vê "não apenas o Panteão atual, tal como legado por Adriano, mas também no mesmo solo o monumento primitivo de Agripa". O modelo de aparelho psíquico que Freud nos legou opera como aquilo que aparelha nossa escuta analítica. Isso evoca aquela nota de *Nota sobre o "Bloco mágico"*: "Todos os aparelhos auxiliares inventados para melhorar ou reforçar nossas funções sensoriais estão construídos como o próprio órgão sensorial ou partes deste."[6]

Ao se converter em construções da escuta analítica, a metapsicologia torna o ato analítico homólogo à experiência psíquica originária. A edificação da doutrina analítica e a invenção do método analítico são contemporâneas; são indissociáveis uma da outra. A cada começo de sessão, com uma fulgurância que nem sempre controlamos e em relação à qual esperamos, com o tempo, dispor de uma eficiência cada vez maior, o discurso do paciente se volta sobre si mesmo; como um rio cujas águas correm para a nascente, sua fala é como que aspirada para as formações de desejo, as exigências pulsionais oriundas do inconsciente; a

---

6. S. Freud, *Nota sobre o "Bloco mágico"* (1925), in Edição Standard brasileira das *Obras completas*, vol. XIX, Rio de Janeiro, Imago. (A citação acima foi traduzida a partir do texto francês.)

transferência possibilitou sua atualização por uma certa experiência emocional – angústia, medo, sentimento de estranheza – mas também pelos *acting*, ou ainda pelas silenciosas e oníricas imagens de uma fantasia erótica.

Mas já se foi o tempo em que o analista, partindo desses indícios, contentava-se em reconstruir as circunstâncias precisas das experiências reais e fantasísticas das quais eles eram o traço, comunicava-as ao paciente e esperava deste a confirmação e aceitação consciente. A situação analítica se instala com o *incipiens* da sessão apenas graças ao legado metapsicológico que, depois de Freud, transmitimos uns aos outros de geração em geração. Mas ainda resta ao analista a considerável tarefa de deduzir as leis que regulam a confluência e a difluência dos dois princípios – de prazer e de realidade –, entre os quais o aparelho psíquico estende seu espaço; cabe-lhe, mediante o trabalho do tratamento, modificar artificialmente a relação entre eles. Digo artificialmente no sentido de manejo da transferência e arte da interpretação.

A metapsicologia freudiana, com sua homologia à coisa inconsciente, com sua imutabilidade, garante a estabilidade da prática, a permanência da teoria e a coerência da comunidade analítica. Mas essa imutabilidade não constitui a história na qual o movimento analítico entrou quando os analistas passaram a se preocupar com a eficácia do tratamento, seus progressos e seus fracassos. A análise historizou-se quando a questão da analisabilidade se impôs a ela, na sua gravidade, na sua urgência, paralelamente à questão mais abstrata, mais elevada e mais apaixonante do analítico em geral. Bem que gostaríamos de pôr nomes nessa história, sendo Freud o primeiro pois sua obra dista de ser redutível à sua metapsicologia. Lembremos a preocupação de Freud, em *Análise terminável e interminável* ou em *Construções em análise*, com o trabalho do tratamento, seus obstáculos, suas esperanças e com o reconhecimento das leis de seu funcionamento. Gostaríamos de citar Ferenczi. Mas de que serve citar se é toda a comunidade analítica que trabalha nesse projeto, alguns à luz da literatura, outros apenas à sombra da prática do tratamento e da supervisão.

Contraponho o analítico ao analisável. O *analítico* refere-se a tudo o que a teoria tem o direito de interpretar com base nas grandes formações psíquicas inconscientes cuja universalidade ela pode garantir: o Édipo, o desejo de assassinato do pai, a ameaça de castração etc. Essa interpretação (essa hermenêutica) abarca legitimamente a maior parte das ciências humanas, os mitos, a massa, as produções literárias ou poéticas, mas também – embora nesse caso a fronteira entre ambos os campos se torne subitamente mais tênue – a observação clínica comum, psicológica ou psiquiátrica, até mesmo a auto-observação cujo modelo continua sendo as *Memórias de um neuropata*, do presidente Schreber. Nessa forma de atividade teórica, a questão de uma cotemporalidade do acontecimento e de sua interpretação não se coloca. Ela se emancipa do tempo bem como do encontro, emancipa-se da temporalidade singular da intersubjetividade para se submeter apenas à exigência e à universalidade da verdade científica. Com o *analisável*, aquilo que desejo discernir do analítico em geral é, na atualidade viva da experiência analítica, o conjunto dos processos que levam as formações do inconsciente a penetrar o sistema do eu, nele se misturar, eventualmente nele se inscrever e, mediante essa atualização, converter a repetição atemporal que é seu destino num tempo subjetivo, histórico. Aqui, a interpretação não consiste apenas na tarefa de buscar as significações inconscientes, mas tem a tarefa de modificar a estrutura do aparelho psíquico, de deslocar a linha de difluência que separa suas duas correntes de funcionamento, abrindo, para a repetição do desejo ou para a exigência pulsional, o caminho do presente. Essa tarefa requer a mobilização de certo número de movimentos psíquicos: por parte do analista, certa escuta apoiada em determinada construção; por parte do analisando, certa disposição, erótica no que tange à transferência, libidinal no que tange à curiosidade, sendo que a primeira emana do isso e a segunda do eu; como se, para que se produza o analisável, fosse necessário que um novo conflito animasse a relação entre as instâncias constitutivas do sujeito, que irrompesse uma dissensão que as oponha e cuja resolução exigisse uma análise e a busca de um analista.

Ou bem uma doença psíquica manifesta que a dissensão já existe, atualizada, e o paciente recorre à análise por intermédio do sintoma ou do pedido de ajuda, ou então essa dissensão se atualiza mediante as primeiras entrevistas; isso não faz diferença. O que governa a instalação de um tratamento depende de uma dinâmica conflituosa intersistêmica que, embora inclua a internalidade do ser, nem por isso é intra-subjetiva. O sofrimento, quando o conflito psíquico a ele conduz, não brota do interior do eu, mas de suas fronteiras: assim como ele levou o paciente às soluções neuróticas mais ou menos manifestas, mais ou menos larvadas que ele relatará ou não na sua demanda de análise, o sofrimento o leva, o constrange a pedir uma análise. A instalação de um tratamento é, no limite da série de condutas de que o sujeito humano dispõe para tratar de seu conflito psíquico, a forma última da *Wiederholungzwang*, da compulsão à repetição: "uma compulsão constrange a isso", para retomar a expressão de *Além do princípio de prazer*.

Procuramos avaliar essa dimensão do analisável nas primeiras entrevistas que concedemos àqueles que pedem uma análise. Por muito tempo prevaleceu na comunidade analítica a idéia de que a análise era uma terapêutica, o que é verdade embora a conclusão que disso se tirava não o seja: que essa terapêutica deveria ser objeto de uma indicação e que cabia apenas ao analista decidir se dava ou não seqüência a esse pedido. Com esse modelo médico, os próprios analistas resistiam à análise; mantinham a prática do tratamento numa problemática psicopatológica preexistente. Suprimiam a descoberta freudiana de um "aparelho da alma" definido por forças motoras: a sexualidade, uma substância essencialmente inconsciente, e o sintoma, um desenvolvimento difícil de discernir de seus avatares. Pois a instituição do psiquismo é apenas uma tentativa de resolução da tragédia na qual a filogênese e a ontogênese lançaram o homem: a prematuridade, o desamparo – a *Hilflosigkeit* –, o destino imposto à horda primitiva, a sedução originária. Tudo aquilo que, segundo Nietzsche, o erige em "animal doente".

O destino previsível de uma análise, ou seja, sua indicação, não depende de uma estrutura – neurótica, psicótica ou *borderline* – nem mesmo dos sistemas defensivos que a organizam – histeria, neurose obsessiva, paranóia etc. Depende do movimento psíquico despertado no encontro transferencial pela reabertura do conflito, e da aptidão das forças que nele estão em jogo para se deslocar para uma outra frente, para uma outra cena: a transferência. A análise é um ato que só se autoriza por si mesmo; furta-se a todas as razões mediante as quais o eu tenta apropriar-se dele: a doença psíquica, o desejo de cura, de tornar-se analista. Para além do eu que é seu portador, o ato analítico é uma decisão do ser inteiro que reúne, no seu empreendimento, todas suas instâncias, todas suas formas de temporalidade, todos seus modos de funcionamento. É um ato tão decisivo, em termos da ruptura que introduz na experiência subjetiva, que aquele que o tiver enfrentado será levado, através de outros, a reproduzi-lo, a representá-lo.

As entrevistas preliminares que governam a instalação de uma análise estão animadas, por parte do analista, pelo projeto de avaliar a força e a verdade do que denomino uma decisão de análise: composto pelas mais diversas moções cujas fontes são as mais heterogêneas e, no essencial, alheias ao livre-arbítrio, esse empreendimento depende mais do determinismo psíquico que da vontade, mas – a experiência analítica nos impõe essa humildade – a vontade é apenas uma forma de reconhecimento e de assunção pelo eu do determinismo de que é produto. Essa decisão condensa numa demanda conteúdos tão polimorfos que se torna difícil, nesse nível, constituir uma clínica pertinente: turbulência das moções inconscientes manifestando-se por meio dos sonhos, dos sintomas ou dos atos falhos, angústia do eu, esperança febril numa salvação, sentimento de ser esmagado pelo destino, dor depressiva. A especificidade dessa sintomatologia banal resume-se ao que o analista dela escuta, para além de seus fundamentos objetivos: essa sintomatologia pode reduzir-se por completo à dimensão da queixa, de seu endereçamento, numa pura demanda, tão insistente que ela nada revela de suas razões; o demandante nada mais quer senão "fazer" uma análise.

Como avaliar então esse analisável? Onde se encontra sua clínica? Ali onde o tratamento, com seu enquadro e seu método, passa a traçar o destino do conflito psíquico: o campo do discurso. Com efeito, no discurso que o futuro analisando preparou ou não, mas cujo controle de súbito lhe escapa, o analista tenta discernir os desvios da fala para representações parasitas ou suas interrupções inopinadas. Desses desvios, dessas interrupções, nem o analista nem o locutor têm a menor representação; no entanto ambos já sabem que eles são o traço de uma irrupção inconsciente. Ou, então, o analista percebe a substituição, não premeditada, de um tema fortemente investido pelo paciente e do qual precisamente desejava nos falar, por outro tema ao qual sua atenção atribuiria menos importância do que a fala que o enuncia. O primeiro nível de uma semiologia do analisável reside portanto na decomposição de uma pluralidade de fatores que em qualquer outra circunstância sem dúvida confundiríamos: a enunciação, seu sujeito, a atenção consciente, o enunciado, seu conteúdo. Essa semiologia é a dos traços dos acontecimentos psíquicos que se atualizam no desenvolvimento fonético, sintático, rítmico da fala. Acompanhamos esse desenvolvimento de uma entrevista para outra, quando, para fundamentar nossa convicção, sentimos a necessidade de "receber" o paciente: "Eu não sabia que o tio materno de quem lhe falei tanto a última vez era tão importante para mim!", me diz esse homem numa segunda entrevista. Mas, dessa vez, ele menciona seu nome e noto a semelhança da consonância desse nome com o meu. Então, e como que para desfazer a má impressão decorrente dessa primeira experiência, quer me falar, apesar de tudo, de seu pai. Mas nesse caminho, rapidamente sua fala vai se esvaindo...

Pois o segundo nível dessa semiologia do analisável poderia ser representado pela consideração de um fator econômico: o que avaliamos, numa mesma entrevista ou de uma entrevista para outra, é a força de que o paciente dispõe para suportar o estranho, o desprazeroso que acossa seu discurso, perturba com evocações não desejadas o curso límpido das representações-metas de seu discurso, ou o faz topar com o obstáculo do irrepresentável. Voltar ao tema do tio é para esse paciente pressentir que um deslocamento ali se operou, portanto que uma outra figura se esconde, figura excluída do discurso, estranha ao eu, mas que sua fala tenta, não sem coragem, "arrazoar". Voltar não apenas a esse tema, mas voltar para a segunda entrevista, para a própria situação que provocara esse desprazer, é ir contra as tendências do *Lust-Prinzip*, contra os interesses do *Lust-Ich*. Junto com essa compulsão à repetição que vem fazer traço no discurso logo que a fala permite que o conflito se transfira para ele, é preciso que sejam mobilizadas, por parte do eu, uma curiosidade, uma capacidade de suportar o desprazer. Essa capacidade é muito parecida com o que Freud designava como *Wahrheitsliebe*, o amor pela verdade que ele tanto admirava em certos poetas ou pensadores, Schnitzler, Romain Rolland, e pelo qual ele mesmo se sabia habitado já que acreditava dever a ele a descoberta da psicanálise.

Voltar. Às vezes toda a analisabilidade se reduz a esse gesto, a esse ato: a primeira entrevista foi pobre, decepcionante; o recalcamento esmagou com seu silêncio a obra tão delicada da fala. Mas o demandante retorna para a segunda entrevista. E contra todas nossas expectativas, ele decide empreender uma análise e vem para sua primeira sessão, e voltará para cada uma de suas sessões que comporão, *in fine*, sua análise. Esses atos por meio dos quais a análise se realiza são antes de mais nada sinal do processo que os sustenta e neles se atualiza. E é para o encadeamento e a decifração da série "ato analítico, atualização transferencial, advento da significação" que o processo analítico se orienta; é a essa seqüência que deve a temporalidade que lhe é própria: ser, entre a atemporalidade do inconsciente e a realidade do presente, o tempo da atualização.

No próximo exemplo clínico, um movimento psíquico altamente complexo e que se estende no tempo condensa-se num detalhe que o torna – o que é uma exceção – facilmente relatável. (Mas para dizer a verdade da experiência analítica, seria preciso relatar ao mesmo tempo o que o analista escutou do discurso de seu analisando e as construções que, simultaneamente, se formam nele e que ele também escuta. Pois a escuta analítica se situa, precisamente, na confluência dessas duas correntes discursivas.) Essa moça me pediu uma análise, sem realmente manifestar seus motivos. Foi apenas sua insistência que me decidiu: pensei que nela se condensava a arquitetura sofisticada de sua neurose e de sua história, como a tradição milenar da moral humana se resumiu, um dia, nas Tábuas da Lei. Apenas desenrolarei dessa análise o seguinte fio: ela participou de duas "Jornadas" em que meu nome figurava entre os palestrantes. Da primeira, quando nossos olhares devem ter se cruzado, ela nada me diz em suas sessões, absolutamente nada. Da segunda, em contrapartida, ela contou sua surpresa de ter me encontrado e a dificuldade de ligar minha pessoa ao nome que constava do programa. Muito tempo depois, enquanto eu a esperava, telefonou-me dizendo que seu carro quebrara. Mas ela me interpelou de uma maneira com a qual eu não estava acostumado: começou "Oi, Rolland!". Meio bobamente, senti-me um tanto melindrado com essa familiaridade. E depois, passado mais tempo ainda, após o relato de um sonho, voltou-lhe a lembrança de uma cena datada da escola maternal: mordera de modo selvagem um menininho de quem imediatamente recordou o nome, Roland; era uma lembrança humilhante por causa da crueldade que ela ali manifestara, por causa da reação da professora que, não contente em feri-la com palavras, seguindo a lei de talião, mordera-a por sua vez.

Sua insistência "muda" em empreender uma análise comigo devia-se então a esse significante que meu nome carregava? Na verdade, a sobredeterminação governa a demanda de análise, como governa o sintoma. Além das condições de sua revivescência, a situação analítica fornece ao conflito psíquico uma multidão de significantes novos, virgens de qualquer ligação; da mesma maneira como a vida diurna fornece ao trabalho do sonho os restos necessários para o disfarce da realização do desejo inconsciente, esses significantes trazem para o discurso pré-consciente, e de uma maneira imediatamente acessível, as representações de palavra que autorizam a reinscrição, na sua cadeia de pensamentos, de significantes recalcados (o "Roland" da lembrança infantil), ou a representação, por analogia, de moções pulsionais impossibilitadas por si mesmas de qualquer expressão consciente.

A nova relação de forças introduzida no conflito psíquico pela regressão transferencial, a renúncia pulsional necessariamente envolvida no empreendimento de uma análise sugerem a hipótese de que a *compulsão à repetição*, a que geralmente estão submetidos o desejo inconsciente ou a exigência pulsional, é substituída no tratamento por uma *compulsão à representação*, em que a primeira como que se desenvolve, elabora-se, satisfaz-se *in effigie*, sublima-se. A regressão transferencial e também as regras da análise – a abstinência à qual o analisando está submetido, a "recusação" a que se submete o analista – circunscrevem o conflito psíquico ao campo do discurso e, assim, ao do endereçamento ao analista; pois, embora a transferência seja efetivamente o motor do tratamento, é também sua cena exclusiva: toda a atividade psíquica do analisando nela se concentra momentaneamente, como se concentra, no trabalho do sonho, a atividade psíquica daquele que dorme.

Na neurose, o conflito psíquico tende a se dispersar; ele compromete, na bela indiferença, todas as instâncias do ser: o corpo na histeria, a relação com o *socius* na paranóia, o soma nas doenças ditas psicossomáticas. Dora, mediante a liberdade que lhe outorga sua neurose, pode, com sua tosse nervosa, exprimir seu amor de menininha por um pai cuja fortuna admira; ao mesmo tempo, a adulta que ela é e que "não deve ter uma idéia muito clara da realidade", exprime com essa tosse sua suspeita de que ele agora seja impotente. Será o tratamento, o discurso de Dora a

Freud, que fará surgir o conflito inerente à temporalidade contraditória das representações sexuais infantis e adultas, mediante a interpretação do significante comum *Vermögen*, fortuna, potência[7]. Em contraposição à neurose comum, a neurose de transferência recentra o conflito em seu sítio originário, no intrapsíquico, no intersistêmico do aparelho psíquico, cujo modelo lhe é exclusivo e não deveria ser transportado para fora dela a não ser com infinitas precauções.

A transformação da compulsão à repetição em compulsão à representação se produz na interface dos dois sistemas, o do eu representado por seu discurso, o do inconsciente representado por certa tendência ao desvio da fala. O segundo impõe ao primeiro sua lei, o primeiro opõe ao segundo a censura psíquica de que é o portador, a inércia de sua substância – pois um discurso individual sempre se inscreve apenas numa parte da língua virtualmente disponível –, mas também uma capacidade perceptiva que lhe é específica: "O papel das representações de palavra se torna agora perfeitamente claro. Por intermédio delas, os processos internos de pensamento são transformados em percepções. É como uma demonstração da proposição segundo a qual todo conhecimento provém da percepção externa. Por um sobreinvestimento do pensar, os pensamentos são efetivamente percebidos como vindo de fora e, por isso, são considerados verdadeiros."[8] É conhecido o clássico jogo de palavras, apenas perceptível na língua alemã, sobre o qual Freud fundamenta essa proposição: perceber e considerar verdadeiro [*wahrnehmen, für wahr gehalten*] têm uma construção semântica comum, parcialmente homofônica.

A sessão analítica inicia-se portanto nas condições que conhecemos: o analisando começa a falar. De que falará ele senão

---

7. Cf. *supra* "Qual leitura da fala?", p. 69.
8. S. Freud, *O ego e o id, op. cit.* (A citação acima foi traduzida a partir do texto francês.)

daquilo pelo que a pressão imediata da realidade o condena a passar: o sentimento, por exemplo, de que hoje o humor do analista não é o mesmo de sempre, ou um incidente de sua vida privada um pouco perturbador, o conteúdo manifesto de um sonho... Mas mais ou menos rápido – isso se produz inevitavelmente – os motivos imediatos desse discurso parecem se fissurar, outros motivos mais obscuros se imiscuem, fundamentam-no diferentemente. Como se o significante banal, trazido por esse discurso, remetesse não a um significado, como ocorre no uso comum da língua, mas a significados, alguns manifestos, outros latentes, perceptíveis apenas para a escuta analítica. "Quando estava subindo sua escada senti um vazio horroroso. Para que serve vir aqui?, pensei." Em seguida a analisanda permanece num longo silêncio. "Estou com tanta vergonha do que fiz: decidi de repente convidar meus sogros para o aniversário dos meus filhos; na verdade não fui eu quem os convidou, gritei furiosa para eles: se vocês querem, convidem-nos." Sabemos que geralmente ela foge deles, sobretudo do sogro. Ela continua em silêncio. "Esse aniversário cai na véspera do aniversário da morte de meu pai." Sinto que ela está com o coração apertado. Digo: "Foi pensando no seu pai, convidar seus sogros." Ela fala dele, do vazio que sua morte deixou nela. Digo: "Foi pensando na sua morte, o que você sentiu na escada ao chegar."

Limito-me a um fragmento superficial – e por isso facilmente comunicável – do andamento do processo analítico que leva a fala, desde a evocação de uma vivência em última instância comum (é freqüente que ela não tenha vontade de vir) e do relato de um incidente doméstico banal ao desvendamento, ao discernimento de acontecimentos psíquicos ainda inconscientes. Um processo que leva a fala a decifrar, para além da figura do analista "rejeitante", a do sogro "fobígeno", e, para além deste, a de um pai frustrante por sua própria morte. A partir daí, a escuta analítica ainda pode legitimamente apostar que essa figura paterna histórica não seja o final da cadeia significante, e que ela encobre outras versões mais angustiantes por estarem ligadas ao caráter selvagem da vida sexual infantil, que a fala também poderá, chegado o momento, decifrar por sua vez.

O que chamo de compulsão à representação é essa transformação operada sobre a formação inconsciente pelo discurso que, em seu desenvolvimento e nos limites de sua língua, inscreve-o provisoriamente na sua trama, e isso de uma maneira mais ou menos apropriada, portanto mais ou menos apropriante. Trata-se, na verdade, de uma representação por etapas: a uma primeira representação grosseiramente metafórica e literalmente atual (a figura do analista) sucede uma outra mais bem determinada metonimicamente e que provém de uma temporalidade mais imprecisa (aquela do sogro), depois uma terceira que provém historicamente de um tempo passado e fundamentado na verdade, embora ciumentamente circunscrita a uma imagem factual, a uma lembrança-encobridora. Para dar um exemplo, extraído de uma situação exterior ao tratamento, dessa progressão da percepção, pensemos na leitura de um texto antigo e obscuro, por exemplo um texto em francês arcaico: numa primeira leitura apenas obteríamos uma vaga idéia de seu conteúdo geral. Uma segunda leitura nos permitiria discernir as idéias centrais de seu desenvolvimento, e uma enésima leitura faria aparecer por fim o sentido preciso de todas as suas partes.

Pois esse trabalho de representação ao qual o processo analítico submete a fala do analisando é indissociável de uma decifração, de uma leitura, de uma percepção dos "processos internos de pensamento" infraverbais que compõem o conteúdo do inconsciente. A palavra do pré-consciente representa a coisa inconsciente desde que a tenha percebido e que seja capaz de nela inscrever a realidade em sua substância semântica própria, desde que, na verdade, o discurso, a partir do qual a palavra operou esse trabalho de representação, se veja substancialmente modificado, abrindo-se de outra maneira para sua língua.

Para designar essa função perceptiva da fala, proponho recorrer à sutileza semântica do alemão *Wahrnehmung*. A "função

Wahrnehmung" da fala realiza ao mesmo tempo duas operações: um ato lingüístico de nomeação, uma percepção sensorial da realidade endopsíquica. A língua seria o órgão dos sentidos para a realidade interna e, nesse sentido, disporia das mesmas propriedades que Freud atribuía à "camada cortical receptora de excitações" que, nos organismos muito evoluídos, "há muito tempo se internou nas profundezas do corpo. Mas partes dessa camada permaneceram na superfície, imediatamente sob o pára-excitações do conjunto do corpo. Referimo-nos aos órgãos dos sentidos: eles contêm, em essência, aparelhos destinados à recepção das ações estimuladoras específicas, mas também dispositivos especiais que aumentam a proteção contra as quantidades excessivas de excitação e que mantêm afastados tipos inadequados de excitação. Eles se caracterizam por apenas elaborarem quantidades mínimas da excitação externa, tomam apenas uma amostra do mundo exterior; poder-se-ia compará-los a antenas que fazem tentativas de aproximação em direção ao mundo exterior para a cada vez se retirarem"[9].

Proteção contra a excitação interna oriunda das fontes pulsionais ou do desejo inconsciente, vigilância em relação ao qualitativamente inadequado dessa excitação, trabalho elaborativo fragmentado de pequenas quantidades ao mesmo tempo, funcionamento descontínuo, rítmico, podem caracterizar o andamento da fala no tratamento: basta pensar na precipitação logorréica pára-excitante do obsessivo, ou no silêncio que equivaleria à retração dessa antena da atenção que é a livre associação. Essas qualidades definem as funções da fala, assim como caracterizam para Freud a "superfície" da vesícula viva.

A transferência, por requerer uma certa fala, permite entrever ou inferir certa sofisticação da estrutura dessa fala; ela seria o leitor do acontecimento psíquico endógeno, inconsciente; da mesma maneira, a transferência permite entrever certa sofisticação da es-

---

9. S. Freud, *Além do princípio de prazer*, op. cit. (A citação acima foi traduzida a partir do texto francês.)

trutura da língua: para além de sua função cultural, garante a função psicológica de membrana para a vesícula viva que é o eu. A língua e a fala se revelam substância mediante a transferência, a própria substância psíquica. Essa hipótese é compatível com a tradição freudiana da representação: no estado de representação de palavra, de *Wortvorstellung*, certa formação psíquica passa a integrar, graças à enunciação, o "discurso vivo" e a subjetividade, enquanto no estado de representação de coisa, de *Sachvorsellung*, a mesma formação psíquica é, pela negação, excluída do discurso. Enunciação e negação são o verso e o reverso da fala.

A fala no tratamento trabalha para a decifração dos conteúdos do inconsciente e, mediante essa decifração que opera por etapas, visa à sua representação. Mas ela trabalharia simultaneamente como pára-excitações das fantásticas energias de que esses conteúdos inconscientes estão carregados e como sua elaboração. Já que estamos abordando uma passagem particularmente perigosa de nosso percurso, devemos inicialmente justificar essas hipóteses e explicitar suas fontes: a experiência do tratamento nos obriga a admitir que a escuta analítica não se contenta em seguir o desenvolvimento lógico, temático, do discurso do analisando. Ela se torna operante quando segue, passo a passo, os movimentos de contra-investimento e de sobre-investimento por meio dos quais as representações de palavra reorganizam a ruptura infligida ao eu, sob o efeito da transferência, pela pressão do inconsciente. A escuta analítica encontra sua eficácia na sua homologia com o processo analítico em funcionamento no analisando, homologia que ocorre no momento em que consegue "reduzir" as palavras escutadas a representações sustentadas por moções psíquicas, no momento em que escuta essas representações como os procedimentos que o sistema pré-consciente-consciente opõe ao desejo e à exigência pulsional a fim de restabelecer incessantemente a unidade e a homeostase do eu.

Por outro lado, quando, em *Além do princípio de prazer*, Freud evoca a imagem da vesícula viva, "esse pequeno fragmento de substância viva mergulhado num mundo exterior carregado das mais fortes energias", ele metaforiza a posição do eu. Excluo o eu como instância psicológica cuja estabilidade depende também da orientação de seus interesses para a relação com a realidade. Penso no eu que a experiência analítica coloca em crise, submetendo-o, pela revivescência transferencial, ao retorno das moções pulsionais recalcadas, assediando-o por todos os lados. Esse recalcado, esse pulsional, é *seu* mundo exterior no tratamento: "Ele sucumbiria sob o golpe das excitações que dele provêm se não estivesse provido de um pára-excitações." A referência à experiência analítica está sempre presente nesse texto, tão especulativo por outro lado, mediante os sonhos traumáticos, a compulsão à repetição e a transferência; a experiência clínica mais comum também: o jogo da bobina, as neuroses de destino, a neurose de guerra. A metáfora da vesícula viva, embora anuncie o devaneio da dualidade pulsional de vida e de morte, é evocada por causa de uma preocupação teórica que deriva imediatamente da experiência:

> A consciência não é a única propriedade que especifica os processos desse sistema [Pré-consciente-Consciente]. Ao nos apoiarmos nas impressões extraídas de nossa experiência psicanalítica, admitimos que todos os processos de excitação que se produzem nos outros sistemas deixam neles traços duradouros que constituem a base da memória, ou seja, restos mnêmicos que nada têm a ver com o fato de tornar-se consciente [...] no sistema Cs, o processo de excitação se torna consciente mas não deixa atrás de si nenhum traço duradouro [...] O esquema que introduzi na parte especulativa da *Interpretação dos sonhos* aponta no mesmo sentido. Considerando-se o pouco que sabemos de outras fontes sobre a gênese da consciência, se atribuirá à seguinte proposição pelo menos o mérito de ser uma afirmação relativamente precisa: *a consciência aparece no lugar do traço mnêmico*.[10]

---

10. *Ibid.* (A citação acima foi traduzida a partir do texto francês.)

Essa reflexão sobre a posição da fala como instrumento da enunciação no tratamento, sobre a estrutura da língua como elemento constitutivo do psiquismo, concerne diretamente à questão do tornar-se consciente, da perlaboração, da interpretação e, de maneira geral, da capacidade mutativa da experiência analítica; ora, o modo de abordar a temporalidade na análise depende da forma de tratamento dessa questão e das soluções provisórias que possamos lhe dar atualmente.

Por sua sensibilidade perceptiva, a fala se põe à escuta do inconsciente cuja substância ela representa no sistema da língua. Essa função perceptiva procede da rememoração: a partir do significante que exprime a experiência atual, a fala decompõe os estratos históricos que a determinam e as figuras inatuais a ela justapostas "à maneira de uma fotografia de Galton" (o analista, o sogro, o pai, no exemplo precedente); também decompõe a grande variedade de vivências afetivas que nela se condensam instantaneamente (o desprazer do trabalho analítico, a fúria manifestada na cena doméstica, a dor melancólica em que jaz a relação amorosa com o pai). Mas essa função perceptiva não se confunde totalmente com a rememoração: ao articular a representações de palavra conteúdos ideativos e afetos polimorfos de proveniência variada, a fala os instala, ainda não no presente da sintaxe, mas na atualidade da experiência transferencial. Esta mistura embaralha o tempo todo as fronteiras comuns do funcionamento psíquico, fazendo com que convivam o alucinatório da fantasia e o articulado do discurso. Disso decorre seu caráter estranho, assustador, *unheimlich*. E será somente no fim dessa experiência durante a qual o eu consente na sua própria abolição – sabendo que o analista é o fiador dessa regressão –, portanto será apenas no final da sessão analítica que, tendo a membrana discursiva reconstituído sua continuidade, o eu ressurgirá, necessariamente renovado.

Em relação a esse conceito de memória escolhido por Freud para designar a tendência dos sistemas psíquicos (com exceção do pré-consciente-consciente) a conservar o traço duradouro das excitações, é preciso ressaltar uma ambigüidade importante: para o analista, a memória é um conceito puramente tópico que caracteriza a propriedade de um sistema. Não é de forma alguma o conceito temporal que o uso corrente da língua nos impõe. Para citar Freud mais uma vez, duas passagens muito próximas, de *Além do princípio de prazer*, nos convidam, com enorme intensidade, a separar memória e tempo e a inscrever a primeira exclusivamente na dimensão do espaço psíquico. Já citei o começo da primeira: "Assim, poderíamos dizer que no sistema Cs o processo de excitação se torna consciente mas não deixa atrás de si nenhum traço duradouro; todos os traços desse processo, traços em que se apóia a memória, se depositariam nos sistemas internos vizinhos quando a excitação neles se propaga."[11] Três páginas adiante, Freud torna-se ainda mais explícito quanto à independência absoluta da memória inconsciente em relação à categoria "kantiana" do tempo. Cito integralmente essa passagem, embora todos a tenham em mente, porque, a menos que se pense em conjunto a negatividade do tempo e o realismo do espaço no inconsciente, essa passagem é uma das mais obscuras e mais facilmente recalcáveis da reflexão que fundamenta esse texto: "Certos dados reunidos pela psicanálise nos permitem iniciar uma discussão a respeito da proposição de Kant segundo a qual o tempo e o espaço são formas necessárias de nosso pensar. A experiência nos ensinou que os processos psíquicos inconscientes são em si mesmos 'atemporais'. Isso significa em primeiro lugar que eles não estão ordenados temporalmente, que o tempo em nada os modifica e que a representação do tempo não lhes pode ser aplicada. Estes são caracteres negativos que só podemos conceber com clareza em comparação com os processos psíquicos conscientes." Logo em seguida ele acrescenta – mas para a compreensão dessa proposição, é fundamental destacar suas partes: "É antes do modo de trabalho do sistema Pc-Cs que nossa representação abstrata

---

11. *Ibid.* (A citação acima foi traduzida a partir do texto francês.)

do tempo parece derivar completamente: ela corresponderia a uma autopercepção desse modo de trabalho."[12]

Notemos que Freud se mostra aqui tão "categórico" quanto Kant a quem, "de passagem" como ele diz, se dirige: às categorias filosóficas do tempo e do espaço, ele opõe as categorias analíticas da memória (inconsciente) e da (percepção) consciência. Na medida em que, dessa forma, ele liberta o pensamento analítico de toda sujeição a um pensamento estrangeiro, especialmente ao supereu filosófico, essa firmeza é bem-vinda. Contudo, alguma vez nos emancipamos da temporalidade? "Esse tema mereceria um desenvolvimento mais aprofundado", nos diz ele no início dessa passagem: é um convite que talvez estejamos justamente aceitando nessa reflexão. Alguma vez nos emancipamos da temporalidade, tão presente no emprego comum do próprio conceito de memória?

Mergulhamos em certa confusão aqui. Por um lado, ela provém do fato de Freud, ao identificar de forma categórica demais o tempo à consciência, puxá-lo para o lado do escoamento do tempo mais subjetivo, do tempo vital, aquele, por exemplo, que faz a criança crescer e que sempre passa tão devagar, ou que faz o adulto envelhecer e que passa sempre tão rápido. Por outro lado, uma representação do tempo não pode ser aplicada aos processos inconscientes, mas tampouco lhes pode ser aplicada uma representação da morte, ou da negação, ou qualquer outra representação. Isso não quer dizer que uma temporalidade que lhe é própria não habite esse espaço, temporalidade tão diferente da experiência subjetiva do tempo quanto o são o movimento do relógio, a oscilação do pêndulo, o avançar dos ponteiros, em comparação com a medida do tempo do apaixonado à espera de um encontro marcado.

Conhecemos essa temporalidade do inconsciente na atualização, quando a excitação leva o traço mnêmico a se descarregar

---

12. *Ibid.* (A citação acima foi traduzida a partir do texto francês.)

sobre todas as cenas disponíveis: o sonho, o sintoma, a representação de palavra na experiência transferencial. A excitação anima a temporalidade do inconsciente; porque geralmente a descarga da atualização não esgota a energia de que a coisa inconsciente é portadora, essa temporalidade é tanto a da repetição inexorável quanto a da permanência, a do imutável, a da imortalidade. Uma constância, um ritmo. Mas – e é devido a essa particularidade que experimentamos tanta confusão ao pensar psicanaliticamente o tempo – essa temporalidade inconsciente se manifesta indiferentemente na diacronia, na sucessão repetitiva dos momentos presente, por exemplo, na psicose cíclica maníaco-depressiva ou no ritmo das sessões num tratamento, e numa topologia, na multiplicidade das camadas que constituem o espaço psíquico. Essa inscrição do tempo no espaço nos é esteticamente familiar: é ela que nos toca na repetição das arcadas de um deambulatório romano, ou na repetição do motivo musical ao longo de uma sinfonia.

Mas essa propriedade dos processos inconscientes de se desenrolarem numa realidade em que tempo e espaço se confundem, em que as essências dessas duas formas de pensar ainda não teriam se diferenciado, não tem apenas um interesse teórico. Essa propriedade nos permite compreender as leis que regem no tratamento o tornar-se consciente da coisa inconsciente, entre trabalho de fala livre-associativa do analisando e trabalho de escuta do analista. A irrupção das moções inconscientes no tecido pré-consciente produz as representações de palavra que garantem a decifração de seus conteúdos representativos, por aproximações sucessivas, "como antenas que fazem tentativas de aproximação em direção ao mundo exterior para a cada vez se retirarem", e contra-investem, elaboram seu afeto. São essas duas atividades, perfeitamente concomitantes, que tendo a especificar sob o nome de "função *Wahrnehmung*" da fala.

Mas, enquanto a significação precisa da coisa inconsciente não tiver sido claramente reconhecida e o caráter traumático do afeto não tiver sido resolvido, essas representações de palavra se mantêm instáveis, movediças, evoluem de uma sessão a outra, de um período a outro da análise, segundo uma linha que vai habitualmente do genérico ao específico. O fragmento de tratamento relatado há pouco e que conduziu à lembrança da mordida ilustra bastante bem esse fenômeno: o significante que meu nome porta tem função de representação de palavra para um significado inconsciente. Nessa qualidade, ele retorna periodicamente na duração da análise, em múltiplos empregos, mas que circunscrevem, representam, a cada vez um pouco mais de perto, esse significado, até o momento em que este surge por intermédio de seu significante recalcado, inscreve-se de forma duradoura na trama lingüística do eu e o estende – a representação de palavra foi substituída pelo nome da coisa; essa última operação é propriamente uma interpretação; é o resultado final de um longo processo cujas leis começam a se deixar entrever.

Estamos aí na temporalidade da repetição que, desde o inconsciente, imprime seu ritmo ao andamento da fala na sessão, como ela o imprime ao andamento geral do tratamento. A duração de um tratamento representa assim o tempo necessário para esgotar a compulsão à repetição via compulsão à representação à qual o analisando submete sua fala. No final do processo, este terá adquirido uma língua mais rica em sensibilidade para o mundo interno, em disposição para o amor à verdade, e até mesmo em riqueza de vocabulário. Aliás, é apenas por essas marcas lingüísticas, as únicas objetivamente observáveis, que um comitê de formação, examinando um candidato a analista, avalia o sucesso ou o fracasso de sua análise pessoal.

À repetição na diacronia, que transforma o movimento do tratamento numa incontestável história analítica, sempre singular, é preciso opor uma repetição no espaço da sessão. Ao diferenciar assim uma duração – e uma história – para o processo geral do tratamento, e um espaço para a sessão, que seria como que seu fragmento atemporal e a-histórico, talvez eu esteja sacrificando à facilidade do verbo a realidade complexa, inextricável da coisa analítica. Mentes mais lúcidas me dirão, como Hamlet a Horácio, que "há mais coisas sobre a terra e nos céus que em toda vossa filosofia"! Faço uma hipóstase provisória dessa representação da sessão como um espaço onde a continuidade do tratamento viria decompor-se em fragmentos destemporalizados, devido a certas considerações que agora exporei.

Em primeiro lugar uma intuição antiga que se resume numa expressão: as sessões não se sucedem, elas se repetem; essa intuição baseia-se em impressões clínicas pouco sistematizadas, subliminares, provenientes tanto da transferência como da contratransferência, e que exponho desordenadamente: o analista espera, numa certa hora, um certo analisando, e a pessoa que se apresenta não é aquela que ele estava esperando; como se, em certo nível do funcionamento psíquico, a sessão analítica pudesse ser separada da figura dos protagonistas que a constituem. A recíproca é verdadeira: acontece-me sentir que o analisando que vou buscar na sala de espera não me reconhece imediatamente, que esperava outra pessoa. Mais ainda: o analisando se pergunta se já não disse o que está dizendo, ou já não contou esse sonho antigo, ou já não relatou a lembrança que está evocando. Se por seu lado e no seu íntimo o analista possui os meios reais de lembrar com exatidão, o analisando não parece dispor de nenhuma referência apropriada para dissipar sua dúvida, como se, em certo nível de seu funcionamento psíquico, o acontecimento analítico se apagasse no final de cada sessão, assim como "no bloco mágico, a escrita desaparece cada vez que se rompe o contato estreito entre o papel que recebe o estímulo e o quadro de cera que conserva a impressão". E mais ainda: o analisando deitou no divã, o analista sentou na sua poltrona, no entanto, nem por isso a situação analítica está instalada; o analista ainda tem de encontrar os traços do que a situação atual renova; portanto sua escuta se recolhe em sua memória. Que foi que já aconteceu na sessão precedente com este analisando? Primeiro não lhe ocorre nada, depois, de repente, mais ou menos rapidamente, surge um detalhe ínfimo de uma sessão anterior, a lembrança de uma interpretação que o analista deu, o fragmento de um sonho que o analisando contou, e esse detalhe é suficiente para que a situação analítica se instale, para que a escuta encontre seu espaço. Como se, em certo nível de funcionamento psíquico do analista, a consideração da continuidade temporal só se encerrasse pela construção de certa cena. Essa cena transferencial aberta, reaberta a cada sessão, conjuntamente pelo discurso associativo e pela escuta analítica, é o espaço da sessão. Uma cena, repetição, representações. Renuncio, não sem alguma tristeza, à evocação teatral que repercute nessas palavras. Pois já abusei da metáfora.

A segunda consideração que me leva a pensar que as sessões se repetem mais do que se sucedem é a do próprio protocolo do tratamento. A análise é, em termos de duração, imprevisível: ela é sem fim porquanto o analisável é virtualmente infinito, tirando suas forças das próprias fontes da vida; apenas a morte do analisando ou do analista põe fim a ela. Mas, em certo momento, a realidade torna a prolongação do tratamento mais indesejável do que seria atraente, para o desejo inconsciente, sua continuação; a melhora que o analisando sente desmobiliza a luta contra o desprazer que o tratamento exige. Mas estas ainda são causas naturais: a análise bem-sucedida – desconsiderem-se as análises interrompidas por problemas técnicos e contratransferenciais que não se incluem em minha hipótese – sempre sucumbe ao seu sucesso e às obrigações materiais exigidas por seu protocolo.

Em contraposição a esse naturalismo, consideremos o artifício representado, por parte do analista, pelo ato de pôr fim à sessão, depois de transcorrido um tempo codificado, padronizado, sempre idêntico a si mesmo, e que vem se somar ao retorno imutável, demoníaco, exigido por ele, das sessões, nos mesmos dias, nas mesmas horas da semana! Por meio desse artifício, o analista se submete a uma lei que o transcende e que seria difícil de explicar, exceto pelo fato de que ela é um imperativo necessário para que um processo analítico se desenvolva. Sem dúvida ele é, em face do demoníaco convocado pela abertura do campo transferencial, a expressão mínima de uma *techné* que impõe, mais uma vez de forma ritual, à imortalidade dos processos inconscientes a finitude da medida humana, ao *Agieren* fantasístico a dominação do discurso, à fascinação alucinatória sua inversão em pensamento. Um gesto portanto que provém do artifício no sentido lato com que Philippe Lacoue-Labarthe define a palavra em *La poésie comme expérience*[13]: aquilo que decorre da cultura, da arte, aquilo que se opõe à natureza. Esse tema "mereceria um desenvolvimento mais aprofundado". Ao pôr um fim à sessão, o analista desce o pano que o traumatismo transferencial levantara, transforma essa sessão numa unidade, tanto de tempo como de lugar, numa entidade, num espaço dramático.

Quanto à terceira consideração, trata-se da forma de interpretação analítica que evoquei com o nome de interpretação analógica. Na extemporaneidade da sessão, a compulsão à repetição revela seus enredos, simultaneamente, em vários pontos do campo do discurso. Esse fenômeno torna-se perceptível à escuta analítica porque várias representações de palavra parecem relacionar-se com um mesmo conteúdo inconsciente. Isso se manifesta numa analogia, mais ou menos sumária, figural, homofônica, ou simplesmente metonímica. Se o analista, na sua escuta, capta essa analogia, se ele a devolve para o analisando, esse conteúdo inconsciente torna-se logo consciente; ele se separa da carga afetiva que o mantinha recalcado; articula-se definitivamente, como significante comum, na trama do discurso pré-consciente. O resultado disso é, propriamente falando, uma interpretação; chamo-a de analógica porque a analogia governou seu desenvolvimento.

Esse fenômeno é mais fácil de ilustrar clinicamente do que de teorizar. Eis um exemplo: esse homem começa a sessão evocando uma reminiscência de leitura de uma obra de Jean-Pierre Vernant, o helenista, em que se fala de um "efeito aquário"; o autor evoca a compulsão de destino à qual o meio de origem submete o ser humano. Logo em seguida o analisando abandona esse

---

13. Ph. Lacoue-Labarthe, *La poésie comme expérience*, Ed. Christian Bourgois, 1986.

tema. Vem-lhe agora a lembrança de uma fotografia que retrata toda a sua família, seus pais e seus vários irmãos e irmãs dispostos lado a lado por ordem de altura. Digo: "Seu efeito aquário, essa foto." Meu comentário o deixou estupefato; lembrou-se imediatamente do lugar exato onde a foto foi tirada: na frente da casa da família num terrapleno que circundava uma passagem coberta de cascalho. Era criança ainda e rodopiava freneticamente de bicicleta. Foi lá que vieram buscá-lo para participar de uma cerimônia fúnebre na sala. Ainda vê o contraste entre a luz do jardim e a escuridão do aposento. Nesse aposento geralmente havia um pequeno aquário com peixes vermelhos. Digo: "Foi pensando nesse aquário, o efeito aquário de Vernant." Meu comentário mais uma vez o surpreende; ocorre-lhe imediatamente outra lembrança: alguns anos depois, a família está reunida nesse mesmo aposento, jantando; de repente ele se levanta da mesa, mostra o tubo de plástico que contém a comida do peixe e diz como quem não quer nada: "Tem um cheiro estranho por aqui"; ao pronunciar essas palavras, sabe que o cheiro em que está pensando é o do esperma, que está confessando publicamente seu onanismo, como diria Freud. Eis algo que ele sempre soube, que pensava nunca vir a evocar; fala disso pela primeira vez. A vergonha experimentada naquele momento é integralmente revivida.

Entre o efeito aquário e a foto de família, a analogia é figural: é a representação do meio de origem. Entre o efeito aquário e o aquário de peixes vermelhos, a analogia é homofônica. A analogia opera no conflito psíquico diferentemente da representação de palavra: não trabalha em favor do contra-investimento da excitação e da representação indireta do significado inconsciente; trabalha, ao contrário, para desarmar a censura psíquica, difratando a repetição nos diferentes eixos do campo semântico que sustentam a cena transferencial. Com a analogia, o pulsátil da repetição converte-se numa crise polissêmica da língua.

O conflito psíquico se vê deslocado do intersistêmico, que é seu espaço de origem, para o pré-consciente exclusivamente; mas, na medida em que a censura psíquica pode ser considerada consubstancial à língua, por meio da analogia que levanta essa censura pode-se dizer que a fala trabalha contra a língua. Embora a distinção com aquilo que propus definir como função *Wahrnehmung* da fala seja ínfima – o processo psíquico continua sendo o de uma compulsão à representação –, seria interessante que essa atividade de fala que produz a analogia fosse separada da *função Wahrnehmung*. Eu a designaria como *função consciência* ou, para retomar de forma simétrica um conceito essencial da terminologia freudiana, como *função Witz*.

Pois a atividade de fala que leva o paciente à produção da analogia brinca *com as palavras*, da mesma maneira que a interpretação que arremata o processo por ela iniciado aposta *nas palavras*; além disso, o conteúdo do significado que ela faz surgir não tem relação com esse contexto manifesto, ele é totalmente imprevisível, não é antecipável. Por isso essa forma de interpretação analítica parece num primeiro momento pouco crível e poderia facilmente cair num vulgar "efeito lata de lixo" se sua prática não estivesse rigorosamente sustentada pela explicitação das leis que governam, por meio da tensão do aparelho psíquico provocada pela transferência, o retorno do recalcado.

Essa função *Witz* é a atividade mais sofisticada de que a língua é capaz; é por seu intermédio que ela transcende sua pertença psíquica e se faz senhor do espírito. Mas essa função *Witz* é também o último avatar da compulsão à repetição que assim manifesta e esgota seus efeitos na própria superfície do aparelho anímico; seu principal interesse, mais do que ser espirituoso e fornecer um prazer adicional, é garantir o destino de tornar-se consciente da coisa inconsciente, para o qual todo o protocolo do tratamento está orientado. Pois ela inscreve o significado inconsciente na trama semântica pré-consciente, deixando-lhe seu poder de evocação como lembrança, ao passo que condena sua carga afetiva a uma derradeira revivescência transferencial, para em seguida se diluir. Condena a imortal tendência do anacrônico a escoar no presente do tempo.

Freud tem razão: só existem duas temporalidades para o aparelho psíquico: o anacrônico da memória, o presente da percepção-consciência. Essas duas temporalidades só se opõem como tópica – o inconsciente, a consciência –, elas provavelmente só se articulam no pré-consciente; a língua é o senhor do presente, a morada do vivo.

Por muito tempo uma frase de *Além do princípio de prazer* me intrigou: eu detectava o brilho de sua verdade mas não entendia seu fundamento. "Em algum momento, por uma intervenção de forças que ainda nos são totalmente irrepresentáveis, as propriedades da vida foram suscitadas na matéria inanimada. Talvez tenha sido um processo que prefigurou aquele que, mais tarde, fez surgir a consciência numa certa camada da matéria viva."[14]

A consciência é a autopercepção pelo psiquismo da morte que a vida, com seu surgimento, introduziu no mundo orgânico. A consciência é essa parte ínfima do psiquismo envolvida no reconhecimento salutar e doloroso dessa realidade. A alma, no que tem de essencial, furta-se a esse reconhecimento e permanece na imortalidade, na crença que alicerça o pensamento religioso. Se a tarefa do pensamento científico, do qual o pensamento analítico é um dos mais audaciosos e mais modernos representantes, é ampliar a percepção do real contra o campo da crença, então sua tarefa continua sendo virtualmente infinita.

---

14. S. Freud, *Além do princípio de prazer*, op. cit. (A citação acima foi traduzida a partir do texto francês.)

A SESSÃO, UNIDADE DE TRABALHO PSÍQUICO

Faz-se imperioso evocar mais uma vez a questão do tempo em psicanálise, esse tempo tão intensamente escandido no protocolo do tratamento pela duração inexoravelmente constante das sessões nas mesmas horas, nos mesmos dias da semana, esse tempo com o qual a análise mede *in fine* sua eficiência, até mesmo sua legitimidade; pensemos nesse texto final e tão trágico da obra freudiana *Análise terminável e interminável*. O tempo, para a subjetividade, nada mais significa que a finitude da vida humana; ele extrai sua força metonímica da categoria da morte; esse tema também é instigante por sua própria melancolia, da qual a mente é obrigada a se subtrair pela negação – a bela negação com que J.-B. Pontalis soube intitular seu último livro: *Esse tempo que não passa*[1].

Temos de reconhecer, contudo, que nós, psicanalistas, partimos para essa exploração com os fundamentos de nossa ciência,

---

1. J.-B. Pontalis, *Ce temps qui ne passe pas*, Gallimard, Traces, Connaissance de l'Inconscient, 1997.

com a herança freudiana mas bastante desarmados, com apenas duas certezas: o inconsciente é *zeitlos*, ele desconhece a categoria do tempo; o eu só conhece o tempo a partir da autopercepção pelo sistema percepção-consciência de seu próprio funcionamento. Podemos nos limitar a isso? Devemos nos limitar a isso?

Zeitlos: a palavra é de uma precisão absoluta, "sem tempo"; ela possui o brilho intenso da franca negação. "Temporal" define originalmente o território sob jurisdição de um prelado, o poder jurídico ligado à sua competência religiosa e o poder político. A palavra inscreve em seu sentido o afastamento da estrita espiritualidade à qual um sacerdote deveria idealmente restringir-se. É uma dessas palavras primitivas que se abrem para sentidos opostos e em várias direções: a oposição temporalidade-espiritualidade, através da problemática do "poder", mas também oposição tempo-espaço. Todavia, a leve derivação semântica que lhe impõe seu deslocamento de uma língua a outra não é apenas um defeito: ela vai ao encontro da significação que Freud vinculava a essa noção de *zeitlos* de apenas ser a qualidade própria de um sistema, aquele do isso, em contraposição a outro sistema, o eu, que dispõe, além do tempo, de outra qualidade que lhe é própria, a consciência. A noção de tempo em psicanálise é completamente dependente da categoria superior, em todo caso mais metapsicológica, de espaço, de tópica. Por isso descartaremos definitivamente de nossa reflexão a questão da relação entre espaço e tempo com que se deliciam as controvérsias filosóficas. Ambas as categorias podem e devem ser confundidas: o *zeitlos* do isso, o tempo do sistema pré-consciente.

Seria lógico, portanto, que a categoria de tempo desaparecesse diante das categorias propriamente psicanalíticas de sistemas psíquicos, na medida em que essa relação ao tempo é apenas um atributo dentre outros desses sistemas, apenas um dos ingredientes das moedas correntes em cada um deles: a relação com a realidade, a relação com essa qualidade que é a consciência e, por fim e sobretudo, a natureza ou a forma do material representativo e de sua qualidade de afeto que os constituem reciprocamente.

Enquanto para o pensamento leigo a questão do tempo é legitimamente central, para o pensamento analítico é uma questão realmente de segunda ordem. Às vezes os pacientes nos perguntam no começo de suas análises: "Quanto tempo isso vai durar?" Olhamos para eles com espanto, consideramos sua pergunta ingênua, "Puxa, eles ainda se preocupam com isso, que bobagem!". É claro que temos fortes razões para diminuir o valor dessa categoria intelectual, temos fortes motivos para "destemporalizar" a categoria leiga do tempo.

A reflexão a seguir se apoiará naquela feita por Freud em *Além do princípio de prazer*. Freud, de forma incidental e como uma espécie de exceção, propõe uma teorização do tempo em termos analíticos, da maneira lapidar acima mencionada: *zeitlos* do isso, consciência do tempo como autopercepção pelo sistema percepção-consciência de seu próprio funcionamento. Esta formulação está dirigida, como vimos, nominalmente a Kant. Freud não costuma se referir aos filósofos; antes zomba deles por sua recusa a reconhecer a realidade do inconsciente e seu valor psíquico. Por que, com essa rápida teorização do tempo, ele instaura com um deles esse diálogo efêmero? A questão do tempo só se coloca para o analista desde o exterior de sua ciência: é com uma interpelação estrangeira e importuna que Freud consente, para dela desvencilhar-se ao mesmo tempo, donde o caráter incisivo e brutal de sua formulação.

O título desse texto, com sua ressonância orfêica, condensa significantes radicalmente opostos: por um lado o além, a ofensiva evocação da morte e seu infinito afastamento, por outro o prazer, a sedução hedonista da vida e sua urgência... Esse título ainda impressiona por sua elipse; terminada a leitura do texto, sente-se uma necessidade de completá-lo: além do princípio de prazer, vírgula, a compulsão à repetição, ponto. E surge também uma necessidade de se perguntar: por que esse conceito de compulsão à repetição, tão revolucionário para a teoria psicanalítica, e tão central, no próprio texto, está ausente do título? Habilmente introduzido no fim do terceiro capítulo, ele é, além disso, o eixo clínico-metapsicológico em torno do qual a reflexão freudiana vai dar uma guinada e transformar-se na vasta especulação sobre as pulsões de vida e de morte.

Até onde interpretar? Temos o direito de aplicar a inferência a que estamos obrigados no manejo do tratamento para identificar a coisa inconsciente ao discurso teórico que, desde a tópica que lhe é própria, também atravessa a experiência do tratamento, de uma maneira diferente da do discurso analisante, mas não sem homologia com ele? Pode-se interpretar a obra teórica como se interpreta um discurso analítico, no qual se sabe que a coisa inconsciente manifesta sua presença em seus disfarces e suas falhas? *Além do princípio de prazer*, ao introduzir a compulsão à repetição, vem abalar as representações da sexualidade infantil que a teoria analítica construíra até então. Ele radicaliza seu caráter estranho em relação ao eu e inconciliável em relação ao pensamento. Foi devido a esse avanço teórico, e como se fosse uma resistência, que a noção sucumbiu ao recalcamento no momento simbólico da "intitulação"?

Com exceção dos artigos dedicados à sexualidade feminina, Freud fornece nesse texto sua última versão da sexualidade infantil: versão emancipada dos modelos da biologia e das limitações da psicogênese que, nos *Três ensaios*, ainda o aprisionavam no que Maurice Merleau-Ponty denominava um adultocentrismo[2]. Ele nos apresenta nessa obra uma visão estritamente psicanalítica da sexualidade infantil, que também já não deve mais nada à tradição psiquiátrica e pediátrica: seu reconhecimento se impõe pelo tratamento, através da análise da experiência transferencial, de sua tendência à repetição e dos obstáculos que o eu encontra para sobrepujar esse dado ontológico. Desse fato experimental surgirá a nova especulação a respeito do isso e das pulsões, suas fontes. E, além do fato de a sexualidade infantil passar

---

2. M. Merleau-Ponty, "À la Sorbonne ", *Bulletin de Psychologie*, nº 236, 1964.

a ser problematizada mais exclusivamente na cena analítica, com esse texto o tratamento se erige em experiência, no sentido da experimentação: desde a experiência transferencial e seus fracassos, passa a ser possível explorar a natureza e as forças em ação nesse campo inconsciente. De método terapêutico, o tratamento transforma-se em método experimental que não teme mais ser comparado à experimentação biológica, como a de um Woodruff, por exemplo.

Outra propriedade notável da sexualidade infantil é, pela primeira vez, exposta: seu caráter trágico, traumático, doloroso. Com uma força poética indubitável, Freud retrata a infelicidade da criança, ferida em seu amor pelo desdém do adulto, aniquilada em sua curiosidade intelectual nascente pelo peso dos enigmas com que depara, impotente, por sua prematuridade, para dar um filho ao ser amado, o que perdurará no adulto de forma irremediável, como uma cicatriz indelével, um sentimento de inferioridade. Caráter trágico, infeliz da sexualidade infantil conforme à infelicidade e ao trágico das doenças psíquicas que ela, e só ela, engendra. Essa inscrição da sexualidade numa causalidade psíquica fornece à prática analítica seu alcance heurístico central; ela adquire com *Além do princípio de prazer* uma força de convicção que nenhuma de suas descrições anteriores produzia por serem psicogenéticas demais. A *doença*, mas também o *destino*, mas também a *reação terapêutica negativa*, mas também o *jogo*, mas também a *transferência* – "quando o paciente é obrigado a repetir o recalcado como experiência vivida no presente em vez de rememorá-lo como um fragmento do passado"[3] – estão, aí, inexoravelmente articulados a essa experiência infantil: a sexualidade do *infans* se reproduz em sua infelicidade e por sua infelicidade. Repetição, repetição de seu fracasso constituem o demoníaco da sexualidade infantil que Freud identificará ao demoníaco da pulsão, à sua destrutividade.

---

3. S. Freud, *Além do princípio de prazer*, op. cit. (A citação acima foi traduzida a partir do texto francês.)

Trata-se, portanto – e é sobretudo esse ponto que nos interessa aqui – de uma versão da sexualidade infantil que rompe violentamente com as lógicas temporais costumeiras que a teoria das fases conservava pelo menos parcialmente: a essa atividade sexual fóssil que a regressão transferencial descobre [*entdeckt*], como quando se ergue o véu sobre a estátua terminada, ou como a regressão do sono descobre a atividade onírica, a essa atividade que cada sessão descobre de novo como cada nova noite traz de volta o sonho, podem-se aplicar as categorias do tempo de que dispomos, nossas categorias do tempo? É a essa questão de Kant que Freud responde: "não". O fracasso da sexualidade infantil congela-a em seu estado e conserva-a indefinidamente como ameaça de destrutividade para o outro sistema psíquico. É nesse sentido que o sistema que a alberga é *zeitlos*: o tempo nada pode fazer contra sua permanência e sua repetição. De tal forma que, se apesar de tudo fosse necessário classificar essa temporalidade que não é uma temporalidade – e é preciso fazê-lo porque o pensamento só consegue apreender um objeto revestindo-o das categorias cognitivas que o instituem – dever-se-ia situar esse *zeitlos* não numa perspectiva histórica mas naquela da civilização, apesar de tudo radicalmente diferente. "A intelecção do período pré-edípico da menina causa uma surpresa semelhante àquela que, em outro campo, foi produzida pela descoberta da civilização minóico-micênica anterior à dos gregos"[4], diz Freud em outro texto.

Outra civilização, o isso, mas que, diferentemente da civilização minóico-micênica, nunca se extinguiria, tentaria impor incessantemente sua lei, bárbara por certo, e ocuparia o essencial do psíquico, enquanto o eu apenas abarca sua superfície, tentando com muito custo neutralizar sua potência. Como a questão do tempo torna-se de repente pequena – sem Kant, será que Freud a teria mencionado? –, como ela se apaga naturalmente diante do

---

4. S. Freud, *A sexualidade feminina* (1931), in Edição Standard brasileira das *Obras completas*, vol. XXI, Rio de Janeiro, Imago. (A citação acima foi traduzida a partir do texto francês.)

conjunto das leis do funcionamento que regem cada um desses dois sistemas e os instala, quer no radical desconhecimento um do outro, quer no mais violento conflito! Dessas duas possibilidades decorrem as conseqüências psicopatológicas e psicanalíticas mais graves.

Uma última razão nos leva a esse texto: ao dar à clínica mais ampla – da neurose traumática, da brincadeira das crianças, da transferência – um desenvolvimento metapsicológico que ultrapassa em grande medida a especulação do dualismo pulsional, Freud funda o procedimento que possibilitará a ampliação dos benefícios terapêuticos e dos progressos científicos da análise: ele esclarece as exigências que a passagem das representações de um sistema a outro e a reabsorção, sempre parcial e virtualmente infinita, das moções pulsionais próprias do isso pelo sistema pré-consciente impõem. Essa é uma das grandes lições de *Além do princípio de prazer*: o tratamento que mobiliza o isso por meio da experiência sexual infantil e o leva a se atualizar na cena da transferência também obriga o eu ao relato extemporâneo dessa experiência. O tratamento convoca esses dois sistemas a falarem numa mesma voz. Pois na interpenetração desses dois sistemas não se espera que o eu simplesmente imponha ao isso sua lei, mas que, como o cavaleiro que guia seu cavalo desde que ele se deixe guiar para onde queira, o eu só pode se apropriar de uma parte do isso se se submeter a ele parcialmente e inscrever algumas de suas leis em seu próprio sistema.

O tempo, melhor que outros parâmetros, permite essa demonstração. As representações sexuais fósseis inconscientes, que no isso tendem a repetir sua realização e seu fracasso pelo viés da atuação alucinatória, da descarga motora e da conversão somática, encontram no pré-consciente modos de se representar. Com esse trabalho representativo ao qual o eu as submete, elas encontram se não a realização esperada, pelo menos certo escoamento, e com certeza o meio de evitar o fracasso a que estavam destinadas. Mas a substituição operada mediante esse deslocamento transistêmico não se faz sem resto: o que continua eternamente comum à atuação da fantasia sexual no isso e ao trabalho representativo que a substitui no sistema pré-consciente é a *repetição* e sua *coerção* – "coerção" para ficar o mais perto possível do *Zwang* alemão – ou a *repetição* e sua *compulsão* – "compulsão" se, tomando certa liberdade na tradução, admitir-se que essa palavra, por sua proximidade fonética e etimológica com a de pulsão, indica melhor a estreita dependência da fantasia inconsciente em relação ao pulsional organizador do isso[5].

A repetição que, no sistema pré-consciente, obra no cerne do trabalho representativo, no cerne da atividade virtualmente infinita do pensamento, seria portanto a marca, dentro do próprio eu, do isso e de sua pulsão. Poder-se-ia dizer da repetição o que Freud, no belo texto que lhe dedica, diz da negação: que ela é, no eu, a marca do recalcamento, o equivalente do *made in Germany*. Esse tempo da repetição que manifesta assim seus efeitos no eu pela muito sutil e impensável coerção a pensar, coerção a repensar seus pensamentos, a reelaborar suas lembranças, a reconstruir incessantemente sua própria auto-representação, não seria aquela quinta estação que J.-B. Pontalis evoca? Tempo insólito que se soma, a despeito delas, às temporalidades costumeiras do eu, espreitando-as. E, ao inscrever no discurso pré-consciente, como a brisa marítima traz os perfumes de paragens distantes, a melancolia das representações inconscientes, não seria esse tempo também o que, segundo a bela expressão de André Green, desenluta a linguagem?

---

5. Na sua primeira tradução de *Além do princípio de prazer*, Jean Laplanche e J.-B. Pontalis optaram por "compulsão" para exprimir o *Zwang* da repetição. Tradução feliz e até espirituosa pois vem sublinhar semanticamente a guinada realizada pelo pensamento freudiano nesse texto. Pois será só depois de introduzir e ampliar muito o conceito de *Wiederholungzwang* que Freud fará a especulação tão inesperada sobre a dualidade pulsional de vida e de morte. [Na nova tradução francesa das *Obras completas* de Freud realizada pela equipe de Jean Laplanche, optou-se por "coerção", cf. *Traduire Freud*, Bourguignon et. al., Paris, PUF, 1989. – N. da T.]

O dispositivo do tratamento convoca essa repetição maciçamente, pode-se até dizer que ele a encarna: mesmas horas de sessões, mesmos dias da semana, mesma duração, mesma freqüência e, sublime testemunho da bela indiferença que a análise demonstra pelas categorias do tempo e do espaço, mesmo lugar! Desse tempo, tão estranho quando a mente, arrancada de seu formalismo, reencontra sua capacidade de espanto, somente o analista é responsável e fiador. Ele o impõe ao analisando em nome de uma exigência que o transcende individualmente e que, no seu íntimo, fica feliz de confiar às instituições: ela lhe retorna como norma tão inquestionável quanto a evidência da morte quando a humanidade confiava seu poder aos seus deuses.

Esse tempo é o que se denomina o enquadro, mas é também um pouco mais que isso. O que o analista faz de fato quando abre a sessão e depois a fecha, repetitivamente sessão após sessão? Serão estes dois gestos tão simétricos e tão naturalmente complementares quanto parecem? Abrir uma sessão é, como dizia Freud, "convocar os demônios", chamar a sexualidade infantil para que se atualize e se realize na cena transferencial, mas para submetê-la logo em seguida ao trabalho associativo que o analista também exige do paciente. Fechar a sessão seria interromper o fio do discurso associativo, o famoso "bem...". Seria interrompê-lo arbitrariamente, sem qualquer preocupação de adequação, sem mundanalidade. Seria impor-lhe uma finitude à qual terá de se referir depois para se significar, e que talvez seja apenas um longínquo eco da crença na necessidade interna da morte. O começo e o fim das sessões não têm as mesmas conseqüências: o primeiro abre para a reatualização transferencial do desejo, o segundo detém a repetição da representação. Uma sessão sem fim não seria uma sessão analítica.

Pois o começo e o fim da sessão instalam esta última numa unidade de tempo, de espaço e de endereçamento confundidos; talvez haja nisso uma analogia com a regra das três unidades que dá ao teatro clássico sua força dramática. E essa unidade é repetitiva; ela se inscreve num ritmo imutável, três vez por semana, ou duas, ou quatro, ou uma, e, todos sabemos, pela experiência mais imediata, que esse ritmo ordena por si só, e de uma maneira que nos supera absolutamente, a própria natureza do trabalho psíquico que ali se desenvolverá.

Definamos essa unidade de trabalho psíquico provisoriamente como o enfrentamento extemporâneo de certa experiência despertada pela regressão transferencial, composta de emoções informes, de revivescências alucinatórias, de moções de desejo infantil, ilegíveis tanto para o analisando como para o analista, e de um discurso que vem cobrir essa experiência – como se diz por exemplo que um jornalista "cobre" um acontecimento. Sob a cobertura do dispositivo geral do tratamento – presença do analista, de suas construções, de sua escuta, de sua aptidão interpretativa, permanência virtualmente ilimitada do enquadro geral da análise –, essa unidade de trabalho psíquico imporia um ritmo ao movimento de uma das engrenagens mais secretas e mais essenciais do tratamento: o investimento extemporâneo da experiência transferencial pelo discurso associativo.

Mas ver na unidade da sessão e em sua repetição a exigência de trabalho requerida pela "varredura de certa experiência por certo discurso", como a naveta do tecelão passa e repassa sobre as centenas de fios que dessa forma ela liga, entrecruza e tece, é problematizar a própria questão do sujeito. Pois isso supõe dissociar o discurso do eu que o produz e, veremos mais adiante, dissociar também a fala e seu discurso. Isso também supõe dissociar, no discurso, funções muito diferentes: dizer e comunicar por um lado, representar por outro. Essa função representativa é garantida pelo discurso interior, supostamente consubstancial à materialidade psíquica. É portanto proceder a uma decomposição da personalidade psíquica, para retomar o título – mas também o espírito – de uma das *Novas conferências* de Freud.

No entanto é verdade que a regressão transferencial realiza essa decomposição das instâncias psíquicas e que a escuta analítica a... visualiza. No mais íntimo de sua acuidade perceptiva, o analista torna-se visionário: transpõe para a dimensão do espaço psíquico, para uma problemática tópica, instancial, o que só se manifesta no desenvolvimento temporal de um discurso, em sua sintaxe: "Que é que acabei de dizer?", choca-se esse paciente com o que acabou de enunciar sem premeditação e como que a seu próprio despeito. Eu acabara de efetuar um aproximação entre um detalhe de seu sonho e um detalhe da lembrança de um acontecimento recente, de pouca importância aliás. Portanto, ele disse isso de supetão: "Claro que estou morto. Estou morto por ser meu pai que nasceu no mesmo dia da morte de seu próprio pai." Nessa enunciação, ainda que proferida a título de um "[eu]", o analisando não irá se reconhecer, e tampouco apropriar-se, naquele instante, da realidade de seu conteúdo; ao mesmo tempo, no entanto, o analista vê desenharem-se os contornos ainda desconhecidos de uma identificação primária, como desponta no horizonte do deserto a silhueta de uma caravana. Pois o investimento da representação inconsciente pelo discurso constitui uma primeira etapa do trabalho analítico; condiciona sua apropriação pelo eu num segundo tempo. Mas é na passagem da instância do discurso para a instância do eu que a representação depara, em seu deslocamento, com os maiores obstáculos.

A interpretação analítica é indispensável para ultrapassar essa fronteira entre instâncias: esse homem que começara sua análise pouco tempo antes, mas numa verdadeira paixão transferencial, conta nessa sessão o acidente automobilístico que sofreu, acidente incompreensível e que poderia ter sido fatal. E ele acrescenta – algo que em seu discurso é um detalhe tão insignificante que ele nem o escuta – que o acidente aconteceu na... estação Romain-Rolland! Chocou-me, de forma quase dolorosa, a identidade desse significante com meu nome próprio; não ousei comentá-lo por medo... de que isso fosse uma interpretação precoce ou selvagem demais: ela teria condensado com excessiva violência a paixão transferencial, a lembrança antiga da morte, também acidental, de seu pai e a dimensão de sacrifício suicida em jogo nesse acidente, todas estas representações que habitavam, naquele instante, minha construção silenciosa. Foi por causa dessa abstenção interpretativa que o trabalho analítico ficou mais paralisado e essa análise não teve tanto sucesso quanto poderia ter tido. Naquela época eu ainda atribuía demasiado poder à inteligibilidade da fala enquanto aquilo que diz a representação inconsciente, e não o suficiente à sua função econômica enquanto aquilo que autoriza tanto a sua simbolização como seu deslocamento na heterogeneidade das múltiplas instâncias psíquicas. Eu teria dito, como não deixaria de fazê-lo atualmente, submetendo-me totalmente ao determinismo da factualidade psíquica: "Foi pensando no meu nome, estação Romain-Rolland", eu teria reintroduzido no trabalho representativo esse significante que subsistiu à atuação transferencial; eu teria restituído ao trabalho da naveta esse fio do discurso, essa palavra momentaneamente deslocada na minha escuta.

A instância do eu não é a instância do discurso. A instância do discurso não é a instância do inconsciente. O tratamento, na unidade efêmera da sessão, garante extemporaneamente a decomposição dessas instâncias. Só-depois, terminada a sessão, irá se produzir a recomposição – a análise exige um trabalho, a *psicossíntese* que, segundo Freud, se faz sozinha – que não será absolutamente idêntica à composição precedente, mas infimamente mais recentrada, mais aglutinada. E, para retornar ao sujeito cujas divisões internas o tratamento desfaz, pode-se dizer por isso que ele fica invalidado? O sujeito é apenas essa composição de instâncias plurais e em conflito, mas ele é essa composição – como o eu que, para Freud, é apenas um aglomerado, um *Zusammenhangenden Ich*[6]. Além disso, de todo modo, a invenção do sujeito representou na evolução da humanidade uma invenção bela e benéfica demais para que possamos facilmente renunciar a ela.

Por mais difícil que seja a prática da análise, a teorização dessa prática é sempre mais difícil ainda. Ela nos conduz aos limites cognitivos do entendimento e da retórica exigida para sua difusão. Acima de tudo, a teorização de sua prática exige do ana-

---

6. Cf. *supra*, "Dissensão, conversão, interpretação", p. 111.

lista que volte posteriormente ao local dessa experiência transferencial que, como o paciente, ele tende a recalcar uma vez terminada a sessão. E a voltar a ela sem essa coerção ou essa sedução da contratransferência que o paciente requer dele. Ou sem a coerção institucional exigida do supervisionando. A resistência à coisa inconsciente está fortemente presente tanto no ato teórico como no movimento do tratamento.

O tratamento tem portanto o poder de dissociar o eu do discurso. Os acontecimentos analíticos quase imperceptíveis relatados acima manifestam isso em escala microscópica: o discurso do analisando abriu-se para a representação inconsciente do pai morto, ao passo que o "[eu]" resiste ainda a atribuir a essa mesma representação a qualidade da consciência, qualidade que é a expressão mais sofisticada do estado de sujeito. Escuto o discurso indissociado da língua que o porta e por meio da qual ele se figura, e indissociado da fala que o constrói enunciando-o. Esse discurso é uma instância psíquica não redutível à instância do eu, embora geralmente encoberta por esta última numa aglutinação superior. Freud nunca avançou até aí: é que ele nunca articulou explicitamente as duas correntes teóricas que o levaram, uma à edificação do eu em relação ao isso, a outra à diferenciação pré-consciente-inconsciente.

No entanto, certa leitura ou interpretação de *Além do princípio de prazer*, e especialmente do capítulo V, leva a indagar se Freud, ao desenvolver a imagem tão estranha e contudo tão intuitivamente convincente "de uma vesícula indiferenciada de substância excitante", "mergulhada num mundo exterior carregado das mais fortes excitações", não estaria representando o eu no tratamento: esse eu confrontado com a experiência da transferência, mediante a qual "os neuróticos repetem e fazem reviver com muita habilidade todas aquelas circunstâncias indesejadas e todas aquelas situações afetivas penosas". Isso é apenas uma interpretação mas que se baseia na constatação, feita por muitos autores, de que mesmo os textos de Freud mais metapsicológicos e mais afastados em termos manifestos da clínica imediata estão animados por uma preocupação de teorizar a experiência analítica e também de metaforizar algumas de suas problemáticas impossíveis de serem acessadas de forma direta.

A transposição dessa mitologia biológica "de um organismo vivo na forma mais simplificada que existe" para uma descrição do trabalho associativo do discurso, confrontado com a experiência transferencial, abre perspectivas. Ela permite formular esse enigma que se impõe violentamente à escuta analítica e deixa o analista sem palavras. Penso nas incessantes transformações que o discurso do analisando sofre: ora sua fala nos é, em termos analíticos, claramente compreensível, ora totalmente incompreensível. Disso decorre o fato corriqueiro de que ora o processo analítico é legível, ora absolutamente ilegível. Refiro-me com isso a uma experiência subjetiva bastante geral, desenvolvida na receptividade contratransferencial e registrada segundo uma semiologia que é mais sensível às operações do discurso do que a suas significações.

O que acontece quando um paciente obsessivo sofre por ficar preso à ruminação de algumas pobres representações colhidas na atualidade mais trivial, e das quais só se desprende raramente e sempre de uma maneira ínfima? Nesses casos é preciso toda a acuidade da escuta analítica e sua sensibilidade para os deslocamentos semânticos para que essa imperceptível transformação não passe despercebida. Estamos aqui literalmente na temporalidade inconsciente da repetição. E, no entanto, nada permite colocar em dúvida o apego desse paciente à análise, nem mesmo os benefícios que tira dela e que, aliás, por muito tempo só ele conhece.

O mesmo acontece com certos pacientes silenciosos – dever-se-ia dizer mudos – cujo apego às suas sessões só equivale à intensa atividade psíquica e à força do discurso interior que eles parecem alimentar internamente... Aliás, foi colocando lado a lado essas duas figuras da semiologia psicanalítica que pude construir uma reflexão sobre o estatuto do discurso: se colocarmos a fala ao lado do dizer, aquele que fala diz mais do que aquele que repete, e este mais do que aquele que é mudo? Será que esses discursos, aparentemente tão fechados ao endereçamento, tão desprovidos das qualidades comunicativas elementares da linguagem comum, trabalham como pára-excitações das "mais fortes energias com que está carregado esse mundo exterior", mundo exterior ao eu que, no tratamento, é o pulsional do isso? Será que também trabalham, sem sucesso aparente imediato, como representação dos traços em negativo da fantasia inconsciente?

O modelo da vesícula que Freud propõe responde a essas questões: a linguagem – organizada em discurso porquanto pertence à estrutura do pré-consciente –, tal como o tratamento nos permite representá-la, seria, para o eu, o que a membrana é para a vesícula. Com o discurso, o eu se defende contra a excitação proveniente do inconsciente e protege sua homeostase, ou a ela se submete deixando a excitação interna irromper na carne de suas palavras, e tolerando, ao preço de uma renúncia passageira ao princípio de prazer, que essa excitação interna seja submetida a um longo trabalho representativo. Ao termo desse trabalho mediante o qual o discurso inscreve na sua sintaxe uma figura do inconsciente, o eu terá modificado sua homeostase e aliviado a pressão do princípio de prazer que governa seu funcionamento: a relação, o conflito entre ambos os sistemas serão infimamente modificados.

Mas isso talvez seja teórico demais para representar o cotidiano da prática analítica, com freqüência tão opaca e inacessível. E se uma teoria não traz na carne de suas palavras o traço da experiência inconsciente, ela não tem qualquer utilidade. Formulemos de outra forma a mesma hipótese: a língua é uma instância psíquica, é uma instância do eu, mas não se reduz a isso. Ela seria a própria instância do pré-consciente, desde que modifiquemos levemente essa equivalência da seguinte maneira: a língua não é o material do pré-consciente, perspectiva que supõe que este disponha de leis que lhe são próprias. O pré-consciente seria antes a própria língua representada por sua aptidão de se manifestar numa certa densidade. Essa densidade é constituída pelas múltiplas camadas, heterogêneas, pela sintaxe que as estrutura e pelas propriedades e funções diversas das palavras que se difratam diferentemente conforme as camadas, ora por sua sonoridade, ora por sua significação etc. O pré-consciente seria a língua representada por sua aptidão de se manifestar num certo espaço, entre uma proximidade imediata com o inconsciente – em que toda propriedade comunicativa e significante lhe é subtraída em proveito de uma função puramente psíquica, visando à percepção do excitante interno e ao seu pára-excitações – e seu afastamento da excitação que lhe proporciona tanto essa qualidade expressiva que constitui as delícias do intercâmbio inter-humano, como essa qualidade de consciência que, dando ao ser a faculdade de se auto-representar, faz dele sujeito na história.

A unidade de trabalho psíquico que a sessão analítica representa de modo repetitivo submete a atualização das representações inconscientes e do afeto a elas vinculado ao trabalho associativo. Por meio desse confronto, a repetição da atuação é substituída por uma compulsão à representação contida no discurso que é o único princípio da associação. O que torna possível essa substituição são as múltiplas funções do discurso que, em essência, desconhecemos, e que, fora da situação singular do tratamento, continuariam sendo absolutamente incognoscíveis. Como essa situação decompõe as instâncias psíquicas, lá onde o pensamento filosófico via apenas um sujeito monolítico, o tratamento discerne, na estrutura da linguagem, níveis e funções que possibilitam uma apreensão múltipla da coisa inconsciente, que só tardiamente é uma função semântica de nomeação. É isso que o conceito de *representação de palavra* indica de maneira perfeitamente clara. No mais profundo, a língua tem uma função pára-excitante e sensorial, que a dota do poder de decifrar o hieróglifo da representação inconsciente e de ligar, por fragmentação, a massa de afetos na pluralidade extemporânea das representações de palavra.

As palavras do trabalho associativo concorrem para a percepção do inconsciente. Sua repetição, sua "retomada", para retomar a palavra de Kierkegaard à qual Edmundo Gomez-Mango deu todo seu alcance[7], inscreve na língua o tempo do inconsciente. Mas a língua é sobretudo o que é próprio do eu, ela obriga ao máximo o infantil a se inscrever em seu tempo próprio, o tempo da morte.

---

7. E. Gomez-Mango, "Une reprise perdue" in *Le fait de l'analyse*, n° 1, 1996.

O ESPÍRITO DESLIGADO DA MORTE

O fragmento, modo literário singular, é o núcleo duro do "pântano" romântico. Foi Friedrich Schlegel quem inaugurou seu exercício inspirando-se numa tradição consagrada: leu os aforismos de Chamfort. Mas, embora o conteúdo do fragmento seja aforístico, na sua forma ele renuncia à finitude da concisão e opta pelo inacabamento: o fragmento é um pensamento quebrado, rompido justo antes de alçar vôo. E seu ritmo provém da reflexão que, duplicando o tema, medita o ato de escrita, seu projeto e seu endereçamento. No tempo muito efêmero de sua produção, o fragmento romântico se impõe como uma sobre-escrita que pretende captar na sua compulsão a singularidade do espírito que o inspira, e na sua repetição o desejo de se transmitir à alma romântica que é, por definição, a alma gêmea, a alma do co-discípulo. Tensionada por uma sobre-reflexão, tendendo a uma metacomunicação, a sobre-escrita do fragmento transcende a escrita literária como, no tratamento analítico, a fala, ligada às formações do inconsciente e sujeita ao endereçamento transferencial, transcende o discurso comum. O fragmento seria a parte dura da produção romântica alemã, no sentido de que introduz uma modernidade da linguagem que Freud e a doutrina analítica herdarão e a que darão continuidade.

A coletânea de fragmentos que Novalis publicou em vida leva o título de *Pólens*, em alemão *Blütenstaub*, que significa literalmente "poeiras vegetais"[1]. Seguem-se, associativamente, proposições, *Einfälle* obscuros ou límpidos, breves ou mais longamente desenvolvidos, sem outra ligação que uma harmônica secreta que dispersa a atenção do leitor, extasia seu pensamento, e desliga de seu sono representações que ele desconhece e que às vezes são desprazerosas. Esse efeito de leitura seria uma boa definição do fragmento no sentido de que, de ponta a ponta de seu destino, ele está inscrito numa dinâmica da divisão, da dispersão, produto, meio e causa desta, e no sentido de que, bem antes de ser sistema de escrita ou instrumento literário, ele é uma prática mental e uma prática mais espirituosa que intelectual – mas, no romantismo, ambos os termos são levados a se confundir. O fragmento é um *Witz*; ele desencadeia *Witz*. Por isso ele manifesta o poder de semear da mente. Ele é sua eflorescência, seu pólen. No entanto haverá que esperar Freud para que se revele aquilo que com o fragmento o romantismo apenas anuncia: a solidariedade entre a mente e Eros. O modo febril do fragmento, inaugural do movimento, será rápida e violentamente censurado pelo outro Schlegel, o irmão, Wilhelm, arauto, guardião e sem dúvida coveiro do romantismo. Nada leva a pensar que o romantismo seja um precursor da análise. Mas pode-se afirmar que Freud superou as resistências às quais o romantismo sucumbira quando pretendeu reconhecer e explicitar as forças obscuras das quais brota a mente.

Dentre os comentadores do romantismo, Ricarda Huch é quem insiste com mais ênfase no fato de que, antes de ser um movimento literário, o romantismo visava essencialmente a ser um movi-

---

1. Novalis, *Oeuvres complètes*, I, Gallimard, 1975.

mento cultural[2], um projeto de modificação do real como o foram mais recentemente o surrealismo e o dadaísmo. A literatura, porque resiste com seus escritos à ruína do tempo, pode nos impedir de reconhecer que houve uma "prática" romântica da qual ela de início foi apenas uma das manifestações. Decerto custa-nos representar a natureza dessa prática e discernir seu projeto – e até mesmo saber para o que ela tendia, revolução ou restauração. Sabe-se contudo que ela foi aplicada à filosofia (de onde, aliás, provinha), à medicina (a homeopatia de Hanemann é sem dúvida sua sobrevivência), à política, à religião... e à literatura que, antes de evoluir por conta própria de um modo cada vez mais romanesco e fantástico, foi objeto de uma prática romântica e de uma teoria dessa prática: é o que ocorreu com o fragmento. Comparar romantismo e psicanálise, com vistas a filiá-los entre si, pode ser uma simplificação, até mesmo uma obscura complacência com as analogias: a comunidade de língua em que esses movimentos se desenvolveram é suspeita; assim como sua contigüidade temporal, se a identificarmos rápido demais a uma continuidade histórica. Mas essa comparação é pertinente se a relacionarmos ao destino similar que marcou a relação entre prática e literatura nesses dois movimentos: neles, uma prática voltada para uma determinada mudança do homem e do mundo é obrigada a se transpor para um trabalho de escrita, onde encontra os meios para se teorizar e uma via possível de transmissão, mas onde corre o risco de ser encoberta, recoberta e apagada pelo gênio literário dessa escrita. A alma romântica dissolveu-se progressivamente nas produções acabadas do derradeiro romantismo. O mesmo destino espreita a escrita analítica quando se vê desabitada de seu objeto específico. A uma identidade de expressão tão precisa, que vê a manifestação recalcar o objeto que a move, a elaboração secundária mascarar o caráter inacabado da escrita fragmentária e a literatura transformar-se em sintoma, deve corresponder uma comunidade da busca à qual

---

2. Ricarda Huch, *Le romantisme allemand*, Pandora, 1978.

o movimento romântico e a ciência analítica se dedicaram nas suas origens.

O romantismo se define por sua origem geográfica: o romantismo é antes de mais nada alemão. Quando se trata de evocar sua disseminação, costuma-se apelar a uma designação que também é geográfica, o romantismo inglês ou o romantismo francês. Seus comentadores eruditos e rigorosos vão ainda mais longe, especificando suas tendências conforme as cidades em que nasceram: assim existe o romantismo de Iena, de Weimar, de Heidelberg e de Berlim. A insistência desse geografismo é sobredeterminada. O romântico, o autor e o herói de sua ficção, é um *Wanderer*: abandona a terra de seus pais, sua *Heimat*, aventura-se por cidades desconhecidas e países longínquos, atravessando planícies e florestas, galgando as montanhas, percorrendo grutas escuras, enfurnando-se nas galerias das minas de ouro ou de pedras preciosas. Viaja febrilmente, indefinidamente, na realidade e na sua ficção literária: os *Hinos* de Hölderlin descem as águas do Reno e do Neckar, sua prosódia sobrevoa uma Grécia totalmente interior que ele jamais vira com seus próprios olhos. Mas Hölderlin foi efetivamente a Bordeaux e voltou a pé, e Jean-Pierre Lefebvre mostrou de maneira sublime os traços geofísicos que essa viagem imprimiu nas palavras de poemas como *Le proche lointain* ou *Fêtes de la paix*[3]. Caspar David Friedrich pinta seu auto-retrato como pintor errante com boina de viagem, bengala de andarilho e cavalete às costas. Também é autor do pungente quadro denominado *A descida do Reno*, que retrata um barco deslizando pelo rio sobre o qual dois amantes se encontram enlaçados, um homem toca flauta, outro escreve numa caderneta, outro ainda contempla a paisagem, a sonha sem dúvida... Amar, sonhar, compor, escrever, deslocando-se ao mesmo tempo, concorrem para uma gesta romântica ideal que refere o homem ao

---

3. Jean-Pierre Lefebvre, "Les yeux de Hölderlin", in *Cahier de l'Herne*, n.º 57, 1989.

espaço e assimila a emoção à mobilidade. É isso que a paisagem romântica dita "ideal" consegue de maneira tão harmoniosa, mostrando ao infinito um espaço que o olho deverá percorrer, em busca do detalhe (romântico por excelência) que o quadro sempre contém, ruína de velhos castelos, oratório deteriorado, cruz solitária padecendo sob a neve e que surge, subitamente, como o fim mítico dessa fuga do olhar. A paisagem romântica, o *Landschaft*, manifesta uma dramatização do espaço própria do romantismo, na qual o homem estaria destinado a errar, o que a língua inglesa inscreveu em seu próprio conceito de paisagem: *landscape*, fuga do espaço, fuga no espaço. O deslocamento é a própria essência da experiência romântica que é, como Philippe Lacoue-Labarthe bem definiu, *Erfahrung* mais que *Erlebnis*[4]. E sem dúvida ele se inspirou em Goethe, no *Wilhelm Meister* que os românticos leram e comentaram, e que descreve a viagem como o motor essencial da *Bildung*, da educação do homem; mas sem dúvida também se inspira na obscura tradição própria do ocidente medieval, na peregrinação rumo a lugares distantes de culto e na cruzada para a Terra Santa, que o romantismo renova ou através da qual talvez traísse sua vontade de restauração.

Mas é antes de mais nada na viagem interior que a *Erfahrung* romântica, a experiência como deslocamento que faz do espaço sua referência, manifesta sua especificidade e seu caráter inovador: o sonho romântico é, regra geral, uma viagem, o sonhador anda. *Henri d'Ofterdingen*, o único romance de Novalis, começa com o relato de um sonho: Henri sonha que percorre regiões maravilhosas e depois descobre a flor azul. Ao despertar decide abandonar a casa paterna e empreender uma viagem infinita, cheia de peripécias, que a ficção romanesca não diferencia da viagem onírica. Com a morte prematura de Novalis o romance – e a viagem – ficará inacabado: identidade entre o sonho e o lugar e o espaço, entre a vida ou sua ficção e a viagem, entre a es-

---

4. Philippe Lacoue-Labarthe, *La poésie comme expérience, op. cit.*

crita e o deslocamento; mas identidade também da morte com o inacabamento. A viagem romântica seria infinita, nunca terminada; somente a morte a interrompe, a deixa inacabada. Assim como é infinito o espaço da alma sobre o qual a marcha nunca terminada da mente lança luz à medida que avança, que o sonho ilumina quando, no mesmo instante, o mundo exterior se apaga. Os românticos não descobriram o espaço interior, pensaram o interior como espaço e adivinharam que ele só se torna visível se for percorrido como se percorre o mundo, mas também quando se fecham os olhos para este. J.-B. Pontalis citou essas palavras de Friedrich: "Fecha teu olho físico a fim de ver primeiro teu quadro com o *olho da mente*, em seguida *traz ao dia o que viste na noite*."[5] Para os românticos, a alma é um mundo, é o inverso do mundo; como ele ela é um espaço, o espaço que se descobre quando o repudiamos, e o sonho é um lugar desse espaço, não o lugar onde sua visibilidade se manifesta, mas o lugar onde no invisível o visível se dá subitamente a ver.

Com a mesma intensidade sensorial encontra-se essa pregnância do lugar, do espaço, do transporte e do deslocamento em Freud e primeiro na representação que ele dá do discurso organizando o tratamento analítico. Quando, na aurora de sua descoberta da psicanálise e estimulado por Breuer, ele deixa seus "neuropatas" falar, surpreende-se que, muito regularmente, no transcurso de seus discursos, estes acabem evocando seus sonhos. E é verdade – a prática analítica nos demonstra isso todos os dias – que o sonho, sua lembrança, sua experiência (pois o sonho é re-sonhado quando o paciente o relata) surgem inopinadamente depois de uma lenta deriva do discurso. Como se falar fosse andar e como se o sonho ocupasse, no espaço psíquico, um lugar estranho à consciência ao qual esta só tivesse acesso pedindo à fala para descrevê-lo. Sobre a força da metáfora espacial na teoria freudiana não é preciso insistir: é suficientemente explícita nos conceitos de deslocamento, de tópica, de transferência. Ela é

---

5. J.-B. Pontalis, *La force d'attraction*, *op.cit.*, p. 56.

literalmente triunfante no famoso aforismo um tanto heraclitiano, quase um fragmento: "A psique é extensa, nada sabe disso."[6]

Terá Freud herdado do romantismo sua representação do espaço interior? Não! Para convencer-se basta escutá-lo: pois é da tradição diametralmente oposta "do grande Fechner e de sua psicofísica" que ele afirma ter tirado "a hipótese de que a cena em que o sonho se move é totalmente diferente daquela da vida de representação desperta" pois, acrescenta ele, "nenhuma outra suposição permite compreender as particularidades do sonho"[7]. Se a questão da filiação entre romantismo e psicanálise é igualmente insistente e impertinente, ela se torna fortemente ambígua quando se aplica ao sonho. Por algum tempo, Albert Béguin conseguiu convencer que ambos os movimentos estavam estreitamente ligados por um interesse comum pelo sonho[8]. Mas lá onde os românticos, Novalis em primeiro lugar, ficavam fascinados com as novas aventuras que o sonho abria para a mente e os territórios desconhecidos da alma que conquistava, territórios em que o ser iria ampliar seu *Lebensraum*, Freud, intrigado com o enigma a decifrar, viu no sonho um disfarce alucinatório de pensamentos em última instância comuns que a interpretação reconduz para o familiar da mente. Lá onde o romantismo fala de *Traum*, Freud fala de *Deutung*, e essa dissimetria no tratamento do sonho explica por que, a partir de um mesmo interesse pela vida mental, romantismo e psicanálise tiveram projetos e destinos tão opostos.

No entanto, resta ainda o espaço psíquico que o sonho dramatiza. Uma mesma experiência do espaço interior une ambos os movimentos, impondo a representação do espaço como o próprio fundo da mente, sua *Gestalt*, sobre a qual imagem e língua, fala e escrita se exprimem secundariamente enquanto movimento. Con-

---

6. S. Freud, *Achados, idéias, problemas* (1941), in Edição Standard brasileira das *Obras completas*, vol. XXIII, Rio de Janeiro, Imago. (A citação acima foi traduzida a partir do texto francês.)
7. S. Freud, *A interpretação dos sonhos*, op. cit.
8. Albert Béguin, *L'âme romantique et le rêve*, José Corti, 1939.

tudo, também aqui a questão do lugar do sonho, de sua estranheza, será tratada de modos bem diferentes por uns e outros. Para o romântico, o sonho marca um lugar absolutamente estrangeiro, fantástico, assustador ou maravilhoso que, como o detalhe da paisagem romântica evocado acima, convoca para a viagem interior e lhe designa um fim mítico, uma destinação que ora é salvação, ora perdição. Contentando-se em erigir essa tópica imaginária e poética da mente, o romantismo é essa filosofia desconcertante que amamos. Ele degenera em ideologia, em misticismo – e é importante lembrar que o conceito de romantismo tende, na linguagem comum, a se confundir com essa evolução – quando, já em Novalis, a estranheza do sonho, de seu lugar, condena o herói a se sacrificar a ele, terminando por convocar, necessariamente, a exata contra-ideologia que condena o estrangeiro ao sacrifício. À representação romântica de uma estranheza do espaço interior, articula-se logicamente uma posição do estrangeiro avesso a qualquer conciliação e insinuando os imperativos virtuais do auto-sacrifício ou da destruição do outro. Sobre os avatares históricos, trágicos, do romantismo alemão, Philippe Lacoue-Labarthe e Jean-Luc Nancy já disseram o essencial[9].

À representação romântica do espaço interior sem dúvida apressada demais, intuitiva demais e muito pouco precavida, Freud imporá, com a descoberta do inconsciente e do recalcado, uma inversão que é, no fundo, e como bem mostrou Laurence Kahn[10], uma retificação: para Freud, o desconhecido não é um incognoscível; a estranheza é apenas o que não é mais familiar, é o *Unheimlich*, conceito psicanalítico central e construído sob medida quando Freud se pôs a dialogar, através de Hoffmann, com o romantismo. A tópica freudiana da alma retifica radicalmente as posições do si-mesmo e do estrangeiro: com a psicanálise, o projeto ou destino do ser não é mais confrontar-se tragica-

---

9. Ph. Lacoue-Labarthe e J.-L. Nancy, *L'absolu littéraire*, Le Seuil, 1978.
10. "Présenter l'invisible", conferência inédita feita por Laurence Kahn no Centro Thomas More, sobre o tema *Freud e os românticos*, em 7 e 8 de maio de 1994.

mente, na perseguição ou no desespero, com a idéia ou o ideal do estrangeiro, mas descobrir-se e reconhecer-se nele. O estrangeiro, redefinido por Freud, é o mesmo inumado no infantil do indivíduo e da espécie, que retorna fantasisticamente e de maneira fragmentária na insistência da repetição, e que o processo discursivo do tratamento reinscreve na lógica do desejo. Lá onde o romantismo tendia a excluir, a análise procura incluir: as conseqüências para a civilização, num e noutro caso, são radicalmente divergentes.

Mas as coisas não são tão simples. *Blutenstaub*, o artifício da tradução literal "poeira vegetal" tem o mérito de revelá-lo, manifesta a atração do pensamento romântico por um ponto de ruptura e de tensão entre inanimado e vivo, morte e eflorescência. Para a mentalidade romântica, o espírito nasce do encontro com a morte. Da experiência da morte – paradoxal *Erlebnis* – decorreria a própria substância do pensamento, ato ao mesmo tempo de seu reconhecimento e de sua negação. O fragmento 69 é explícito: "Ao paroxismo da dor sobrevém às vezes uma paralisia da sensibilidade. A alma se desagrega; por isso, o frio mortal, o livre jogo do pensamento, essa saraivada de chistes e o escárnio perpétuo dessa forma de desespero. Nada subsiste, nenhuma vocação: o homem ali se encontra, apenas erigido em força maléfica. E sem outra conexão com o resto do mundo, é a si mesmo que ele rói e pouco a pouco devora, sendo, por princípio, misantropo e misoteísta."[11] O espírito romântico nega a morte triunfando sobre ela; ele é o que a prolonga, a imita, a encarna, o que lhe é substancialmente idêntico. Assim como a palavra alemã *Geist*, a palavra francesa *esprit* guardou a memória desse parentesco, reunindo no mesmo vocábulo o sentido de alma e o de espectro. A proximidade etimológica entre o alemão *Geist* e o inglês *ghost* tem sem dúvida a mesma significação.

---

11. Novalis, *Oeuvres complètes*, *op. cit.*, p. 367.

Por isso, e porque nasceu do encontro com a decomposição orgânica, porque é sua *mimesis* espiritual, o espírito está destinado à decomposição, à fragmentação infinita dos sistemas que a natureza, na sua obscura, caótica e imortal eflorescência, não cessa de edificar. Há, no pensamento romântico, uma surda e complexa dialética e bastante assimetria entre, por um lado, sua concepção de uma natureza imortal, eterna que, entre caos e figura, regenera perpetuamente tudo, reforçada nos Schlegel por uma estreita freqüentação da tradição hindu; e, por outro, sua concepção da alma que surge nesse ponto de ruptura que é a morte natural, entre desconstrução e regeneração, momento efêmero e instável, ao qual ela oferece a metamorfose de sua temporalidade, de sua espiritualidade e de sua tragédia. A morte produz o espírito, o espírito concebe a morte: essa solidariedade entre o espírito e a morte que o pensamento romântico dramatiza explica, caso a aceitemos, porque ela se vê dilacerada num outro nível por uma estranheza radical entre o espírito e a natureza. O espírito é auto-engendrado; ele se auto-representa; está condenado a se auto-observar. Desenraizou-se da natureza, não é de forma alguma criatura sua. Sua essência proviria toda ela do ato originário de repúdio à natureza. É questionável o amor que o romântico vota à natureza, não sua sinceridade mas sua simplicidade: o romântico não habita a natureza, erra por ela em busca de uma reconciliação de antemão impossível, desesperada. O encanto foi rompido de uma vez por todas pelo espírito doravante condenado, na melhor das hipóteses a conjurar sua estranheza, enfeitiçando-a, povoando-a de autômatos, na pior das hipóteses a simulá-la ao se confirmar a consciência de sua perda... Hoffmann compreende que o estudante Natanael de *O homem de areia* desloca para a marionete Olímpia o amor que tinha por Clara, quando, com o "olho da mente", ele vê que esse ser natural está desabitado pela vida. Num aparte, o autor abre-se com o leitor: "Clara não podia ser considerada bela; era essa a opinião de todos aqueles cuja posição lhes permite julgar a beleza. No entanto, os arquitetos louvavam as proporções exatas de sua cintura, para os pintores suas costas, ombros e seios tinham formas quase castas demais; mas todos se apaixonavam por sua cabeleira estilo Madalena e diziam desvarios sobre sua tez cuja cor lembrava a das figuras de Battoni. Um deles, realmente original, comparava os olhos de Clara a um lago de Ruysdaël, no qual se refletem o azul do céu sem nuvens, as florestas e os campos floridos de uma rica paisagem."[12] A compulsão à arte, ao artifício, à idealização estética com a qual o romântico apazigua uma natureza que justamente não é mais uma *Heimat*, nos deixa transtornados.

Dessa presença da morte – que nada tem de complacente –, os sinais visíveis pululam diante da alma romântica: no lugar que lhe atribui a intriga romanesca, no desenvolvimento do fantástico, na tonalidade melancólica dos temas musicais, pictóricos ou poéticos. Mas é a escrita do fragmento que manifesta a expressão mais depurada dessa presença, porque ela a sublima espirituosamente em seu movimento: o fragmento, com sua forma literária, acompanha a marcha do espírito em sua *mimesis* da obra de morte; como o espírito é o analogon da morte, o fragmento é o analogon do espírito; obriga o pensamento a desfazer os sistemas que por entropia, por uma tendência ao retorno à natureza, ele constrói sem cessar. O *Witz* que o anima pretende ser desafio à natureza, ao destino. Ele é prática da ironia e sabe-se que é justamente com a escrita do fragmento que Friedrich Schlegel chegará a esse outro conceito essencial ao pensamento romântico.

O fragmento, repitamos, constitui um gênero quantitativamente mínimo da produção romântica. É obra de alguns autores, Schlegel, Novalis, Schleiermacher. Mas a fragmentação, na literatura romântica, vai muito além do estrito gênero do fragmento. Com efeito, é raro que na obra romântica não se note, a uma leitura atenta, a heterogeneidade de sua composição, a desarticulação das seqüências narrativas que lhe dão esse ritmo entrecortado com o qual o autômato mais bem-sucedido se diferencia do ser

---

12. E. T. A. Hoffmann, *Contes fantastiques*, Édition de l'Érable, 1969, p. 166.

vivo. Observe-se *Lucinde*, observe-se *Henri d'Ofterdingen*, observe-se sobretudo *O homem de areia*, esse conto aparentemente tão denso e homogêneo que reúne, mas não junta, confissão autobiográfica, gênero epistolar, relato narrativo, ora no passado, ora no presente. O fragmento enquanto gênero deve ser considerado o paradigma da literatura romântica, e a fragmentação o paradigma de uma escrita por meio da qual o espírito romântico exaltaria sua filiação especular à morte. O romântico é efetivamente o filho da noite.

Comparemos isso com a estranha definição de alma que emerge sob a pena de Freud em *Reflexões para os tempos de guerra e morte*. Partamos das poucas proposições que, numa passagem particularmente obscura, conduzem-no a essa definição; ele nos diz querer "limitar e corrigir a afirmação dos filósofos" segundo a qual "o enigma intelectual colocado para o homem primordial pela imagem da morte obrigou-o a refletir e tornou-se o ponto de partida de toda especulação"... Diz Freud:

> o conflito de sentimentos experimentado frente à morte de pessoas amadas e, ao mesmo tempo, estranhas e odiadas, que deu origem ao espírito de pesquisa [...] em primeiro lugar à psicologia [...]. O homem não podia mais desconsiderar a morte [...] no entanto não queria admiti-la porque não conseguia representar-se a si mesmo morto. Por isso estabeleceu compromissos, aceitou a morte também para si, mas contestou sua significação de aniquilamento da vida [...]. Perante o cadáver da pessoa amada, inventou os espíritos, e a consciência de culpa oriunda da satisfação que se misturara ao luto fez com que esses espíritos recém-criados tornassem-se demônios malignos frente aos quais só era possível ser tomado de angústia.[13]

Isolo dessas preliminares a conclusão fulgurante e estupefaciente a que Freud chega:

---

13. S. Freud, *Reflexões para os tempos de guerra e morte* (1915), in Edição Standard brasileira das *Obras completas*, vol. XIV, Rio de Janeiro, Imago. (A citação acima foi traduzida a partir do texto francês.)

As alterações devidas à morte levaram-no [o homem primordial] a conceber a divisão do indivíduo num corpo e numa alma – originariamente várias almas; dessa maneira, seus pensamentos seguiram um curso paralelo ao processo de decomposição desencadeado pela morte.[14]

Conclusão estupefaciente porque parece varrer, como num golpe de mão, o sistema que Freud construiu, desconstruiu e reconstruiu incessantemente, desde o *Projeto* até o fim da obra, de um aparelho psíquico animado pelo sexual e contido por uma resistência na qual reconhecerá apenas tardiamente o trabalho de desligamento de uma pulsão de morte. Comparar a psicanálise com o romantismo não seria nem arbitrário nem anedótico se nos permitisse desfazer essa estupefação. Teria Freud manifestado aí, de forma incidental, seu romantismo? Como talvez também o manifestasse – seria preciso relê-lo deste ponto de vista – nesse texto de fim de vida que é *Análise terminável e interminável*? Entendo por romantismo a fulgurância do espírito em se identificar com a obra de morte. Para além do movimento filosófico ou literário que assim se identifica, o romantismo manifestaria a dor da alma, quando o espírito que a anima separa-se de suas fontes sexuais e passa apenas a lutar contra a morte e a catástrofe – como atesta a clínica do obsessivo cujo pensamento rumina a violência de um além do princípio de prazer e passa a trabalhar apenas para isolar – e como também atesta o fato de que se tenha podido falar paradoxalmente de um romantismo de Paul Celan, pois sua poética contrapõe ao indizível de Auschwitz não as palavras da língua mas suas cesuras[15]? *Reflexões para os tempos de guerra e morte* é uma meditação consternada sobre as desgraças da guerra. *Análise terminável e interminável*, um texto da agonia. O romantis-

---

14. *Ibid.*
15. Paul Celan, *La rose de personne*, Le Nouveau Commerce, 1979; e Jacques Derrida, *Schibboleth*, "Pour Paul Celan", Galilée, 1986.

mo surgiria cada vez que Eros construtor de sistema desaparece? O desprezo pelos sistemas com o qual principia *Pollors* de Novalis trairia a privação do pensamento, seu retraimento quando o espírito é confrontado ao tempo da desgraça ou é destinado à sua anunciação?

Impressão e acabamento
Cromosete
GRÁFICA E EDITORA LTDA.
Rua Uhland, 307 - Vila Ema
Cep: 03283-000 - São Paulo - SP
Tel/Fax: 011 6104-1176